血のいろの降る雪

木原孝一アンソロジー

山下洪文 編

未知谷
Publisher Michitani

木原孝一　昭和30年ころ撮影（太田家提供）

序

生と死を、言葉で織りあわせること。二つの根源的領域のあいだに、「詩」を降り立たせること。生にも死にも回収されない、言葉の原郷を創出すること。――この使命を担って、木原孝一は五七年の生涯を歩みとおした。

硫黄島の数少ない生き残りであり、荒地派の精神を一貫して保持した詩人であり、戦後詩壇をかたちづくった雑誌『詩学』の編集者であった木原――その詩精神を、歴史のなかに蘇らせるため本書は編まれた。

「見知らぬ約束」は、処女詩集の抄出である。未知なる者との約束と、それを果たすための抒情――失われた「翼」をめぐる物語は、詩人の生涯を予告するものでもある。「戦後詩」という一つの精神が生まれ、終わってゆく場所を、私たちは目撃するのだ。

「犠牲と幻影」は、第二・第三詩集から構成した。「鎮魂歌」「最後の戦闘機」等の代表作は、この時期に書かれている。戦後に帰属することも、戦前に回帰することもできない詩人は、「荒地」に詩を刻みつける。それは敗戦によって灰燼に帰した「約束」を、蘇らせることでもあった。

「世界が燃え落ちる夕陽」には、拾遺詩篇を集めた。〈世界〉に深傷を負わされた詩人は、なおその血で言葉を書き残そうとする。虚無に吸い寄せられつつ、実存は輝きを増す。死と永遠をテーマにした詩群は、戦中世代の一つの到達点を示している。

「無名戦士（硫黄島）」は、硫黄島への鎮魂歌として書かれる予定だった。木原自身がライフ・ワークと位置づけた本作は、病のため未完に終わった。優れた叙事文学であり、慟哭にも似た鎮魂歌であり、詩人が生命を賭して書き残そうとした物語——ここに初めて、その全容を公開する。

「木原孝一論」は、詩人の実存の在り処を、死と重なりあう美を、「世界史」が「世界詩」に変貌する瞬間を論じた。美しく烈しく、それなのに何処か儚い、謎めいた詩世界——その入り口を作りたいと思って書いたものである。

「忘れられた詩人」木原孝一——本書を読み終えたとき、詩人に下された「忘却」という審判が、誤りであったことを読者は知るだろう。

血のいろの降る雪

目次

血のいろの降る雪

木原孝一アンソロジー

見知らぬ約束

僕ははじめて胸のなかに一個の鍵をかけた。
それは仄かな。
だが純粋な精神に満ちた誓約だった。

蝉殻

　蝉の鳴く灼けた砂の道を幼年の僕は歩いていた。軟い晩夏の微風が頬を吹き櫟林のむこうに夕焼雲がこわれかかったギタアルのように流れていた。僕は鉛の勲章を胸にさげて橡の木のある僕の家への帰り道だった。ふと僕は細い曲り角の樫の木の幹にとり残された蝉殻を見た。飴色をおびた半透明のそれは幼年の僕に異様な驚きを覚えさせずにはおかなかった。もう仄暗くなりかかった道端に立って僕は身動きもせずにそれをみつめていた。翼のない蝉。しかも動こうともしない飛べない蝉。瞼には何時か知らぬ間に熱い涙が滲み出ていた。幼年の僕はそこにどうすることも出来ない不運の星と限りない孤独とを見出していたのかも知れない。仄暗い茂みのなかに白い夕顔の花が嘘のように咲いていた。

鐘

その桑畠の道には初夏の微風とともに巴旦杏の甘ずっぱい匂いが流れていた。白いパンツと麦藁帽子の僕は一匹の蜻蛉を手にたったひとり田舎の家への帰りみちだった。日暮れの太陽は遠い山脈のむこうの空を蜜柑水のように光らせていた。僕の細い足はもうよほど前から痛みはじめていた。砂埃にまみれた白いズックの靴は幼年の僕に異様に重く感じられた。そうした桑畠をぬけて竹藪の多い坂道にさしかかろうとすると不意に僕のゆくてでオルガンの高音部のような鐘が鳴りはじめた。ひとつ。

ふたつ。それは次第に澄んだ音色を黄昏の村のなかへ響かせていった。その憂愁を含んだ鐘の音は僕にたえ切れぬ不安を投げつけていた。僕は蜻蛉のことも忘れて思わず声をあげて泣きはじめた。道はその暗い坂の下にも果てしなく続いていた。僕は道に迷った少年のようになぜか何時までも泣きやまなかった。道端には名も知れぬ白い花がにじむように咲いていていた。

沈丁花

仄暗い秋の夕暮のなかに僕はひとり桧の真新しい机を前に坐っていた。頭髪を短く刈った少年の僕はようやくそちらこちらに鳴きはじめた虫の声を耳にしながら芭蕉の紀行集を読み続けた。

ただ是れ天にして汝の性の拙きを泣け。

ふと僕はこの一行を見出した。それは悲痛と哀愁のいりまじった異様に切ない印象をあたえた。のみならず夜更けて捨子のまえを素通りして行くもはや初老に近い芭蕉のうら哀しいそして厳しい後姿をさえまざまざと僕に思い起させていた。僕はその古風な書物を閉じるとまるでその姿を追うかのように眼をあげた。するともうまばらに星の出はじめた空には不器用な形の雲が灰色に流れていた。なぜかそれは僕の果てしない恐怖をさえ呼び醒ましていった。沈丁花の淡い匂いを感じながら僕はしだいに息苦しくなるのをじっとたえていなければならなかった。

時計塔

僕はまだ着なれない背広を気にしながら僕の尊敬する詩人のひとりと鋪道のうえを歩いていた。晩春の微風が頬を吹き花花のようにイルミネイションが夜の街角を飾っていた。僕らは新しい映画や雑誌や衣裳などについて家禽類のように話していた。ふと彼は立ち止ると十字路に建てられた時計塔を指さした。

あの長針を鋪道のこちら側から見るのと。あちら側から見るのと。恐らく二分は違っているね。

そうしてまた僕らは敷石のうえを縞馬のように歩きつづけた。ふと反対側の鋪道に僕は碁盤縞の少女やハンチングの青年やアッシュのステッキを提げた老人たちを見出した。だが僕は彼と共にある画家の話をしはじめていた。まるで彼のそうした発見を忘れたかのように。しかし彼の発見は何時の間にか僕を漠然とした不安のなかに置かずにはいなかった。

鍵

　そこには尖った屋根のうえの木の十字架がもう暮れかかった空に灼きつけられたような影を残していた。棕櫚の木のある階段のうえで僕ははじめて胸のなかに一個の鍵をかけた。それは仄かな。だが純粋な精神に満ちた誓約だった。ある激しい風の吹く日。冷酷なマノンのような表情をして少女は南方の街へ去っていった。まるで寄港地を離れてゆく船のように手際良く。僕の胸にかけておいた一個の鍵を外すのも忘れたままで。僕はその鍵をようやく自分でこじあけることが出来た。指という指から真紅の血を滴らせながら。そうしてそこにはじめて虚偽の言葉が異様な静けさのなかに光っているのを見出した。

灯

夜霧は仄かに牛乳の匂いを漂わせながら海獣の歯並みのように光る波のうえを流れていた。僕は軽い眩暈を感じながら二等甲板の白い手摺りにもたれて藍色に暮れてゆく遠い水平線を眺めていた。しかしそこには僕の心を呼びさます何ものもなかった。僕はどこへゆくのだろう。ただ船は北西へ針路をとっているという事のほか僕は何も知らなかった。そうして僕の運命を乗せた船の名前さえも。突然。マストのうえの方でオオボエのように汽笛が鳴った。僕はふと振り返った。

するとのようにオオボエに似た汽笛の音は水平線のむこうからまた僕のほうへ響いて来るのだった。そうして僕は淡い霧に閉された水平線のうえにたったひとつ橙色の信号燈が明滅しているのを見た。なぜかそれは見知らぬ家族達のように異様な慕わしさを僕にあたえずにはおかなかった。

仮面

眠れないままに僕はアンペラの扉を開いてクリイクの岸に出た。月はもう荒れた城壁のうえになかば傾いていた。僕はふと支那犬の遠吠えを耳にしながらこの数個月にわたる激烈な生活をおもい浮べた。それは昨日もそして明日もない沙漠の生活に似ていた。そのなかで僕のさまざまな仮面は音もなく剥ぎとられていった。と同時にそれは僕の人間を復活させていた。しかし何時か僕の翼は。貴重な翼は折れていたのだった。僕は微かな胸の痛みを気にしながらふと夜の空を見た。すると楡の木のうえのあたりにたったひとつあかあかと燃えている星を見出した。僕はその星のなかに幻燈のように映る僕の幼年や青春を身動きもせずにみつめていた。そのかすかな星の光りのなかに僕はなぜか比類なき不運の暗示と幸運の暗示さえも見出していた。夜明けに近い空を羊のような雲が紫色に流れ去った。

貝殼

その海浜の療養所は仄かにバタボオルの匂いがした。僕は沙漠に傷ついた僕の翼をそこの固い寝台のうえに憩めなければならなかった。窓には終日水平線が映っていた。眠れない夜は寝苦しい夜につづき。僕の肉体はもはや金属製の天秤台に載せられたかのように軽かった。僕は僕の胸に巣喰っている悪魔を憎み。僕を追いつめる見知らぬ何者かを憎み。鏡に映し出された僕自身さえも憎んでいた。ある日。僕はスリッパをはいて貝殼や海盤車や海藻のころがっている砂浜を歩いた。そしてまるで貴重なものでも探し出すかのように砂を掘りはじめた。しかし砂のなかには貝殼の破片や風化した木片しか見出されなかった。僕は顔をあげて水平線を眺めた。するとセロファンのように光る波のむこうに。血を滴らせた僕の翼が幻燈のように映っていた。

蟻

灼けた砂礫が遠くつづいている南瓜畑の道を僕は髪を乱したままどこへともなく歩いていた。ふと僕はちいさな石のかげに一匹の蟻が象形文字のように動いているのを見た。

すこしも苦しまずに幸福をつくっているやつもいる。そう考えると僕はふいにそのちいさな羨望が憎悪に変ってゆくのを知った。そして砂のうえに動いている一匹の蟻を踏み潰した。まるで不運がさせる僕の空白の日日にむくいるかのように。

煉瓦

僕は酷熱の沙漠のなかへ僕の片方の翼を捨てて来た。僕にはしかしもう一つの翼が残っていた。片方の翼を折られた白鳥のように僕は不器用な姿で鋪道を歩いていた。すると突然空から煉瓦が落ちて来た。あるいはそれも燃える不運の星だったかも知れない。たったひとつ残っていた僕の翼はそれが鋪道に落ちると同時に巧妙にへし折られてしまった。その傷口を押えながら僕はいくたびかボオドレエルの肩を思い出した。するとそのたびに傷口からはあつい血が滴り落ちた。僕はいったいどうすればいいのか。それ以来僕は沙漠へ捨てて来た翼に再び邂逅するその日のために。おそらくは僕の火花のような生涯をさえ賭けようとしていた。

扉

夜の噴水はソオダのように僕の胸をあわ立てていた。僕はやや熱のある瞼をいくどか閉じたり開いたりしながら微笑している貴方の唇の真偽を知ろうとした。ルウジュに彩られた唇のおくのさまざまな偽りは僕を苦しめずにはおかなかったから。しかしそのライラックの匂いに満ちた室のなかで僕は蝋細工のような貴方の掌を秘かに握りしめずにはいられなかった。そうして指の静脈から静脈へつたわってくる貴方の体温はなぜか僕にそれ以上の真実をさえ信じさせなかった。それは僕らの最初の遭遇だった。僕は僕の掌をカシミヤの手套に包んで無言の夜のなかに降り立った。もういちど僕は貴方の唇のほうを振り向いた。そこには白い扉がひとつ。糸杉の鉢のむこうにかすかに浮んで見えた。

沙漠

その紫色の着物はまるで貴方を少女のように見せた。夜更けのもうなかば飾窓の閉まっている鋪道では篠懸の葉だけが微風にゆれていた。この微風は橋のむこうの沙漠から吹いて来る。僕らがたどり着くことのできるのはその沙漠だけかも知れない。それは仄白い街燈の光る橋のむこうにかすかに見えている。僕はあわてて振り返った。けれど貴方は無言のうちに沙漠のほうへ足をむけていた。

僕らの行き着くところは沙漠よりほかにないのだろうか。

ふと僕は熱気を帯びた微風がもう肋骨にまでも吹きつけているのを知った。

そこへゆこう。不運の果てへゆこう。いつ来るとも知れない絶望の槌を待つよりは。鋸の刃のように喰い入ってくる愛の不安にたえるよりは。

だが貴方は黙ったまま鋪道のうえを橋のほうへ歩いていた。紫色の着物と銀のロケットとがまるでその夜の貴方を少女のように見せていた。

風景

その蜩の鳴きはじめた松林の道を僕らは黙ったまま歩いていった。風にはかすかな海の匂いがまじっていた。僕それはふと僕を見知らぬ海獣のように兇暴にさせた。僕は仄かに憂愁を漂わせたあなたの瞼をみつめながらなぜか僕の背中に刻まれた激しい不運を思い浮べた。翼の折れた鳥を。剥ぎとられた銀色の仮面を。そして鳥類に似た剥製の僕自身をさえ。そうしたすべてを貴方の手によって燃やし尽そうとしたのだった。

なにもかも捨ててしまおう。

だがその短い言葉さえも美しい虚偽に彩られていない

ことはなかった。その細い道の果てには区切られた水平線が一枚のフィルムのように光っていた。僕はようやく砂礫のなかにまじり出した白い貝殻の破片やロココ風に飾られた別荘の破風などを眺めながら僕の幸福を感じていた。眼に浸み透るほどの幸福を。そうした時にも貴方は霧の中にでもいるかのように眼を伏せたままだった。

鳩

沙漠の風はその黄昏のせまりだした敷石のうえにも吹いていた。僕は古いアルバムをめくるように長い間離れていたその街の飾窓や落葉を眺めながら歩いていった。おそい秋の夜は街をいっそう暗く見せていた。ロココ風の茶房のまえで僕はふと一群の学生とすれちがった。そのなかのひとりは低い声でスタンダアルの恋愛論について話していた。ふいに僕は彼らもまた人間に似た道化人形に過ぎないことを知った。道のない沙漠の道。僕は街燈のともった表通りに寂寞を感じながら仄暗い小路を抜けた。しかしゆくての橋のうえに僕はまた傷ついた僕の影を見出さなければならなかった。そこには翼を射抜かれた白鳩が一羽。瀕死の眼を見開きながら落ちていた。

廃船

仄白い船のマストが遠く光るその波止場の一隅では棕櫚の木が宿命の象徴のように揺れていた。夜は再びそこに哀愁に満ちた星を噴きあげた。

僕はどうなるのか。僕の翼は。

貴方の冷たい眉をみつめながら僕はもうなにもかも投げ出してしまいたかった。ふいに僕は言った。

船が見えるでしょう。明日はどこかへいってしまう船が。いつかはマストの折れてしまう船が。

縞

それは緑色の縞のあるネクタイだった。それはアザミの花模様の浮き出した包装紙に包まれてある初夏の日射しのなかで僕に手わたされた貴方の最初の贈物だった。僕はいくたびかその緑色の縞のなかに浮き沈みする貴方の影を。そうして僕の影を追い求めたか知れなかった。しかしまた不安と幸福との間を漂流している一粒のアスピリンのような僕をじっと見まもっている僕自身のもうひとつの影もその縞に映っていないこともなかった。まるで鏡のなかの僕のように不器用な笑いをかすかに頬に浮かべながら。ある朝。僕は白い陶器製の洗面台の前で鮮かに光るその縞をみつめていた。すると遠い地平線の彼方に。一匙づつの希望と絶望とを載せた金属製の測量器が幻燈のように浮んでいるのを感じた。

鎖

その白い壁はなぜか僕に恐怖をさえ感じさせた。僕らは紫の焔をあげて燃えつづける摂理の前には頭を垂れないわけにはゆかなかった。季節はずれに咲いた朝顔の花のように。すべてが早過ぎた。そしてすべてが遅過ぎたのだ。僕は髪の乱れた頭をただ黙って垂れていた。僕の周囲を取り巻いている無数の鎖は鈍い金属音を発しながらひしめき合っていた。年齢の鎖。良心の鎖。悪徳の鎖。そうしたなかにただひとつ銀色に光っていた青春の鎖は紫の焔によって最早断ち切られようとしていた。

どうすることもできない。

それは僕の独白のようでもあり貴方の言葉のようでもあった。僕は傷ましく刃のこぼれた剣と廃船をさえつなぎえない一条の鎖とをかかえて扉を押した。鋪道のうえは激しい雨に洗われていた。蝙蝠傘も持たない僕はレインコオトの襟を立てて河岸の方へ歩いていった。その剣と鎖とを捨てようともせずに激しい雨に叩かれながら。

眼鏡

その純白の壁も棕櫚の葉も日の暮れた窓の向うの小路も僕には灰色に見えた。深海の色をおびたサングラスのせいかも知れなかった。魚類のように饒舌な女性達に囲まれた貴方の額だけが白く映っていた。だが貴方の額も古びた石膏像のように変っていった。僕はあわてて眼鏡をはずした。貴方の頬はまだ灰色だった。僕はふと眼を閉じた。愛は暗黒のなかにある。仮装の悲劇というアランの言葉が激しい音で鳴った。貴方は不器用に僕のサングラスをかけて星の輪を指さしていた。それは貴方の探しあてた青春の終局だった。幸福。僕はその言葉を投げ捨ててしまいたかった。そして巻煙草の最後の一本に火をつけてたちのぼる紫色の煙をみつめた。これが僕の最後だと思いながら。

歯

その薄暗い電話室のなかで僕は貝殻のように鳴る受話器を手にして貴方の声を待っていた。

もしもし。

その透明な声を前にして僕はしばらくの間なにも言えなかった。眼を閉じて僕は僕の運命を賭けた言葉をかすれかかった声にした。

考えるのはやめよう。すべてが終るまでゆくんだ。このままで。どうにもならなくなるまで。

どうにもならなくなるまで。

その言葉の空虚な響きが再び僕の胸を抉った。眼のなかを真暗な光線に似たものが断続していった。僕はそれを軽い微熱のせいにした。固く噛めば噛むほど小臼歯が浮いた。

歯には歯を。

ふと僕はその言葉のはげしさを思った。そうして剥製の頭脳のどこかに巣喰っている強烈な自我を憎みはじめた。その紫とも緑ともつかない焔をあげて燃えさかる自我を。

勲章

さよなら。

僕は唇が不器用にゆがむのを感じながらそう言った。それは僕の青春の最後にふさわしい勲章だった。幼年のころ胸に飾った鉛の勲章のようにそれは鈍い音をたてた。だが貴方はその言葉を言わなかった。苦いビイルを飲みほすと額のうえで激しい動悸がした。ふと僕は幾月かまえに熱砂の果てに灼きついていた僕の影を思い浮べた。そこへゆこう。あの激しい沙漠のなかへなにもかも埋めてしまうために。貴方の濁った眼をみつめながら僕はたちあがった。その濁った眼のなかには劇薬の匂いのする僕らの不幸があった。まるで拡がらない翼を持った剥製の雉子のように。それでも貴方はまだ最後の言葉を言わなかった。

　このままで。

　僕らはそう言うよりほかに仕方がなかった。窓の外には無数の星が光っている。冷笑する仮面のように。

そのときから
われわれの空には　虹もかからず
日も昇らない

犠牲と幻影

弟よ　おまえのほうからはよく見えるだろう
こちらからは、何も見えない

鎮魂歌

昭和三年　春
弟よ　おまえの
二回目の誕生日に
キャッチボオルの硬球がそれて
おまえのやわらかい大脳にあたった
それはどこか未来のある一瞬からはね返ったのだ

泣き叫ぶおまえには
そのとき　何が起ったのかわからなかった

一九二八年
世界の中心からそれたボオルが
ひとりの支那の将軍を暗殺した　そのとき
われわれには
何が起ったのかわからなかった

昭和八年　春
弟よ　おまえは
小学校の鉄の門を　一年遅れてくぐった
林檎がひとつと　梨がふたつで　いくつ？
みいっつ
小山羊が七匹います　狼が三匹喰べました　何匹残る？
わからない　わからない
おまえの傷ついた大脳には

ちいさな百舌が棲んでいたのだ

　一九三三年
　孤立せる東洋の最強国　国際連盟を脱退
　四十二対一　その算術ができなかった
　狂いはじめたのはわれわれではなかったか？

昭和十四年　春
弟よ　おまえは
ちいさな模型飛行機をつくりあげた
晴れた空を　捲きゴムのコンドルはよく飛んだ
おまえは　その行方を追って
見知らぬ町から町へ　大脳のなかの百舌とともにさまよった
おまえは夜になって帰ってきたが
そのとき
おまえはおまえの帰るべき場所が
世界の何処にもないことを知ったのだ

一九三九年
無差別爆撃がはじまった
宣言や条約とともに　家も　人間も焼きつくされる
われわれの帰るべき場所がどこにあったか？

昭和二十年
五月二十四日の夜が明けると
弟よ　おまえは黒焦げの燃えがらだった
薪を積んで　残った骨をのせて　石油をかけて
弟よ　わたしはおまえを焼いた
おまえの盲いた大脳には
味方も　敵も　アメリカも　アジアもなかったろう
立ちのぼるひとすじの煙りのなかの
おまえの　もの問いたげなふたつの眼に
わたしは何を答えればいいのか？
おお

おまえは　おまえの好きな場所へ帰るのだ
算術のいらない国へ帰るのだ

一九五五年
戦争が終って　十年経った
弟よ
おまえのほうからはよく見えるだろう
わたしには　いま
何処で　何が起っているのか　よくわからない

最後の戦闘機

みんなが駆けよったときには　もう遅かった
その女の子は
あおむけに倒れて　肩から　頬から　血が滴りおちた
時速　四〇マイル

なんのために　その自動車は急がねばならなかったか
汚れた犬が
　アスファルトのうえの血を嗅いでいった

そのとき
われわれの渇いた咽喉から
未来のどこかにむかって　斜めに空を引き裂いたものがある
それは
中部太平洋の
絶望的な戦線で
重爆撃機の編隊にむかって飛んだ　ちいさなひとつの戦闘機だ
その影は
罠にかかった生きもののように　われわれの心のなかでたたかった

それは
巨大な四つのエンジンと　ちいさなひとつの魂のたたかい
それは

世界のあらゆるメカニズムと　死にゆくかすかな意識とのたたかい
それは
一五ミリ機関砲と　五ミリ機銃との
電波照準器と　五本の指の
突撃する軍隊と　声なき難民の
「文明社会」と「未開発地域」の
持つものと　飢えたるものの
それは
目標なき　永遠のたたかい

罠にかかった生きもののように　われわれの心のなかでたたかった
その影は
やがて　はるかなる水平線のむこうに墜落した
そのときから
われわれの空には　虹もかからず
日も昇らない

救急車のサイレンがきこえたとき死んだ
その女の子の棺は
鉛の釘でうちつけられて　泥のなかに埋められるのだ
なんのために　自動車は急ぐのか？
なんのために　最後の戦闘機は飛んだのか？
それは　いま
ひとりの子供の屍体によって答えられる

遠い国

きみは聞いただろうか
はじめて空を飛ぶ小鳥のように
おそれと　あこがれとで　世界を引きさくあの叫びを

あれはぼくの声だ　その声に
戦争に死んだわかもの　貧しい裸足の混血児

ギブスにあえぐ少女たちが　こだましている
愛をもとめて叫んでいるのだ

きみは見ただろうか
ぼくがすすったにがい蜜を　人間の涙を
この世に噴きあげるひとつのいのちを

あれはきみの涙だ　そのなかに
夢を喰う魔術師　飢えをあやつる商人
愛をほろぼす麻薬売りが　うつっている
その影と　ぼくらはたたかうのだ

おお　なぜ
ぼくらは愛し合ってはいけないのか
ほんとうにあの叫びを聞いたなら
ほんとうにあの涙を見たのなら
きみもいっしょに来てくれたまえ

遠い国で
　ぼくらがその国の　最初の二人になろう

遠い国

その声は
遠い国の　朝焼けの空にこだました
　ひきつれた眼と　ケロイドにしばられた手を指さして
　わらうものはわらうがいい
　生きていてよかった　生きていてよかった

その言葉は
遠い国の　杉の板きれに血で書かれた
　どうか家族に知らせてください
　どなたかわたしたちの両親のことを知っているでしょうか?
　いまから　わたしたちは殺されます

その音は
遠い国の　真昼の星をふるわせた
　挺身上陸成功　われ橋頭堡を確保！
　圧倒的なる砲爆のもと　進んで最後の突撃を決行せんとす
　みなさん　さようなら

おお
銃を抱きながら　向きあって倒れた二人の兵士に
手を握りあい　眼かくしもなく焼き殺された二人の姉妹に
わたしはまだ別れを告げることができない
　焼けただれた丘に立って
　しずかに
　遠い国をみつめている母と子にむかっても

遠い国

―D・デイ挺身上陸作戦決行日―

D・デイの夜明け
泡立つ海を
黄色に染めて
上陸用舟艇が「赤い浜」に乗りあげる
「その第一歩は　足のしたで　海のなかへ溶けこんだ」

　シネマスコープの　幅広い画面の右のはし
いま　一瞬　見えた岩山のかげで
きみは　死んだ
あまり勇敢だったとはいえない
無神論者のきみは
タコツボのなかにじっと身を伏せたきりだったから
砲弾の破片はおそらく背をつらぬいただろう
そこからは

空のむこうの空が見えた　正午の星が
きみの憧れた　愛と自由のように遠去かりつつあった

D・デイの夕暮れ
重油と血にぬれた　砂のうえの橋頭堡
機関銃の銃身がやけ
挺身上陸作戦はようやく成功に近づいた
「病院船　回航せよ　病院船　回航せよ」

四本の磁気サウンド・トラックの再現する
艦砲射撃の音は　狂った文明のセコンドの音だ
ひとびとの盲いた耳は　たしかにその音をきいたが
きみの死を目撃したものは誰もいない
味方の兵士にも
敵の兵士にも　知られずに
きみは　死んだ
きみを埋葬したのは

潮の満ち干と
硬直したきみ自身のふたつの手だ

D・デイの夜更け
空のあらゆる星よりも明るい
照明弾に
水ぎわの屍体と　祈禱書が浮いて見える
「ここに　海兵か　陸兵かひとりの無名兵士が眠る」

そのシーンは画面にはうつらなかった
それは　いかなる広角レンズ
いかなる高速度キャメラにもとらえられない
死者の　時と場所なのだ
だが　わたしの心のなかのフィルムには
そのつぎのショットがうつされている
片足のないひとりの兵士が

世界の　最もくらい海を漂っている
どこへゆくのか　誰も知らない
その腕にかかえた銃は
ライフルだか　三八式歩兵銃だか
ここからは見えない
じっと見ていると
兵士は星明りのほうへ顔を向けて
低い声で
遠い国の子守唄をうたいながらゆらゆらと流れ去った

黙示

一九四五年　広島に落された原子爆弾によって多くのひとびととと
もにひとりの女性が死んだ　その女性の皮膚の一部が地上に残され
たがそれは殉難者の顔をそのままうつしていた

わたしは人間の顔ではない

いちまいのガアゼのうえに　ピンで留められて
だが　わたしは叫ばずにはいられない

この歯のあいだにひそむもの
それがウラニウムだ
この鼻孔の底にうごめくもの
それがプルトニウムだ
見えない眼のおくに光るもの
それがヘリウムだ
世界はいま
毒の雨に濡れた　ちいさな暗礁にすぎない

わたしは燃えのこった人間の部分だ
いちまいのガアゼのうえに眠っていると
地平線のむこうから　わたしの失われた部分が呼びかける
見ろ　暗黒の海と陸をつらぬく

ウラニウムの雲を
聴け　沈黙の窓と屋根に降る
ヘリウムの雨を
そして　ひとの子よ
みずからの手ではほろびるな
生命あるものは　いま
荒野をすすむ蝗にすぎない

彼方

それは何処からくるのか？

岸辺のない　河のうえの吊橋を
一頭の牝牛があるいてくる
「時」の振子がゆれている
愛は　水に落ちた種子のおののき

恋は　ふるえる木の葉のなかの死のよろこび！

それは何処にあるのか？

頂きのない　山のなかの尾根を
一羽の雉子が飛んでゆく
「時」の秒針がまわっている
苦しみは　ひとつぶの麦のなかの罠のおそれ
憎しみは　酒のなかの檻のかなしみ！

それは何処へゆくのか？

ほろびゆく星のうえの　凍った湖に
一尾の盲いた魚がひそんでいる
「時」は空からの滴りにすぎぬ

「生」は　砂漠の砂にうもれたあやまち
「死」は　未知なる谺のなかのよみがえり！

彼方

あなたはどこからきたか？
盲いた石のなかから
まだ開かない薔薇の花びらのなかから

あなたはどこにいるのか？
死にゆくひとびとを映す鏡のまえに
うまれたる者を映す鏡のまえに

あなたはどこへゆくのか？
鳥のはばたきも届きえぬところへ
海の魚も潜みえぬところへ

彼方

魚は知っている
水のうえには　光があるのを
海のうえには　空があるのを

ちいさな光のなかでは
過去は未来からはじまり　未来は過去にとざされる

わたしの血のなかで

一瞬　死んだ魚が泳ぎまわる

燕麦は知っている
空のうえには　光があるのを
土のうえに　雲があるのを

黒い種子のなかでは
まだ　うまれない生命が眠っている

わたしの血のなかで
一瞬　噛みくだかれた麦の一粒が叫ぶ

牝牛は知っている
雲のうえには　光があるのを
木のうえに　星があるのを

雲のさけめから見ると

「時」が永遠のなかを走るのが見える
　わたしの血のなかで
　一瞬　死んだ牝牛が走りまわる

だが　ひとは知らない
星のうえに　光があるのを
墓石のうえには　影があるのを
　星と　その星のひかりのあいだには
　ひとびとの亡びの「時」が沈められている
　わたしの血のなかで
　一瞬　死んだ精霊がわらいだす

彼方

われわれはどこからきたのか？
とざされた海の　塩のなかから
熟れた空の　無花果のなかから

　象はその死の場所を自分でさがす
　捨てられた果実の種子は水にながれる

われわれはどこにいるのか？
涸れた井戸のなかに
灰と砂とにおおわれた屋根のしたに

　すべてのものは未知の鏡のまえでうまれ
　すべてのものは未知の鏡のまえで死ぬ

われわれはどこへゆくのか？
星の滴りも届きえぬところ
「時」の手も探りえぬところへ

　そこへゆくには一匙の砒素を
　ひとがみずからなしうる唯一のもの

彼方

耳はめざめている　水のなかに？
眼は呼んでいる　塩のなかで？
　影と光りとのさかいから見ると
海は　空に　見えない鎖で引きよせられている
すべての魚は　海にひそむ鳥であり
すべての鳥は　空にはばたく魚にすぎない

眼はささやいている　風のなかに？
耳はまたたいている　雲のなかで？
　星と星とのあいだから見ると
陸は　空に「時」によって吊りさげられている
すべての湖は　死せる火山であり
すべての火山は　閉されたけものの巣にすぎない

水と空とのあいだにほろびるもの
風と波とのさかいにうまれるもの
　魚の　鰓のうごくとき
それは小石となって空を落ちる
鳥の　つばさのはばたくとき
それは滴りとなって海に落ちる

彼方

池田克己に

あなたは知っていた
星と星との距りのなかに
いちまいの鏡がひかっているのを

ふいに　あなたはそれをすりぬけた
まだ血のあたたかいふたつの手をさしのべて

あなたは知っている
今日という日も　あなたにとっては
過ぎ去った昨日にひとしいことを

あなたは石に刻まれた眼で
鳥のはばたきのなかの　過ぎてゆく未来をみつめている

あなたはいま　見ることができる
生あるものの知りえぬ価値
熟れた果実と燃える星の行方

そのなかにあなたが書かなかった詩の
最後の言葉が刻まれているか？

彼方

扉をたたくもの
ねむれる蛇をよびさますもの　心のなかの
それをお聴きなさい！　それは
永遠の処女をみごもらせる
もとめるものには　ひとつの王国をあたえる

声は　そのなかで　はるかな谺にかわるのです

砂漠にしたたるもの
刺された蜂をよみがえらすもの　生のなかの
それをごらんなさい！　それは
河岸から　彼方にむかう吊橋である
未来をうつす鏡のなかの　過去である
眼は　そのなかで　底知れぬ谷間を見るのです

星に光りをあたえるもの
盲いた魚を泳がせるもの　死のなかの
それをつかみなさい！　それは
死にゆくものの　投げた種子である
うまれでるものの　とらえた藁である
耳は　そのなかで　未知の「時」に出会うのです

場所

　　　　　　はじめ
　　　　　　その風景は
　　　　　　髪の垂れたわたしの自画像に見えた

それは
眼がなかったから　窓がなかった
煉瓦は　固くかみしめた歯と同じにきしった
鳥が
ゆっくり　砕かれた石と　額のあいだを飛んだ
　この破片にみちた広場では
　生きものもひとつの破片にすぎない

それは

頬のあたりがくずれて　砂利と泥になっていた
壁の裂けめからなにか滴るものがある
ひとりの少女が
咽喉のおくの　水たまりのそばで　縄跳びをしていた
　永遠の繰りかえし
縄のカァヴが生命のカァヴなのだ

　ある朝
わたしはその場所を通りすぎた

ひとりの男が
ポンプを押しながら　地下水を汲みあげていた
その水は　砒素と水素の強い匂いがした
「深さを　もっと　深さを
と君は云いたいのだ　表面はすべて
危険だから　はやく内部にはいるのだ　と」

ひとつのハンマァが
時間の錘りをたたき　空間の振子を揺する
古い時代の球根を打ち割っているのだ
「人間は　今日から　ピットのなかで生きるのだ
われわれは　牛や　魚や　麦を犠牲にしてきたが
見ろ！　未来はわれわれを喰う」

一台のトラックが
泥と　石炭殻を積んで走ってゆく
それは黒い文明の微粒子に見えた
「掘れ　もっと掘れ
と君は云いたいのだ　光りはすべて
危険だから　はやく暗いところへゆくのだ　と」

ある午後
わたしは見た
危険！　立入禁止！

そして　人間が黙っているのに
空間がはげしく叫んでいた　その声は
鉄骨と酸素のとけあう声　追われる男と
飢えた少女の呼びあう声となって　空に反響した

鉄骨と　ピアノ線との対角線
追うものと　追われるものとの平行線
機械のなかの心と
心のなかの機械とが描く　みごとなスパイラル

そして　人間は黙っているのに
時間があわただしく叫んでいた　その声は
リベットと鉄板の抱きあう声　追いつめられた男と
死んでゆく少女の求めあう声となって　空に反響した

その夜

わたしはその場所を探した

窓のうえに
まだ　できあがらない屋根があって
星の空を　現在のかたちに切りとっている
　縄跳びをしていた少女は
ちいさな風のそよぎに　声の嗄れた
天使になって　街の睫毛のうえを飛び去った
　ちいさなひとつの惑星

扉のなかに
まだ　できあがらない部屋があって
夜を　未来のかたちに区切っている
　黄色い壁紙　縞のある絨氈
そのうえに　鳥は墜ちて死んだ
鏡のなかを　非常な速さで遠ざかってゆく
ヘリユウムの光り

声

わたしたちの魂が
通り過ぎてきたちいさな町を知っていますか
だれも気づかないちいさな町を

窓のうえに
星の軌道が
きしみながら空から垂れさがっていて
町かどの
だれもいない乳母車のなかからちいさな叫びが聞えてくる
「ああああ
　生命のあるものは消えてしまった
　みんな消えてしまった」
肉屋には牝牛を吊りさげていた鉤針が残っている

公園には仔犬をつないでいた鎖が残っている

わたしたちの魂が
住んでいたちいさな部屋を知っていますか
だれも気づかないちいさな部屋を

テエブルのうえの
葡萄酒の瓶も
グラスも皿もからっぽのまま
椅子も戸棚もからっぽのまま
壁ぎわの
錆びたベッドのなかからちいさな囁きが聞えてくる
「うううう
　内部のものは消えてしまった
　みんな消えてしまった」
世界の中心に吊りさげられた電球のしたで
時間をうしなった目覚し時計が鳴っている

広場

ぼくのこころの隅には
ちいさな広場がある
そこは
　いつでも陽のあたっている場所だ

いま
ひとりの少年が
吊環にぶらさがって未来を蹴った
　「そうだ
　きみの両腕のささえているバランスが
　世界そのものなのだ」

遠いところで
ひとりの少女が

ブランコをゆすりながら時間をはかっている
「その秤には
あらゆる人間の
夢と　コンプレックスがのっているのだ」

その向うでは
もっとちいさな子供たちが
錆びた階段を　文明にむかって昇りはじめる
「きみたちの
反対側にあるのは滑り台だ
さあ　転げ落ちないようにしたまえ」

ぼくのこころのなかで
あかいおおきな夕陽が燃え落ちると
広場はだんだん
影の部分にはいってゆく

ゴオルデン・アワァ

月曜日の午後六時十五分
　みなさまの第四チャンネルがおおくりする「この人を」の時間です

聴視率七十パーセント
七十万台のブラウン管のなかで
ちいさな夢が明滅している
誰だって
心のなかにいちばん感動的な「この人を」
持っていないわけはない

ある小学校の先生は
死んだ両親にかわって家族七人を養うちいさな姉と弟を選んだ
「いちばん悲しかったことは?」
弟が遠足に行けなかったとき

「いちばんうれしかったことは?」

姉さんがはじめて遠足に行けたときです

ある宗教家は
四十年間孤児院をひらいている外国婦人を連れてきた
「いちばんつらかったことは?」
戦争ありましたね　オランダへ帰されましたときね
「いちばん愉快だったことは?」
日本政府ね　すこうしお金もらいましたときね

ある方面委員が伴ってきたのは
麻薬中毒の父親と自分と弟妹三人を捨てた母親を呼び返そうとしている少女だった
「はやくお母さん帰ってくるといいですね?」
でもみんな死なないでいればいいんです
「なにかつらいことがありますか?」
少女はそれに答えられない　生きているのがいちばんつらいのに

これは公開番組だから
観客の拍手と
クイズとで賞金がふえてゆく
それにしても
二万円の不運とか　三万円の不幸とか
三万五千円の感動的事実があるものだろうか

私にもただひとり
この番組にぜひ出場させたい少女がいる
あの最後の東京大空襲の明けがた
鉄道線路のそばに裸で焼け死んでいたその女の子の
瞼を閉じてやると　血の音がした
あの子なら　どんなクイズにも答えられるだろう

　聴視者のみなさまとともに
ふかい感動にひたった三十分間　「この人を」の時間を終ります

影のなかの男

なかよしの女の子が死んだ
咽喉から血を吐いて死んだので
だれにも会わせてくれなかったが
わたしは
血のいろの降る雪のなかでその子を見送った
　はじめて
その男を見たのはその帰りみちだった

その男は
慈善家だったので
施療病院の見込みのない病人たちにやすらぎをあたえ
貧民窟の七人の家族を劇薬で救い
あたらしい墓石にはお祝いの花環をおくった
　おおきくなったら

彼のようになろうとわたしは何度も決心した

その男は話してくれた
ひとりの天才画家の死を追って
アパアトの五階の窓から飛び降りた
首のほそい女のことを
「空に昇るためには飛び降りなければならない」
　わたしは
芥子の唇を持ったひとりの少女をあきらめた

重油や救命具の流れている海で
わたしはかたくその男の肩につかまっていた
護衛艦は
兵士のいのちよりも貴重なものを拾いあげていた
「いい機会だ　ここでたましいを入れ替えろ」
　わたしが
この戦争は敗けると思ったのはそのときだ

砲弾の破片が
わたしの額をかすめていった　そして
となりのタコツボに伏せていた
二十三歳の肉屋の兵士の頸動脈を切断した
「心配するな　おまえにはおれがついている」
　わたしの
　その男に対する疑問はそのときから起った

「あるけない子供たちはみんな殺すのだ
　殺せないものは
自分の子供を木にしばりつけて　逃げてくるのだ」
北の　とおい国境ではそうだった
とその男は語った
　わたしは
　肺炎の女の子をかかえて祈りつづけた

その男は
百科辞典学者だったので　なんでも知っていた
アメリカ・インデアンと騎兵隊との最後の戦闘がどうだったか
イギリスの南極探険隊がどのようにして全滅したか
七つの海の幽霊船とはいったいなにか
　だが
　彼はいちどもそれについて語ったことがない

「いったい誰ですか　あなたは」
あるときには天使　あるときには悪魔
「そしてほんとうの名は死神さ」
わたしは彼の眼のなかに
きらきら光る星のようなものを見たが黙っていた
　その男ははじめて微笑した
　そしていまでもわたしの左側に立っている

幻影の時代　I

＊

しめった黒色火薬の匂いにみちている
夜の海！
おれは裂けたライフボオトの破片につかまり
死んだ魚と塩のあいだに漂っている

ねじれた灰色のキャタピラ
割れた鉄の車輪
吹きとばされた照明弾
それらのうえに　肺の空洞のように星が光っている

＊

おれは知ってるよ
未来があの黄色爆薬筒のなかにつめこまれて
瞬間のうちに　ばらばらになってしまうんだな
夜の薔薇のようにちぢまってゆく溺死体

恐水病のように遠ざかる声

＊

火が！
声が！
エンジンが！
おれはざらざらしたロオプにつかまり
黒い粘液を吐きだす
それから
あかく濁った眼をあけて
おれたちの　黒い兵器の埋葬をみつめている
流血船！　しかし　おれたちは行かなきゃならない

＊

おれは来たのだ　この火と砂礫の島に
そうして
おれの終末の時間を刻む死の柱を
粘土のうえにたてている
裂けている砲塔

ベトンのちいさな貯水槽
砂のあいだに埋没しているわずかな缶詰

*

何時！　何処から
おまえはその血にぬれた歯をむきだして来るかも知れぬ
近代文明の黒い子孫
おれは確実に階段を登って来たんだ
そして　最後の一歩で倒れ　消されてゆくだろう
沸騰する硫黄のような　文明のギャップに投げ込まれて
おまえはすでに　誕生のときのおれの眼のまえにいたな
それから　未来のために　破滅的なウィスキイをあおるときも
熱烈に　幻想的な接吻をかわすときも　おれの眼のまえにいたな

*

そのとき
ニトロベンゼンの匂いのする星がおれを突きぬけたのだ
それから
記憶のドアは閉されたままです

おれの額は血にぬれた薔薇のようにあかい
おれの割れた坐骨には黒色火薬が充満している

＊

灰と
砂のうえに滴る死の影
おれの記憶は　すでに孤島の暗黒のなかに閉されている
傾いた砲塔にたれさがる渇いた死
塩水にひたり　錆びついた車輪のうえの
詠唱の声！
おれは知らない　すべてを
いまは夜明けのときか　永遠に閉された夜か
海藻と砲車のあいだに漂流する死者の時代か

＊

たれさがる鉛の手と
燃える鉄の破片と　溶ける肋骨と
雨にうたれた砲車のうえの
死の苦痛によじれているアジア　そして胃袋

鰯の缶詰と鰤の缶詰とのあいだで
おれははじめて　それを見た
じゆうがゼラチンのようなものに塗りこめられ
彗星のきらめきのように砲火が明滅する
夜の幹は切り裂かれ　記憶の年輪が焼き捨てられる
そのとき
暗い夜の沖からクリストファは出て行ったのだ

＊

かつてのように　秋の滅亡の真中に立って
わたしは云わねばならぬだろうか
一九一四年　夏　人間は精霊であった
一九××年　夏　精霊はなお人間にある　と　あなた！
神の子であるあなた
その蝋色の額に灼きつけられた破滅の星を
その鳶色の眼に刻まれた血の薔薇をごらん？

無名戦士

I

その洞窟では夜だけが生きていた　その壁からは人間の影が滴り落ちた
血のにおい　硫黄のにおい　焦げる砂のにおい

男の声

葡萄のにおい
生まれた土地のにおい
其処でおれは幻を見たことがある
稲妻にうたれた一匹の羊　その眼の中におれがいるのを
墜ちてくる一羽の鳥　その翼の中におれがいるのを
熟れた葡萄は土に落ちる
蜂は乾草のなかに死ぬ

鳥は空に　魚は水に
農夫は盲いた石の下に
だが　おれの眠りの石は此処にはない

おれは黒い幻影を見ている
一房の葡萄の実　砂地の上の折れた腕
そのあいだに
夜光虫のむらがる海がある　肉汁のにおいのする船がある
声のない唄がある　谺のない谷がある　燃える氷の河がある

鳥はそれを越えて行く　空があるから
魚はそれを越えて行く　水があるから
だが　おれの声はとどかない
星と星とのあいだに
おれの言葉は死んでしまったのだ

照明弾　星の高さにはとどかない光り
迫撃砲　精霊の影までは吹き飛ばさない炸薬

若い男の声

飢えと渇きによって死ぬ！　空から
蛾のように降りてくる瞬発信管
音の速度で「生」を掠奪する機関砲
電信機のなかにふるえる暗号の黒さ
飢えて死ぬ！　渇いて死ぬ！
あるいは一発の手榴弾によってみずから絶つ？

詠唱

すべての砂は「死」のためにのみ此処にある
その上にあなたの血がにじむとき
敵はその上に骨を散らす

すべての光りは「死」のためにのみ此処にある
あなたがそのなかで砕かれるとき
敵はその肉を焼かれる

すべての音は「死」のためにのみ此処にある
あなたが東に頭をむけて息絶えるとき
敵は西に頭をむけて倒れる

若い男の声

一粒の麦
一滴の水
一片の乾燥野菜
「ひとつ」の数がいまほど痛烈な意味を持ったことはかつてない
そして一握りの綿火薬が
あらゆる形と影とを粉砕する一瞬のとき！

砲撃の絶え間　海をわたる風　黒い詠唱の声
硝煙のなかから滴る影　鉄帽と水筒のあいだの影

老いたる男の声

わたしの耳は多くの心臓のおとを聞いた
だが　そのときは聞かなかった
わたしの手は多くの傷口に包帯を巻いた
だが　そのときは巻かなかった

傷つけるものには加里を！
病めるものには手榴弾を！
死の映像を除去せよ
死の論証を求めるな

医者にとって戦争は常に哲学的命題を含んでいる
わたしのまなびつづけた「生」の解読も
結局　ひとつの部分に過ぎなかった
麻薬によってひとは安息を得ることができない

水のなかの眠り
砂のなかの眠り
石のなかの眠り
鉛のなかの眠り

もはや塩も水も役立たない
その一瞬は
まだ開かない薔薇のなかに「生」を取り戻す一瞬にひとしい
消滅することだ　砂のなかの蟻のように

II

一本の杭
此処に海兵か陸兵か　ただ神のみの知る無名兵士が眠る

詠唱

ひとはあなたの死んでいる場所を知らない
麻酔にかかった眼にはあなたの影さえ見えない
一片の骨は半ポンドの肉にも値いしない
過去　地図のなかの砂漠には一粒の砂もない

生は鉄よりもはやく錆びつく
石よりももろく死は砕ける
布きれは残っても肉は残らない
革のひときれが残って爪は残らない

精霊の声

わたしの額の上に一本の木が生える　火焔樹が
風に吹かれてそれは囁く
「息子よ
蜂を見るな
すべての王者のためには死ぬな」
わたしの眼のなかに水が流れ込む　塩からい水が
星に照らされてそれは囁く
「むすめよ
蟻を見るな
すべての犠牲と屈辱によっては死ぬな」
わたしの歯のあいだに泥がつまる　血のにおいのする泥が
雨にぬれてそれは囁く
「幼いものよ

魚を見るな
すべて他者を富ますためには死ぬな」

詠唱

眠れ　海鳥のはばたきのなかに
眠れ　星の滴りのなかに
眠れ　閉された鎧戸のかげに
眠れ　盲いたる鏡のなかに

精霊の声

わたしの焼けた肉は一片の牡牛のそれよりもあかく
流れた血は一杯の葡萄酒よりも濃い
だが　わたしは告げることができない
肉を得るためには皮膚をはぐ
酒をつくるには種子をころす　と

わたしの胃は飢えることがない
わたしの噛みしめた歯はひらくことがない
だが　耳は聞くことができる
「おなじ矢で二度は傷つかない　おなじ矢で二度は」
そしてわたしは砂の下でちいさい硝石にかわってゆく

詠唱

秋から冬へ　風はかわる　空に
十字砲火のあとは消え　燃えがらとなった船が水際にある
ひとはいま　あなたの墓地に悼みの水をそそぐ

春から夏へ　風はかわる　砂に
埋まった種子から合歓木の花が咲き　その下で燐が燃える
ひとはいま　あなたの墓地に悼みの花を捧げる

精霊の声

わたしの骨は風化した天幕とともにある
それを探すな
死者のために祈るな　生きているもののために祈れ

わたしの骨は錆びた銃器とともにある
それを探すな
死者たちを愛するな　生あるものたちを愛せ

わたしの骨は火山灰のなかに朽ちている
それを探すな
死者のために悔いるな　生あるうちに悔いよ

わたしの骨はにえたぎる硫黄のなかに溶けている
それを探すな
死者のために涙するな　生あるものを悲しめ

詠唱

星は照るな
沈黙した夜には野の百合もひらかない
風は吹くな
沈黙した空では鳥もはばたかない
雨は降るな
沈黙した海には魚も近よらない

女の声

塩水についた頭のなかに罪はない
泥に埋まった胸のなかには愛がない
あなたは「死」のほかに何も残さなかった

爪も　髪も　言葉も

残されたものには日日が罪であり　その日日が愛です
あなたの倒れたあかい砂　あかい塩の海
わたしには見えないのでしょうか
「死」がわたしをみたす日まで「時」が空の高さに達する日まで

精霊の声

夜には星にむかって歩め
砂漠では空にむかって歩め
暗い鏡のなかにおまえは見るだろう
世界のすべての港の　火薬と砲車にむかって行く影の歩みを

蜂の死のなかに　罰をみたせ
蟻の死のなかに　愛をみたせ
魚の死のなかに　願望を！

鉛の死のなかに　安息を！

一九四五年×月×日　××島に於ける日本軍の組織的抵抗は終った

世界が燃え落ちる夕陽

「なにをしてもおなじではなかった」
のっぽからちびまでの
黒い鞄を肩からさげた十三人が駆けてくる

乞食の神さま

教えてくれ　おれに
なにができるのだ　おれは
死ぬまでになにをするのだ　あの男だけが
知っている　あの男だけが

石置場のかくれんぼから　ちょっと
顔を出したとき　夕陽のなかを
あの男が歩いてくるのがわかった　絵で見た
神さまのように傷だらけで　ぼろぼろの

長い着物を引きずりながら　手に
一本の綱をかたく握りしめていた　その綱のさきには
もつれた髪の女がひとりつながれていた
餓鬼大将が叫んだ
おつながり乞食！　やあい！
おれたちも叫んだ
おつながり乞食！　わあい！
その礫の輪になった中心に立って　あの男は
静かに綱を引きよせ　女を抱いた　砂嵐から
かばいあう砂漠の獣のように

愛とはなんだ　雌と雄とのまじわりか　傷つき
罠にかけられたものの慰めか　強い生きものの
弱い生きものにあたえる憐れみか　あの男は
知っている　あの男だけは

神さまの成れの果てだとあるひとはいい　あれが

悪魔に憑かれた姿だと別のひとはいったが
夕陽のなかのあの男は　他人の
銅貨も求めず　肉も乞わず　魚の骨も拾わずに歩いた　ただ
一本の綱をかたく握って　ときどき
うしろの女をふりかえりながら歩いた　それを
見ていたのは人間だけではない　卵を持った
蟻も　蜂も　油虫も　仔を生んだ犬も　猫も
鼠も見ていた　あの男が
綱のさきに汚れたひとりの天使である魔女をつないで　夕陽の
空のもっと遠くのほうへ歩いてゆくのを

生きること　それはなんだ　麻薬に
しびれ　酒に火をつけて　坂を
ころがり落ちることか　高みへ揺れる縄梯子を
のぼってゆくことか　教えてくれ　知っているなら

誰もあの男がどこから来たのか　どこへ

行ったのか知らないのだ　ほんとうに
生きていたのか　歩いていたのか　あの
二人は
おつながり乞食！　やあい！
おつながり乞食！　わあい！
いまはスモッグにけむってよくは見えないがあの
世界が燃え落ちるような夕陽のなかに　一本の
細い綱につながれて　求めることもなく　ほどこされることもなく
黙って歩きつづけるちいさな二つの影があるのだ　その
影と影とのあいだの　細い
綱が　おれたちだって欲しい

遠い場所

この都会では何処にいっても
生きものに会うことができないから

ぼくは
夜が更けると居酒屋の横木にすがりつく
ここからは
黒いけむりをはきだす煙突が見えない
時間の檻にとじこめられた人間の魂も見えない
　ジンをぐっとあけると遥かなところから鐘が聞えてくる
　職業の秘密　虹のいろの夢　生きとし生けるものの影
　そのとき　ぼくは世界中の生きものに出会うのだ

この都会の何処へいっても
地平線を見ることができないから
ぼくは
夕暮れになると地下室のバアへおりてゆく
そこからは
ビルとビルとに引き裂かれた空が見えない
鉤針に吊りさげられた人間の心も見えない
　マティニをぐっとほすと遠いところから橇の音が聞えてくる

閉された空間　火のいろの星　地球表面のゆるやかなまるみ
そのとき　ぼくは全世界の地平線を見わたすのだ

黒い鞄

――ぼくたちは黒い鞄を肩からさげて登校した――

あの日
東京はいちめんの曇り空で
ときどき　光りの粒が小名木川に落ちこんだ
ぼくの心にも涙の粒が落ちた
「なにをしたっておなじだよ　どうせ戦争へ行くんだ」
のっぽからちびまでの
十三人がそこから別れて「時」のなかに散った
上海から南京までいっしょだった
中村喜一！

きみはいまどこにいるのか？
きみの棺のふたをあけて　そっと
銅のバックルをいれたあの音がきこえたかい

にんにくを喰うなよ　とみんなにいわれた
北村文哉！
きみのほんとうの名は尹炳文《インヘイブン》だった
　きみが木星号に乗って死んだとき
　だれか仲間の声をきかなかったかい

今日
東京はひっきりなしの雨降りで
ときどき　つよい風が南から吹く
その風と雨とを横切って
ぼくの心のなかに駆けこんでくる影がある
「なにをしてもおなじではなかった」
のっぽからちびまでの

黒い鞄を肩からさげた十三人が駆けてくる

（初出不明）

五枚の銅貨

はじめの一枚で電車に乗った
いつか博物館でみた
地球の自転をためす錘のように吊革がゆれ
終点まで
唖の生徒たちが
きこえない言葉ではしゃぎつづけた

つぎの一枚でニュウス映画をみた
親切なシイトはうしろへ傾いていたが
画面もひどくゆがんでうつった
いまの世のなかに真実なんてあるわけがない

あのミス・ユニヴァアスと拳闘選手の
旅行鞄にはなにがはいっているのだろう？

それから　デパアトの屋上へのぼって
ブリキの木馬に乗った
銅貨一枚でだれもが槍騎兵かインデアンになれる
「大人は御遠慮ください」といわれたので
髪のながい
女の子にかわってもらった

ついでに金魚すくいをやった
透きとおった水のなかに眼に見えない世界があるので
とうとう一尾もつかまらなかった
こんな
うすい紙いちまいで
どんなにちいさな生きものも救えるはずがないじゃないか

おわりの一枚をにぎって展望台にあがった
この銅貨をおとそうか
それとも自分をおとそうかと考えた
夕焼けのなかに沈むあの太陽は落ちてゆくのではない
だが　銅貨をおとそうと自分をおとそうと
人間はもうどこにもゆけない

『現代詩手帖』第三巻第一号（一九六〇年一月一日発行）

距離

なぜ　人間に
鳥を撃《う》つことが許されるのか？
眼ざめると　空には
滅び去った骨の　鳥の群れが羽搏《はばた》いていた

鳥は墜《お》ちる　いつかは墜《お》ちる
なにものの救いも待たずに空を墜ちる
墜ちる瞬間に
どんなかたちの永遠が見えるのだろう?

なぜ　人間に
獣《けもの》を撃つことが許されるのか?

眼ざめると　崖には
滅びつきた骨の　獣の群れが佇《たたず》んでいた
獣は消える　いつかは消える
なにものの救いも待たずに土に消える
消える瞬間に
どんな音のする永遠が聞えるのだろう?

なぜ　人間に
人間を撃つことが許されるのか?

距離

――ベトナムの負傷兵であるきみに

その白い包帯のしたの
火薬に焼かれたふたつの眼はなにを見ているのか
鉄の寝台の錆びたパイプにつかまって
じっと空のうえの空をのぞきこんでいるきみ

わずか一秒間の光りが
空を幻のかたちに引き裂くと
そこは地球の見えない部分
人間の声のとどかない地点だ
木は焼かれ　鳥は撃たれ　人間はほろぼされる
わたしは知らなかった　わたしは
見なかった　と誰もがいう
だが　きみは見たといえるのだ　きみの

盲いたふたつの眼はそういえるのだ

わずか三秒間のとどろきが
時を永遠のかたちに砕くと
そこは人間の眼にうつらない部分
地球のもっとも暗い場所だ
家は壊され　土は毒され　人間は砕かれる
わたしは知らなかった　わたしは
聞かなかった　と誰でもがいう
だが　きみは知っているといえるのだ　きみの
砕かれた顎の骨がそういえるのだ

その白いガアゼのしたの
鉄の破片に砕かれた顎はなにをいいたいのか
焼けた薬莢のうえに坐って
じっと地の底をのぞきこんでいるきみ

『中央評論』第二四巻第四号（一九七二年一〇月五日発行）

死者の来る場所

地球が腐ってゆくのだ　ここから
石と岩と地下水が死んでゆくのだ　鳥の卵も
蛇の卵も　ここではかえることがない
硫黄の煙りが立ちのぼる
懸崖のむこうには空しかないのだ

死者の見えない手がここで　石を拾い
人間のかたちに積みあげているのだという
存在しない永遠の女　伝説のなかの英雄
蜜の血　膠でしかない骨　それは
人間のかたちだから　積んでも積んでも崩れる　それは
地球の破片だから　いくら積みあげても高さにはならない

智慧ある人よ
智慧ある人よ　智慧ある人よ

なぜ　燕は南へ帰りそこねるのか？
そのなかの何羽かは凍えて死んでしまった
なぜ　人間は眠りを求めるのか？
サリドマイド系睡眠薬はあざらし肢症の児を生ませた
なぜ　ぼくは生き残っているのか？
まずしい言葉　まずしいヴィジョンはすぐ燃え尽きてしまう

死者に逢う場所なのだ　ここは
太陽も颪も磁気嵐も溶かしてしまうのだ　麦の種子も
無花果の種子も　ここでは芽ぶくことがない
硫黄のたぎり落ちる
間歇泉の底には火が燃えているだけだ

死者の見えない足は　ここを　さまよい
人間のかたちの洞窟を探し歩くという
蝕まれた心臓　愛の欠けた卵巣
涙するたましいの鐘乳洞　それは

人間のかたちだから　罠と見分けがつかない　それは
地球の病巣だから　いくら掘りあてても深さがない

父なる神よ
父なる神よ　父なる神よ
なぜ　動物園のジラフは餌を喰べなかったのか？
その獣はやがて胃潰瘍で死んだ
なぜ　人間は自殺するのか？
デパートの屋上から飛び降りた一人は　その真下の通行人を押し殺した
なぜ　ぼくは生き延びているのか？
愛するものわずか三人　ほかのひとびとには役にたたない

死者の来る場所なのだ　ここは
発見も創造も完成も一瞬のうちに滅ぼすのだ　天使も
悪魔も　ここでは羽搏くことができない
硫黄が渦巻いている
火口壁からは決して谺はかえってこない

死者は生き残った者のまえではかならず
天国や極楽へはゆかない　死者の
来るのは地獄ばかりだ　石も岩も
地下水も腐りかけている活火山ばかりだ　そこには
人間のかたちをした石の柱や洞窟が幾つもあるのに　ぼくは
知っている死者に逢ったことは一度もない

告知

あの蝕ばまれた骨のような
一本の樫の木を覚えているだろうか?
鳥の羽搏きも途絶え
獣の叫びもとどかぬ崖のうえに
空を突き刺して立つ一本の樫の木を
あれは生きものの巣をすべて奪われて

枯れて行く森のなかの最後の木だ

おお　人間であろう
人間であること
人間の手が森を伐りつくすその時まで

あの閉された眼のような
ひとつの窓を覚えているだろうか？
祈りの言葉を失い
救いを求める声さえとどかぬ地平線のむこうに
難破したランプのように瞬くひとつの窓を
あれは生きものの魂をすべて奪われて
滅びてゆく町のなかの最後の光りだ

ああ　人間であろう
人間であること
太陽が空を灼きつくすその時まで

ヒロシマの河

　夜明けにむかって
　河は流れる　人間の魂も流れてゆく

あの焼けただれたドームのうえで
何千羽の鳩が墜《お》ちた
そのとき
世界じゅうの心という心に黒い影がうつった
おお
できることなら
あなたは一羽の鳩になるがいい
このはげしい
寄港地の空から世界の果てまで飛ぶがいい
くちばしに一輪　火の薔薇《ばら》をかざしながら

過去から未来のほうへ
河は流れる　死んだひとの魂も流れてゆく

この街の七つの河で　少女よ
あなたたちは迷える空へ昇っていった
そのとき
世界じゅうの鐘という鐘は無言の歌を鳴らした
おお
生き残ったものはいま
この土地に悲しい悼《いた》みの水をそそぐ
それは
あなたたちの渇いた咽喉《のど》から傷口へ
傷口から河へ　ひとびとの心のなかの河へ流れる

ヒロシマから海へ
河は流れる　世界じゅうの魂が同じところへ流れてゆく

『週刊女性自身』第三四号（一九五九年八月七日発行）

雅歌

――やさしいうた

空は
むしられた小鳥の羽根にみちている
海は
ひきさかれた魚の骨にみちている
そのむこうの遥かな沖に
あなたはなにを告げようとするのか?

さまよう星の光り　それは
愛することの罪にわななく
朽ちた人間の翼　それは
愛されることの罰におののく

空の高みに
にがい林檎の蜜をもとめてか
海の深みに
あつい塩の生命をねがってか
遥かな沖にむかって
あなたはいま　叫びだそうとしている

沈黙の歌

呼ぶな
なにものの名をも呼ぶな

閉された瞼のなかにひとつの鏡があって
死んでゆくもののすべての影と
生まれてくるもののすべての影を映している

以上二篇、『婦人画報』第六九四号（一九六二年二月一日発行）

戦いの終り

戦艦に突っこんだ最後のときに
きみが涙をながしたかどうか私にはわからない
だが　朝やけの空で
きみの攻撃機の車輪がつぎつぎに吸いこまれたとき
私ははげしく泣いた　熱くにがい涙をしたたらせて
あれから十三年　おなじ夏の日がやってくる
　その涙にぬれたこころのなかで
　私は今朝　きみの特別攻撃機が飛んでゆくのを見た

「わが身をもって太平洋の防波堤たらん」
地熱のふきあげる硫黄島で
裂けて砕けて消え去った兵士たち
「置いてゆかないでください　自分も連れていってください」

雨のふるジャングルの夜光虫のなかで
飢えて渇いて枯れ果てた兵士たち
　防波堤はとうとうできなかった
　そして　だれも死んだ兵士を故郷に連れて帰れない

おお　だが　涙にぬれたこころのなかの
きみの特別攻撃機は南にむかって飛びつづけ
そのひとびとにむかって叫ぶだろう
　埋めるべき骨はなくとも　あなたたち
　無名戦士の墓は生き残ったすべてのものの魂のうちにある　と

壁画

懸崖に彫りつけられた石の乳房から
滴り落ちる生命のしずくを
人間の最初の仔が吸っている
それから
乳と蜜の流れる河を求めて
長い旅をした
いま
地球から最も遠い星の光りが此処にとどいたばかりだ

壁に刻まれた槍のさきから
獣の血が噴き出している
あれは人間の血ではなかったか？
いつからか
獣の肉を狩ろうとして
人間の肉を求めるようになった

いま
死んでゆく仲間の最後の声が此処にとどいたばかりだ
その浮き彫りの刳船に乗って
何処へ行こうとしたのだろう？
狼煙のあがる山のむこうの土地へ
まだ見ぬ海のむこうの故郷へ
それとも
沈黙のたましいの国へ
いま
地球から未知の星へ送る最初の船が出発したばかりだ

壁画

はじめて　眼を開けたとき
鐘乳洞から滴りおちる光りを見た

死んだ牝牛のそばで
ひとりの男が火を焚いている
う　う　う　う
人間は　何処から来たのか?

はじめて　二本の足で立ったとき
空から射しこんで来る光りと影を見た
吊橋のうえで
ひとりの女が誰かに呼びかけている
あ　あ　あ　あ
人間は　いま　何処にいるのか?

眼を閉じると
繭のなかの始まりと終りが見えた
深い断崖のしたで
ひとりの男とひとりの女が抱きあっている
お　お　お　お

人間は　何処へ行くのか？

『無限ポエトリー』第一巻第一号（一九七六年一二月一日発行）

壁画

その洞窟の天井には
褐色に塗られた馬が横っとびに
空を翔けていた
その引き寄せた前肢は三万年の未来をつかみ
伸び切った後肢は三万年の過去を蹴っている
　誰がこの馬を描いたのか？
最初のホモ・エレクトスか
最後のクロマニヨンのひとびとか
　そうではない　人間　おまえ自身の手で描いたのだ
そのたてがみを逆風にさかだて
割れた蹄で三万年の時の流れを裂きながら

まっしぐらに前をめざす
雷鳴の光りもここにはとどかない
虹の架け橋もここからは見えない
　馬は振り返ることもなく飛びつづけた
馬はすべてのものを断ち切って走りつづけた
何処へ？
何処へでもない　人間　おまえの呪術のなかを

壁画

その牝牛は身動きができない
ふたつに割れた蹄のさきに罠が喰いこんで動くことができない
そのとき　人間は
黄いろい粘土と　黒い炭の粉で牝牛を描いたが
罠だけは紫いろの呪いでしか描けなかった

呪いはいまも続いている
強いものと　弱いもののあいだに置かれた罠が
　いつも人間の足を引張る呪いだ

その牝牛は叫ぶことができない
襲われて草原を逃げ廻る仲間を
じっと見つめていなければならない
牛の群れは洞窟のおく深く
呪いの壁のあたりまでつづいている

　なぜ　人間が獣をとらえるのか？
　おとし穴　縄の罠　おとりの餌　いけにえ
　人間は人間と同じ血で歴史を描いてきたのだ

その牝牛はもう　たたかうことができない
額に突き出たおおきな角も石灰の膜におおわれ
みひらいた瞳にはかすかな滅びが浮んでいる

そのそばに描かれた仔牛が
うるんだ眼でじっとその行方を見つめている

なぜ　人間が人間を殺すのか？
陥穽　かすみ網　非常階段　身がわり
人間は人間とおなじ血でつながってはいないのか？

『民主文学』第一三八号（一九七七年五月一日発行）

馬のフロッタアジュ

その獣は
風に曝された岩と岩とのあいだから
瞬きもせずに宇宙を見つめている
哺乳綱奇蹄目　馬と獏と犀の原型ヒラコテリウム
四本指の前肢と　三本指の後肢を持った　肩の高さ三五センチ　狐のような馬　犬のような馬

紀元前四千万年　始新世後期　肢の指はちぢまって蹄となった
蹄は駆ける　草原を駆ける　雲を駆ける　砂を駆ける　風を駆ける　星を駆ける　銀河を駆け
　る　夢を駆ける　幻を駆ける
おお　ヴァルキューレの殺陣に風を巻いて
針葉樹林の真只中を　その汗血馬は駆ける

紀元前三千万年　漸新世中期　肩の鎖骨は消え　前肢は直接胴体にくくりつけられた
地の塩を担ぐ　水の皮袋を担ぐ　木の空洞の天鼓を担ぐ　雷鳴の予兆を担ぐ
巫女の兇報を担ぐ　傷ついた額を担ぐ　死体を担ぐ
おお　体高八〇センチの鬣《たてがみ》をふり乱し
熾天使マルドロールを乗せながら砂漠の疑問符を担ぎあげる

そして　いま　その獣が
燃える岩と燃える樹木を振り返ったとき
肩の高さ三五センチの　愛玩用ミニ・ホースが駆けてくるのが見えた
哺乳綱奇蹄目　五千万年の歴史のなかで再び野生に戻った原型の馬

犬の FROTTAGE

あの黄金のいろにきらめく　朝の海で
一匹の獣の死骸が波に漂っているのを見た

あの鋭くとがった耳と　耳まで裂けた唇と
研ぎすまされた裂肉歯の　極北の狼は　おまえではないのか
あの死んだ獣の肉をあさり　夕暮れから砂漠をさまよい　夜行性の魂を招きよせるジャッカル
　は　おまえではないのか
あの三万年まえの　夜の洞窟で
死んだ人間の脳髄を喰いやぶり　精霊の番人といわれたのは　たしかにおまえだ
北欧の　あの日輪車を引き戻した青銅犬
豚飼いエイマオウスの飼っていた四匹のうちの　おまえは犬の一匹だ
哺乳綱食肉目裂脚亜目　十四属三七種
前肢五指　後肢四指　そのほかの指は狼爪と呼ばれ
嗅覚は人間の十億倍　暗闇を透かして生命を見ることができる

一度　人間に飼い馴らされて　南アジアから各地に散り　再び野性化したディンゴがおまえだ
一度　雪の荒野で野性に戻り　再び人間の呼び声をきいて　愛のなかに帰ってきた　ジャック・ロンドンの獣がおまえだ

色盲のおまえには
セルリアン・ブルーの海の色はわかるまい　そして人間の肌のいろも
おまえに　いま見えるのは　首をたれて死を見つめる仲間の犬の姿だけだ
肉を喰う者は　みずからの肉を喰われる

金《きん》いろの海《うみ》

金《きん》いろの子《こ》どもたちが
白《しろ》いうまにのって
空《そら》と海《うみ》のさかいめをはしってくる
かいがらのふえを
ひゅうひゅう　ふきながら

この海《うみ》のそこに
お日《ひ》さまのひかりのとどかないところがあって
しんしんとマリン・スノウがふっている
おさかなも　かにも
わたしたち　にんげんもそこからうまれてきた

金《きん》いろの子《こ》どもたちが
白《しろ》いうまにのって
海《うみ》と空《そら》のさかいめをはしってゆく
なみのオルガンを
ゴーン　ゴーン　とならしながら

『Kゴールデンブック』第二巻第一五号（一九六〇年八月一日発行）

遠い声

おじいさん！　どこにいるの？
空のうえの　星と星とのあいだに
いつでも雪の降っている森があってね
ほら　きこえるだろう？　橇《そり》の鈴が――

泣かない子にはなにを持っていこうかな？

だれにでも吹ける角笛と
だれにでもはけるガラスの靴と
だれもが遊びにきたがるお菓子のおうち――

ママ！　ほんとうにくるんだね？
わたしたちのサンタクロース

『ダイヤル』第七巻第一二号（一九六九年一二月一日発行）

星空《ほしぞら》

夜《よる》の空《そら》が
いちまいのレコオドのように光《ひか》って見《み》える
また　ひとつ　星《ほし》がまたたく

あの星《ほし》は
新大陸《しんたいりく》の発見者《はっけんしゃ》コロンブスが
秋《あき》の夜《よ》の帆船《はんせん》のデッキから見《み》あげていたのだ
それから
南極《なんきょく》の探検家《たんけんか》アムンゼンが
テントから首《くび》を出《だ》して　氷河《ひょうが》のきらめきのなかに
あの星《ほし》を見《み》た
アフリカの土人《どじん》の救世主《きゅうせいしゅ》リビングストンは
夜《よる》の密林《みつりん》にオルガンを鳴《な》らしながら
土人《どじん》と　神《かみ》と　ともにあの星《ほし》をうたった

夜《よる》の風《かぜ》は
　サフランの花《はな》のにおいをさせて吹《ふ》いてくる
　　また　ひとつ　星《ほし》がきらめく

ぼくは知《し》っている
あの星《ほし》は　ぼくの生《う》まれるずうっとまえから
　ぼくが死《し》んだずうっとあとまで
　アルプスの山《やま》のいただきを照《て》らし
太平洋《たいへいよう》の　船《ふね》のマストを光《ひか》らせているのだ

そうして
　忍耐《にんたい》と　勇気《ゆうき》をもって
人間《にんげん》が　そのとうとさを知《し》ったときに
星《ほし》はいつもその輝《かがや》きをまし　世界《せかい》を照《て》らす
そのとき　はじめて　人間《にんげん》は星《ほし》をつかむ！

夜《よる》の道《みち》は

青《あお》いレエルのようにどこまでもつづいている
また　ひとつ　星《ほし》がながれる

『小学六年生』第三巻第七号（一九五〇年一〇月一日発行）

ちいさな橋

生まれたその日から
そのことだけを習ってきた
この世界に橋を架ける　できるだけ多く橋を架ける

朝の逆光線のなかで
私はビルとビルとの細い隙間に橋を架ける
目的もなく
かけあしで急ぐひとの　心と心の裂けめに橋を架ける
だが
引き裂かれた心と心とのあいだは

もうだれの手にもとどかない距離になっている

夕暮れの赤外線のなかで
私は過ぎゆく瞬間と来るべき瞬間に橋を架ける
理由もなく
うなだれて歩くひとの愛と憎しみのあいだに橋を架ける
そしていつかは
人間と人間とのあいだに　時と場所とのあいだに
どんな暴風雨にもこわれない橋が完成されるのを夢みる

生まれたそのときから
このことだけを考えて生きてきた
この世界に橋を架ける　できるだけ多くの橋を架ける

記憶の町

工事現場には　かならず　危険防止の
ためのの　赤いランプが置いてあります

静かに　そっと掘ってくれないか　その
敷石のしたに　ちいさな
女の子がふたり　手をつないで
蝋人形のように瞼を閉じている　なかば
開いた唇のおくには　空から降った焼夷弾の
黄燐がつまっていて　いまでも
しゅう　しゅう　鳴っているのだ

高いところから
エア・ハンマーが鉄の杭を打ち込む

そのたびに
ちいさな蝋人形の女の子が叫ぶ

「天国も地獄も見たことがないのに　なぜ
ひとびとは見たというのか」

静かに　そっと開けてくれないか　その
曲りかどの扉のまえに両手をあげて　おびえた
眼のちいさな男の子が立っている　つぶれた
咽喉のおくには　壁や天井から吹き出した
ガスがつまっていて　いまでも
ひゅう　ひゅう　吹き出しているのだ

高いところで
リベッチング・ハンマアが鉄の鋲を打つ

そのたびに
おびえた眼の　ちいさな男の子が叫ぶ
「天国も地獄も見たことがないのに　なぜ
ひとびとは見たというのか」

静かに　そっと歩いてくれないか　その
階段のしたに　ちいさな覗き穴があって　いまでも
ちいさな男の子や　女の子たちの魂がのぞきにくる　ちいさな
犬や　ちいさな猫や　ちいさな鳥たちが
どうしているかとのぞきにくる　その咽喉を
ひゅう　ひゅう　ひゅう　ひゅう　鳴らしながら
天国も地獄も見たことがないのだから　生きている
ひとたちは　どうか静かに　そっと歩いてくれないか

丘

胡桃の道をさまよい
あなたは
笛が欲しいと言う
偽りの眉は細く

僕の失望の頬は熱い
明日
再び苺の丘をくだり
ほのかな
青春に生きて行こう

『新技術』第三三号（一九四一年三月二〇日発行）

告別

疑惑の夜と残酷な昼との裂け目に
風化した眼窩がひらかれている
薔薇色の祈禱書と狂乱する絞首台との間に
馥郁たる卵巣と未来を持たない十字架との間に
誰がそれを見たか
生誕の祝火のあがる断崖から
葬列のデュエットにみちた断崖へと

架け渡された吊橋の上で
誰かそれを見たものがあるか
すべての愛の灰燼にみちた地上の
過去と未来との隙間のなかへ復活祭の雨が降る
其所から地上へ縄梯子は架けられている
漂流した殉教者の意志のない時間や
失踪する仲買人の燕尾服や
税関吏たちの糜爛した脳髄などがひっかかる
夜も昼も
阿呆鳥の固い嘴がそれを突き刺す
僕は其所へ降りて行く
乾いた虚栄の星が垂れさがり
枯れた偽善の菫がまつわりつき
非情な蜘蛛の粘液にしめった縄梯子の上を
僕は一歩一歩其所へ降りて行く
其所には僕のピラミッドがある
砒素の匂いのする氷河期の

地上の果てにひらかれた生命の洞窟へ
僕は背教者の容貌をもって最初の一歩を踏みしめる
すでに僕の脳髄は
シナントロプスのそれの如く永遠にして刹那のなかに光る
生あるもののすべてが
地上に終焉の挨拶を告げるとしても
僕は信じている
僕のピラミッドのなかにすべてのものがはじまりそして終ることを

『純粋詩』第三巻第一号（一九四八年一月一日発行）

Ruwi

——北園克衛に

「空を飛ぶ鳥のかたち
海にひそむ魚のかたち
それが速度の型式だ」

詩を書きはじめた十三歳の私に
あなたはそう云った
人間の経験がその型をつくったのか
人間の直感がその図型を生んだのか
　生まれ　生まれ　生まれて
その始りに　暗く
死に　死に　死んで
その終りに　冥い
人間のいのちに型式があるのか？

「戦争は文化のフェノメノン
あらゆる破壊と創造は
歴史のなかで繰り返される」
いま　あなたの魂のなかに
どんなすさまじい破壊がおこなわれているのか
どんなめざましい創造が繰り返されているのか
五十六歳の私には何も見えない

死に　死に　死んで
その終りに　冥く
生まれ　生まれ　生まれて
その始りに　暗い
人間のいのちに繰り返しがあるのか？

私のカルテ

私の毒舌は　とうとう
胸の底にまで積もり積もって
糸球体まで　潰してしまった
腎機能　三分の一以下に低下
尿素窒素　一〇五・四ミリグラム
クレアチニン　一一・三ミリグラム
赤血球数　二四一
白血球数　八四〇〇

このままでほうっておくと
尿毒症がどんどん進行し
ついには意識が混濁するというので
生命維持装置の人工血液透析器を着ける
一日おきに　週三回
五時間の強制収容所だ
静脈から動脈へ　二本のビニール管を射し込み
身動きもせずにベッドに括りつけられて
自分の全身の血液を透析するのだ
生きているのか　死んでいるのか
自分にもわからない五時間
第一級身体障害者の五時間が繰り返される

この人間ポンプは
死ぬ日まで　隔日に　そして確実に続く
左手首の真下にある

シャントの手術がその取付口だ
SHANTとは血管の短絡
細胞のバイパスである
私の生命は
何処に短絡しているのだろう？

生きている十八人の墓碑銘
――だれがさきに死ぬかわからない

西脇順三郎

おもい脳髄の栄華をぶらさげて
伊皿子人から土人にかえったが
いくら待っても幻影の人がこないので
自分で探しに行ってしまった詩人の跡である

金子光晴

鬼の児の年齢はどんなに数えてみてもわからない
喘息と　女と　反骨にささえられて
住みにくい世界を生きた
ここは鬼子父神の眠るところ

草野心平

二日酔　三日酔　七日酔
だあれもいなくなったなどと思いはしない
モリアオガエルの沼のそばで
アンリ・ルソオのように横たわっているにちがいない

村野四郎

あの羊をとらえる罠をもとめて
巨人の首と呼ばれる岩のあたりから
飛ぶ「物体」が見えたという岸辺まであるいて
ついに宇宙のはての断崖に眠る

北園克衛

いかなる新しさより新しいものを受信する
レエダァのように　書いた　生きた
蝋燭でなく　空気の箱をともして祈れ
スミレの花でなく　サボテンをそなえてまつれ

城　左門

一盃は美しい女の恩寵のために
二盃は時のながれにさからうために
三盃は生きてあるこの世のしるし
四盃は死んでなおあるあの世のしるし

鮎川信夫

生きているものがそう思うなら
死んだものはよりつよくそう思うだろう
詩は魂にとって慰めである

ゴルフに飽きて今度はなにに凝っているだろう

中桐雅夫
左の眼の白内障をなおそうともしなかった
遍歴の詩集を出そうともしなかった
そして酒を禁じようともしなかった
勇敢な男の　ここは場所である

田村隆一
きみがあまりほうぼう荒らしてしまったので
だれも立棺をつくってくれない
しかたがないので石で蓋をしてそのうえに刻む
「すまないが　ちょっと借してくれないか」

北村太郎
ぼくらの仲間でいちばん
巧みに詩を書いた紳士

都会人だった詩人
結局　お洒落な賢人だったもの眠る

三好豊一郎
まっさきに死に近づきながら
詩の魔法を手に入れた
Spellbound, Spellbound
呪縛されているのはここに頭をたれる囚人たち

衣更着信
――四国、白鳥の海に天佑丸という小舟を持つ友
天佑丸を操って
どこまで行ってしまったのか　もう
声もとどかない　知らぬ間に
ひとの視点をかすめとって白鳥と化した

黒田三郎

——この友は墓碑銘を失ったのでなめらかな石のうえに再び刻む

おたがいに死んだと思った戦いの終り
あの日から十六年も生きてきた
死んだあの日をとり戻そうと　酒を飲み呼びかわす
きみは空から　ぼくは地下から

安西　均

これはこれ筑紫《つくし》なる水城のほとりの美男
花の店　酒の店　色めきたる主人《あるじ》の大臣《おとど》
ひとたび訪れたものはその声音を忘れない
「はやく髭を剃りなさいよ」

山本太郎

二十世紀夜半　孤島に叫ぶものあり
ホモ・サピエンス　おどろきて起《た》ちて視《み》るに
巨大なる猩々なり　女どもタローと名づく

「これが　怪物・モンスターの祈りの唄だってんだ…」

清岡卓行

氷った焔を燃えあがらせるには
火はいらない
向日葵の花をばりばり噛んで
それから　しずかにエロスについて誦すればよい

茨木のり子

いい芝居を書こうとして
たくさんいい詩をつくってしまった
見えない配達夫が速達でとどけてくるから
いまだにみんなが彼女の詩を読んでいる

被読人不知

おまえは満ち潮のときの暗礁だった
おまえは洪水に埋もれた突堤だった

おまえは向う岸へくぐりぬける暗渠だった
おまえは　おまえは
人間の向うがわに架かる一本の吊橋だった

『現代詩手帖』第五巻・第一〇号（一九六一年一〇月一日発行）

無名戦士（硫黄島）

第一部　擬銃と擬雷

兵士たちはみんな夜明けを待っていた。

くらい船艙のなかを、粗木《あらき》の角材と粗木の板とで何段かに区切った棚のうえに、小銃、帯剣、鉄帽、飯盒、水筒、雑嚢などの装具と、重なりあうようにして横たわりながら、眠っている者も、眠れずに眼をひらいて闇のどこかを見つめている者も、誰もが夜明けを待っていた。

大島沖ヨリ小笠原諸島沖ニ到ル海面ニハ敵潜水艦二十隻乃至二十五隻出没シアリ、厳戒ヲ要ス。出港してすぐに発令された対潜警報はもう三昼夜も解除にならない。燈火を外部に洩らさぬように、船艙の窓という窓はかたく閉され、あつい遮蔽幕でおおわれているので、船艙のなかはひどい暑さだ。その熱気のなかで、兵士たちの獣じみた体臭と装具の油の匂いがいりまじって醗酵し、腐った肉汁のような悪臭をまきちらしている。いつ魚雷にやられて、退船準備の命令がでるかわからないので、兵士たちは軍服をぬぐことも、両足を締めつけている巻脚絆を解くこともできない。身体じゅうから噴きだす汗が、だんだん兵士たちの呼吸をあえがせ、ときどきおこるはげしいローリングが、兵士たちの意識をずたずたに引き裂いてゆく。

ちきしょう！　ある兵士は船が揺れるたびにつぶやく。縄で束ねて床にころがしてある数百本の青竹が、船が右左に傾くたびにきしみ、歯の根のうずくような音をたてる。その音がたまらないのだ。ちきしょう！　将校や下士官ばかり救命胴衣を持ってやがって、なぜ兵隊にゃよこさねえんだ。ええ。いいか！　退船命令がでたら、この青竹を一本づつかかえて海に跳びこめ！　海没しても護衛艦が必ず救助にくる！　それまでは沈着冷静に行動せよ。目的地に到着するまえに死んでしまっては任務が果せんぞ。この青竹一本がおまえたちの生命を保証してくれるとおもえ。死んでも離すな。わかったな？　はい。わかりました。輸送指揮官の髭のやつ、海難訓練のたんびにお説教しやがった。魚雷攻撃ヲ受ケ、本船ニ魚雷ガ命中シタルトキ、沈没ニイタルマデニハ概ネ二十分乃至三十分ノ余裕アリ。いいか！　魚雷にやられても沈没するかどうかを判断するには相当の時間がかかる。また、そう簡単に沈むものではない。それ故、退船命令がでるまでは絶対に海に跳びこんだりしてはならん。はやまって跳びこむと自分一人海に置いていかれるぞ。わかったな？　はい。わかりました。ちきしょう！　本船沈没ノトキ付近五十メートルノ海面ニ浮遊スルモノハ、沈没ノ渦流ニ吸引サレルオソレアリ。注意ヲ要ス。いいか！　退船命令がでたら、すぐに青竹をかかえて甲板から跳びこめ！　海面と甲板との距離がどんなに高くとも恐れてはならん。跳びこんだらすぐに船から離れろ。最低五十メートル、できれば百メートルは離れろ。いいな。わかったな！　はい。わかりました。ちきしょう！　中部太平洋海面ニハ鱶ノ群棲シアルトコロ多シ、兵員輸送ニアタリテハコレガ対策ヲ媾ジオクヲ可トス。いいか！　海に跳びこんだら即坐にこの赤い布を流せ。そのとき一端は必ず腹に巻きつけておく。鱶は自分の身長より長いものを決して襲わんという習性を持っておる。この赤い布を忘れると、鱶の餌食になるぞ。いいな。わかったな！　はい。わかりました。ちきしょう！　鱶に喰われてたまるかってんだ。海の底に魚の喰いかすのように骨だけ沈んでるなんて、いいざまだよ。ちきしょう！　はやく夜が明けねえかよ。ボカチン[*1]喰ったって、まっくらな海のうえじゃ、救かる命も救からず、チャカポコ[*2]になっちまうぜ。なんでえ。この布《きれ》は赤褌じゃねえか？　赤褌ひとつが命の綱ってわけかい。ちきしょう！　だが兵士たちはその赤褌を軍服のうえからかたく腹に巻いて夜明けを待っていた。ある兵士は、船艙の仕切壁のむこうから聞えてくる気筒の音が気になって眠れなかった。勝手にしやがれ！　ごっとん、ごっとん、ごっとん、ごっとん。遠く、近く、高く、低く、ごっとん、ごっとん……どこへ、どこへ……何処へ、何処へ……ごっとん、ごっとん。武人必ス死所ヲ識ル、命令一下欣然トシテ死地ニ赴クハ之不滅ノ大義[*3]ニ生クル所以ナリ、全員決死進ンテ戦局ノ打開ニ任シ欣ンテ国難ニ殉スヘシ、一歩港ヲ出ツレハ直チニ敵潜ノ我ヲ待ツアリ、漸ク目的ノ地ニ近ツクニ到レハ敵機ノ跳梁アルヘシ、途中亦敵ノ機動艦隊ト遭遇スルコトナキヲ保シ難シ、些カノ油断モアルヘカラス、直チニ全員戦斗配置ニ就ケ、不断ニ決戦ヲ準備シツツ前進スヘシ。いくら輸送指揮官がきれいな言葉で訓示しようと、この蚕棚に閉じこめられていたんじゃ、どうしようもないじゃないか？　兵隊は桑の葉っぱのしたでもぞもぞうごいている蚕よりもっとひどい。蚕はときがくれば自分の吐いた糸で繭をつくるが、おれたちは自分の棲む場所さえ知らないんだ。[*4]あの輸送指揮官は、目的ノ地、がどこだか知っているのだろうか？　誰だい？　父島上陸なんていう兵隊情報[*5]を流しやがったやつは？　待って、待って、夜になっても上陸準備の命令はでなかったじゃないか？　では何処へ？　ここから反転して沖縄へ、そんな廻りみちをとるはずがないじゃないか？　武人必ス死所ヲ識ル。誰か知ってるやつはいないのか？　自分の死ぬ場所さえ知らせてもらえずに、お国のために死ねっていうのか？　何処でもいい。海のうえじゃ、いやだ。どうせ死ぬなら陸のうえで死ぬほうがいい。いまボカチンを喰ってみろ。青竹一本につかまって鰹節をかじりながら漂流するのだ。そのあげく、眠くなって、青竹から手を離して、波と波のあいだにすうっと吸いこまれて終りだ。このあたりの海は深い。小笠原海溝は水深六千メートル、その海の底で屍蝋になっていても誰も引き揚げてくれやしない。何処でもいい。勝手にしやがれ！　どこかの陸地へつれてってくれ。きっと、夜が明ければ、どこかの島が見えるだろう。夜が明ければ、目的ノ地、がみえるだろう。

　くそったれ！　ある兵士は船がおおきなうねりに落ちこんで横揺れするたびにそうののしる。くそったれ！　じぶん家《ち》にいりゃ、こんなことにゃならなかったんだ。夜明けのいまごろはかあちゃんの火照って胸《ママ》に抱かれて、犬っころのように眠っていられたんだよ。こんなに蒸し暑いときにゃ、黙って窓をちぃっと開けてよ、涼しい風をいれりゃ、いいんだ。じぶん家《ち》にいりゃ、誰だって将校さまよ。くそったれ！　将校しょうばい、下士勝手、兵隊ばかりが国のため*6ってね。どうせ、おれたち兵隊は消耗品よ、一銭五厘の令状いちまいで幾らでも召集できるんだ。誰かがいったっけ。軍馬、軍犬、鳩だって、一銭五厘でかきあつめるわけにゃ、いかねえぞ。なあ。皇国ノ危急ニ奮起シ撃チテシ止マム勝タスハ帰ラスト互ニ誓フ諸子カ純忠ノ赤誠マサニ茲ニ凝ルヲ見ル。あの輸送指揮官のやろう、肩の凝るような御託ばっかりならべやがって、この暑苦しさをなんとかしろってんだよ。息が詰まっちまうじゃねえか。くそったれ！　徴兵徴役、一字のちがいっていうけれどよ、ほんとうだぜ、こりゃあ。いまどきの監獄だってこんなにひどくはあるまいよ。おんなじ死ぬときまってるものをよ。兵隊ばかり、こんなひどいめにあわせなくったってよさそうなもんじゃないか？　くそったれ！　弾丸《たま》は前からばっかり飛んできやしねえんだぞ。これじゃ、まるで首吊りの足をひっぱるようなもんだ。もうすぐボカチン喰って死んじまうかも知れねえ兵隊をよ、こんなつらいめにあわせようっていうやつの、顔が見たいよ。くそったれ！　なにが親方、日の丸だよ。夜が明けてみな。まずいちばんに、あの窓の遮蔽幕たらいうやつ、引っぱがして海んなかへ叩きこんでやっからな。くそったれ！　夜が明けてみやがれ。窓という窓、全部開けて、潮の匂いのする風を思っきり吸いこんでやっからな。夜が明けりゃなあ。夜が明けさえすりゃあ。なあ。

いちばん下の蚕棚の隅の、深い闇のなかから、ひとつの影がそっと起きあがった。それは船艙のまんなかに積んである迫撃砲弾や、手榴弾や、機関銃弾や、破甲爆雷や、黄色爆薬などの火薬の匂いと、熱気に苦しむ兵士たちの喘ぎとが、闇の底のほうでいりまじり、かもしだした影の兵士に違いなかった。

その影は鉄帽と帯剣を抱えて、梱包と梱包のあいだをよろめくように通りぬけ、船艙開口部のほうへ歩いていった。そこから左へゆくと兵士用厠、右へ行くと甲板に昇る鉄梯子がある。対潜[*7]監視哨[*8]ノホカ許可ナク通行スヘカラス。出港のときから、兵士は甲板のうえに出ることを禁止されている。兵員輸送の船だということがわかると敵の潜水艦に狙われやすいからだ。その影はゆらゆらと右へまがり、鉄梯子を昇りはじめた。誰もそれを見とがめるものはいなかった。

輸送船はすべての燈火を消しているので、甲板のうえも闇であった。その影は遮蔽幕のさがっている出入口をすりぬけると、すぐそばの換気筒のかげにすべりこんで、潮の匂いのする空気を深く吸いこんだ。闇にむしばまれた全身が、そのおくのほうまで透きとおるようなうまい空気だった。

空を見あげると、その頂きのあたり、南から北の空へかけて、銀河が巨大な吊橋のように光っていた。雲と雲のあいだからわずかな星あかりが、その影の兵士の横顔に射しこんだ。略帽[*9]

の庇のしたのふたつの眼が、光りに濡れてまたたく。そのおぼろげな光りのなかで、彼は熱気と悪臭によどんだ闇のなかから甦えった。彼はもう影ではなかった。船艙の底に、さまざまな装具やおびただしい種類の火薬とともに閉じこめられているとき、彼はひとつの戦闘用資材の員数に過ぎなかったのだが、いまの彼はもうそうではなかった。心臓が脈うち、そこから全身に血が流れめぐるひとりの、生きた人間であった。

彼は鉄帽の紐を顎のしたにかたく結んで、帯剣を腰に吊ると、換気筒のかげにうずくまった。もし日直将校か日直下士官に見つかったら、対潜監視哨交替の時間をまちがえたので、こうやって待機している、といえばいい。鉄帽をかぶり、帯剣をつけていれば、たぶん信じてもらえるだろう。彼はここで夜明けを待つことにした。

出港してからずっと、彼はこの孤独な場所で夜明けを待つことにきめていた。この輸送船のなかで、彼が戦闘用資材のひとつの員数からひとりの人間に戻ることのできるのはこの場所だけであった。船艙をぬけだして甲板にかくれていたことがわかれば、おそらく重営倉ぐらいの罰は喰うだろう。船のなかに営倉があるのかどうか、彼にはよくわからなかったが、いくらなんでも海に投げこむようなことはあるまい。もし、利敵行為の罪で、死ねといわれたら、彼は死んでもいいとおもっていた。この孤独の場所を彼は死を賭けても手にいれたかったのだ。この場所にいるときだけ、彼の眼はすでに数百キロを距てた内地の灯を見ることができる。そこからさらに彼の眼は、かつて彼が生きてきた場所、過去の記憶のなかにさかのぼってゆく。いまの彼にはその記憶だけが生きていることの証拠であった。

　横浜を出港して最初の夜明け、六月三十日の夜明けに、武井兵長がはじめてこの換気筒のかげにうずくまったとき、輸送船は伊豆大島の西方の沖を進んでいた。夜半過ぎ、房総半島館山沖の仮泊地を抜錨するとすぐに対潜警報が発令されたので、船は魚雷回避のため、右に左に小刻みに針路を転換してジグザグ運動を繰り返していた。はるかな闇のむこうに内地の最後の灯が消え残った星のように[*10]瞬いているのが見えた。薄明の海を見透かすと、前後に一隻づつ僚船の黒い影が浮んでいた。船団は全部で三隻、そのまわりを護衛の海防艦がただ一隻だけ、おおきな輪を描いて走り廻っていた。六月五日に出港した六隻の船団が、大島沖で全滅したという情報が入って、兵士たちはみんな脅えていた。米鬼恐ルルニ足ラス、只恐ルベキ大敵ハ各自ノ心中ニ萌ス油断ノミ、イタスラニ敵潜ヲ恐ルルコトナク必勝ノ信念ニ基イテ行動セヨ。輸送指揮官の訓示も、輸送船三隻、護衛艦一隻のちいさな船団だということが知れわたると、兵士たちの恐怖をいっそうあおりたてる役割りしか果さなかった。パラオへむかった船団は、まっさきに護衛艦が沈められたそうだ。そういう情報もどこからともなく兵士たちのあいだに流れていた。もし護衛艦が沈んでしまったら、残った三隻の輸送船には、艦砲も、対空火器も、爆雷もない。敵潜水艦が浮上攻撃してきても、防御する手段はまったくないのだ。まるで強姦される姑娘[*11]みたいなもんよ。支那帰りのある上等兵がやけっぱちの口調でそういった。高梁[*12]畠のあいだを逃げて、逃げて、逃げまわって、息も絶えだえになったところをつかまえられ、裸に剥かれ、両足を押さえつけられ、何人もの兵隊に犯され、投げ棄てられてしまう前髪をたらした幼い姑娘。彼はその仲間には加わらなかったが、その光景は山西省の討伐で何回も見てきた。波と波とのあいだを逃げて、逃げて、逃げまわって、マストを撃たれ、船橋を燃やされ、最後に魚雷を受けて沈められてしまう裸の輸送船。厚さ数ミリの鉄鋼板のしたには確実な死の影が潮の匂いをさせながら待っていることを兵士たちはみんな知っていた。

右舷の遠くに、伊豆大島のおおきな三角型の影が見え、だんだん明るさを増してくる空に、三原山の噴煙がゆっくり溶けこんでいた。ここでやられたら、おれはきっとあの大島に泳ぎついてみせる。だいじょうぶだ。死にはしない。死ぬものか。武井兵長は襲いかかってくる死の影をむこうへ押しやるかのように船尾のほうへ眼を移した。船尾のむこうのはるかなところには、まだ消え残った燈火がひとつ瞬いていた。房総半島のかすんだ山すその灯であった。その灯のむこうには、おなじような灯が、何百も、何千も、何万も瞬いているはずだった。そのなかの、ただひとつの灯に武井兵長は呼びかけた。おれは死にはしない。決して死にはしない。

二日目の夜明け。七月一日の夜明けに、船団は八丈島の仮泊地を抜錨した。前夜、八丈島の泊地に錨をおろしたとき、船艙のなかには、八丈島上陸の情報が流れて兵士たちはみんな生きかえったようにはしゃいでいた。船のエンジンが止まってるぞ！　まちがいなく八丈島上陸だよ！　鳥もかよわぬ八丈島っていうけどな、八丈の女は情が深いんだぜ！　こんなオンボロ船団だからな、八丈島あたりが行き止りだとおもったさ！

夜明けまえ、船艙から脱けだして、この換気筒のかげに昇ってきたとき、武井兵長は兵士たちの予感がすべて裏切られたことを知った。輸送船は小刻みにふるえながら錨を上げているところだった。僚船のひとつはもう泊地をはるかに離れた南の沖を走っていた。その前方には護衛艦の高いマストの影があった。船団はあきらかにさらに南方へ進もうとしていた。船団は何処へゆこうとしているのか？　武井兵長は誰もその問いに答えてくれないことを知っていた。部隊の移動というときにはいつでもそうであった。兵隊はただ中隊長の命令のままに黙って歩いていればよかった。中隊長は大隊本部の、大隊本部は連隊本部の、連隊本部は歩兵団司令部の、歩兵団司令部は師団司令部の、師団司令部は軍司令部の、軍司令部は方面軍司令部の、方面軍司令部は大本営の命令によって動いているのだった。このうち、兵隊たちの耳にとどくのは、せいぜい大隊本部の作戦命令か日々命令までで、そこからうえは兵士たちには手の触れることのできぬ秘密の暗号地帯になっていた。３・２・９・６・５・７・８・４・２・６・３……。武井兵長は無電器の鍵が叩きだすその無秩序な数字のなかに、自分を含めた多くの兵士の生命がかかっていると考えると耐えられない気がした。あの無秩序な暗号数字に組み替えられる命令の原文は、いったい誰が書くのだろう？　連隊長のうえの、旅団長のうえの、師団長のうえの、司令官のうえの、大本営参謀だろうか？　そのうえは参謀総長、そのうえは大元帥陛下。しかし陛下がこのちいさな船団の行方などを知っているはずはないのだ。３・２・９・６・５・７・８・４・２・６・３……。武井兵長は遠去かってゆく八丈島の、富士山に似た山の頂きのうえに、無電器の鍵を叩きつづけている巨大な五本の指を見ていた。おびただしい数字の迷宮に君臨する巨大な指の幻影を見ていた。

三日目の夜明け、昨日の夜明けには、船団はただ黒い波のうねりだけが果てしなく揺り返している海のさなかを走っていた。武井兵長がこの換気筒のかげにうずくまるとすぐに、右舷の海でなにかが爆発した。ちいさく凝縮された爆薬が何回か痙攣して張りつめていたものを一瞬のうちに爆ぜさせるような音であった。爆発は二度も三度もつづいて起った。闇のなかを透かして見ると護衛艦の船尾から、黒い円筒型のドラム缶のようなものが、つぎつぎに空へ跳ね飛ばされていた。爆雷攻撃！　敵潜水艦が近くに姿をあらわしたに違いない。武井兵長は自分の尾骶骨から背骨をつらぬいて咽喉のところまで、一本の魚雷が突き刺さったような気がした。この魚雷が爆発すれば終りだ。全身がばらばらになって、肉も骨もこなごなになって、空に吹き飛び、海に降りそそぐ。陸軍兵長武井正三。右ハ中部太平洋上ニオイテ壮烈ナル戦死ヲ遂ケタルモノト認ム。そして陸軍伍長武井正三之霊と墨で書かれた一枚の紙きれだけが残るのだ。護衛艦は何発か爆雷を撃ち終ると、反転して船尾のほうへ遠去かっていった。武井兵長は背骨のあたりからあの魚雷が引き抜かれてゆくのを感じた。救かったのだ。生き延びたのだ。右舷の遠い地平線がすこしづつ明るくなってくるのを見ながら、彼はしょんべんをこらえていた。

そうしていま、出港して四日目の、七月三日の夜明けがおとずれようとしている。海も空もまだ暗いが、もうすこし経てば、この深い闇がだんだん溶けて、空の星の輝きがうすれてゆく。

ほとんどの星が消えかかる頃、いぶし銀のいろの薄明のなかに、さまざまな形の雲が浮び、そのむこうから淡紅いろの光りが射しはじめる。やがて空は、空のむこうに野火が放たれたかのように、いちめんに火のいろで、炎のいろで燃えあがる。その瞬間の空のいろをおもうと、武井兵長は身体の芯があつくうずいて、行先きの知れない不安も、魚雷の恐怖も忘れることができた。もうすぐに夜明けがくる。この深い闇がだんだん溶けて、空の星の輝きがうすれ——その深い闇のなかの夜と昼との裂けめのあたりで女の声が呼んでいた。しょうぞう！　しょうぞう！　召集がきたんだよ。おまえに召集令状がきたんだよ。しょうぞう。どうしよう？　六月八日の夜更けに食糧営団の寄り合いから戻ってくるとおかみさんが店さきへ跳びだしてきてふるえながら赤いいろの召集令状を見せた。どうしよう？　しょうぞう！　こんなことになるなんて。どうしよう？　臨時召集令状。東京都品川区戸越三ノ八六二。補充兵。歩兵。兵長。武井正三。右臨時召集ヲ令セラル依テ左記日時到著地ニ参著シ此ノ令状ヲ以テ当該召集事務所ニ届出ヅベシ。到著日時。昭和十九年六月十日十三時。到著地。東京都麹町区代官町二。東部二部隊。召集部隊。備部隊補充隊。附添人見送人並国旗ノ携行ハ禁止。但シ被服返送用材料ハ必ス持参ノコト。東京聯隊区司令部。しょうぞう！　見送りにもゆけないんだね。そんなじゃとても面会なんかないだろうね。もう。これが最後なんだよ。しょうぞう！　おかみさんの両方の瞼のかげから涙が噴きだしてそれが唇の右はしにある黒子のうえに滴りおちた。しょうぞう！　おいで！　あたしの部屋へおいで。おまえに渡すものがあるんだよ。しょうぞう！　二階のまっくらな部屋に入るとおかみさんは仏壇を開けてお燈明をつけそのまえに坐って掌をあわせなにかを祈っていた。しょうぞう！　ここへおいで。あのひとも許してくれるよ。しょうぞう！　うううううう。むせびあげたおかみさんは肩をきつく抱きよせるとあつく濡れた唇をかわいた唇に押しつけながら横に倒れた。いいんだよ。しょうぞう！　あたしたち。もう。いいんだよ。おまえは死ぬんだもの。うちのひととおなじようにおまえは戦死するんだもの。うちのひとだって許してくれるよ。しょうぞう！　あたしをおまえの母親だとおもっておくれ。みなしごのおまえを十三年も育ててきたんだもの。今夜はあたしをほんとうの母親だとおもっておくれ。しょうぞう！　はじめて触れた女の胎内ははげしく息づいていて命の故郷のおく深く人間の仔を包みこんで離さなかった。しょうぞう！　おまえにあたしをあげるよ。みんなおまえにあげるよ。死ぬんじゃないよ。帰ってくるんだよ。あたしのところへ帰ってくるんだよ。公園の森の樫の木のうえの夜空をほのかな光りがゆっくり溶かしはじめるのを見ながらまるでそのなかに永遠と呼ぶものが妊るかのように抱きあっていた。しょうぞう！　この夜明けを忘れずにいておくれ。戦地へいっても忘れずにいておくれ。あたしは。毎朝毎朝。ここでこの夜明けを見るよ。しょうぞう！　おまえも。戦地へいったら。どこにいても。毎朝毎朝。夜明けを見ておくれ。夜明けの窓のむこうの空が火をつけたように真赤に燃えあがりいのちはおたがいの血のなかではげしい焔をあげて燃えさかっていった。しょうぞう！　おまえは。もう。あたしのものだよ。おまえのいのちは。おまえひとりのものじゃないよ。おまえのいのちは。あたしのなかにはいったのだよ。忘れずにいておくれ。あたしは。おまえのいのちを抱きしめながら。毎朝毎朝。ここで。この夜明けを見るよ。死ぬんじゃないよ。帰ってきておくれ。しょうぞう！　ああ。しょうぞう！

「ちぇっ、なんにもないじゃねえか。スカばっかりとは情けないねえ。ほら、ネギの振りだし、勝ち目なし。第二補充じゃ戦さはできぬ――」

千葉から召集されてきた軍曹が、ぼやきながら菖蒲のスカを捨てた。スカというのは滓のなまったものなのだろう、得点には入らない一点札のことだ。

窓と入口の遮蔽幕のうえから、二重に毛布で覆った暗い二等船室の床に、毛布を四つに折って場がつくってある。空缶のなかにたてた蝋燭の灯が、毛布のうえの花札と、そのまわりの四人の下士官の顔を照らしだしている。

小田島軍曹は自分の手持ちの花札を、たしかめてみた。櫻が二枚、芒が二枚、松が一枚、桐が一枚、わるい手ではない。なるほど、ネギの振りだし、勝ち目はないか。場に捨てられた菖蒲の図柄は畠に植わっているときのネギそっくりだ。一瞬、彼は裏山のすそにあるネギ畠をおもいだした。いまは夏ネギのちいさなやつが植えてある。あいつ、おろぬいた[*13]かのう？

「おら、第二補充が兵隊ならば、蝶々とんぼも鳥のうち、電信柱に花が咲く。蝶はもらったよ」

埼玉出身の軍曹は調子をつけて、牡丹の十点札をさらいこんだ。牡丹の花に二匹の蝶がたわむれている派手な図柄のやつだ。

小田島軍曹が現役のころは、輜重輸卒が兵隊ならば、蝶々とんぼも鳥のうち、と歌って、特務兵と呼ばれた輜重を嘲ったものだが、いまでは輜重兵の多くは自動車部隊になっている。第二補充兵というのは、その輜重兵より体格が劣悪で現役になれなかった連中のことだ。しかも、いまこの船に乗っている兵隊は三個前に召集されて、一期の検閲がすんだばかりの一つ星が多い。こんな程度の悪い兵隊といっしょじゃ、命が幾つあっても足りねえぞ。なるほど、ネギの振りだし、勝目なし。うまいことをいうぜ。

小田島軍曹は手持ちの芒の二十点札を、場にでている十点札のうえに投げて、つぶやいた。

「兵隊死ぬときゃ坊主はいらぬ、命令いっちょで死ににゆく」

芒の二十点札は、黒い坊主山のうえに、白く十五夜の月がでているやつだ。どういうわけか空が赤い。まるで血のいろのようだ。

「小田島軍曹、なかなかやるねえ。こっちは猪の赤豆だ。ほら」

東部軍からきた曹長が萩の十点札を手にとりながらいった。

「赤豆といや、驚いたね。青年館に集結したしょっぱなの飯アゲのときよ。食缶のなか、のぞいたら赤飯だろ。こいつは出陣祝の赤飯だってんでみんな喜んで喰ってみたら、高粱飯でやがんの。ロクなことはねえなあ。それにこの船の飯よ。三度三度の握り飯に乾燥野菜、これじゃ死んでも浮ばれねえよ。どうせ、ハリツケ部隊じゃ、冷飯喰いもしょうがねえよ。まったく処置なしだ」

「ハリツケ部隊？」

小田島軍曹は訊き返した。そんな部隊は聞いたことがない。

「ほい、しまった。いうんじゃなかった」

蝋燭の火に照らされた三人の軍曹の眼が、いちどきに曹長の顔に集った。

「曹長どの。そんな不人情なことといわずに教えてくださいよ。おんなじ釜の飯喰った仲間じゃないですか」

千葉の軍曹がながい顎をまえにだして喰いさがった。

「ほんとですよ。曹長どの。途中でやめると淋病になりますぜ。殺生なことといわずに教えてくださいよ。ねがいます」

埼玉の軍曹は、下級品のコンペトウをだして曹長のまえに置いた。一宿一飯の義理をコンペトウで結びつけるつもりなのだ。

「じゃ、教えてやろう。ただし、絶対、軍極秘だぜ」

「軍極秘、了解。曹長どの。頼みますよ」

「東部軍の参謀連中から聞いた情報なんだがね」

東部軍司令部なんていう偉いひとばかりいるところは、とても小田島軍曹なんかの手にはとどかない。聯隊のすぐうえの、旅団や師団だってその門をくぐったことがないのだ。そこの参謀からでた情報なら、そのへんの兵隊情報とはわけが違う。信ずるだけの価値はありそうだ。

小田島軍曹はしんけんになって耳を傾けた。

「自分らの転属する備部隊というのは、第三十一軍の防諜名称なんだな。その三十一軍司令部はサイパンにある。軍司令官は小畑英良中将だ」

「え？　サイパンへ行くんですか？」

おもわず小田島軍曹はおおきな声をあげた。

サイパン島には、彼が今度召集された直後の六月十五日、米軍が上陸したばかりだ。大本営はサイパンこそ難攻不落、上陸米軍の殲滅近し、と発表していたが、この六月二十八日、船団が横浜港に集結したときまでには、上陸米軍撃退の発表はなかった。おそらく激戦はまだ続いているだろう。小田島軍曹は自分の脳髄のなかに十五榴砲弾を一発ぶちこまれたような気がした。

「まあ、待て。小田島軍曹。おれたちが行きつくまでにはサイパンの米軍は全滅しているさ。なにしろ絶対国防圏なんだからな。それに聯合艦隊が出動しているんだ」

「いよいよ、聯合艦隊出動ですか？」

「そうだよ。Z旗[*14]一旒[*15]、皇国の興廃この一戦にあり。いまごろ、海軍さん、いい調子でやっとるぜ。海の生命線、南洋は海軍の責任だからな」

小学生のころ、村の小学校の校庭で巡回映画会が開かれたとき、二本の竹竿に張られた映写幕に南洋委任統治領の島々がうつった。アサカゼ、アサギリ、アサナギなどという名の軍艦が、右から左へ、左から右へ、波を蹴たてて進み、その波が風にゆらゆらする映写幕のうえで、ほんものの海のように揺れていた。ときどき、海の生命線、南洋、という字幕や、海の護り、我が帝国海軍、という字幕が飛びだしてきた。幼い村の小学生たちはそのたびに喚声をあげた。あのときサイパンの島の景色が幾つかうつった。あの島の近くで聯合艦隊が戦っているんだな。小田島軍曹の網膜のなかで、口径四十六サンチ[*16]という戦艦『大和』の主砲がクローズアップされ、遠くのほうへ消えていった。

「要するに、大本営は第三十一軍の戦力を二倍に充実する予定で、われわれ備部隊補充要員はだな。米軍撃退後のサイパンを中心に、ほうぼうの島へ配属されるわけだ。そのとき、将来の米軍の攻撃に備えて、兵力の約半数を水際陣地にハリツケにして、艦砲の弾丸よけにする作戦なんだ。まあ、いってみれば犠牲部隊だね」

「すると、おれたちゃ、ハリツケ分隊長ってわけかい？　えっ、そのう！」

千葉の軍曹がやけ気味になって、松のスカを毛布のうえに叩きつけ、札をめくると松の二十点札がでた。松のかげから丹頂の鶴がいろっぽい眼つきでこっちを見ている。

「門松立てておおさわぎってね。こちとら、いくらおっ立てても、死んじまっちゃ、どんな女のおそそ[*17]にもいれられねえよ」

「まあ、あわてるな」

東部軍の曹長が蝋燭の芯をかきたてながら口をはさんだ。

「ハリツケになる兵隊さんは、銃の射ちかたも知らん補充兵でたくさんなんだ。そいつらんところにゃ新品の伍長さんがゆくよ。貴公らのような歴戦のつわものどもをハリツケにするほど、参謀連中も石あたまじゃないさ。どっかの島の気楽な配置につけてくれるよ」

「しかしなあ」

梅のスカを捨てながら、埼玉の軍曹がぼやいた。

「どんな中スケにあたるかねえ。いざ戦闘となりゃ、なんたって中隊長次第だよ。士官学校でたばかりっていうカチカチも困るが、女房の腰巻ばかりなめてる召集の中尉さんも困りものだぜ」

埼玉の軍曹のめくった札が櫻のスカだったので、小田島軍曹はそのうえに櫻の二十点札をかさねた。

「今度逢う日は来年四月、靖国神社の花のした。かあちゃん頼むよ、ふっくらまんじゅう」

「おいおい、小田島軍曹」

また曹長が声をかけた。

「貴公の地方では、女のあれをまんじゅうというんか？」

「ええ。女どもは風呂へはいってまんじゅうふかしをやるんですよ。そのふかしたあとがなんともたまらねえ味なんですね」

「そんなことをいったって、小田島軍曹。来年四月にゃ、靖国神社へはゆけんよ、おれたちは」

「だって曹長どの。おれたちにゃ、もうちゃんと靖国神社の入場券が支給済みんなってますぜ」

「小田島軍曹よ。おれたち、ここでボカチン喰ってみろや。その入場券もいっしょに海没しちまうんだぜ。誰かが戦死を確認してくれなきゃ、靖国神社にゃはいれんよ」

靖国神社の入場券というのは楕円形の真鍮板に部隊号と番号の入っている認識票のことだ。小田島軍曹は自分の首に木綿の糸で吊ってある認識票にさわってみた。備＊＊＊＊＊と六桁の数字が彫ってある。なるほど、輸送船ごと部隊全部が沈んでしまえば、誰が死んで誰が生き残ったか、なかなか判別がつかない。認識票などというものは、大陸の戦線で、せいぜい五人か六人死んだときにしか役立たないものだということに気づくと、小田島軍曹は急に全身が鳥肌立つような恐怖を感じた。ここで海没してしまえば、身体につけていたものもすべて身体ごと海の底に沈んでしまうのだ。こいつぁ、ひでえ戦争だ。支那を相手に戦ってるようなわけにはいかんぞ。ひでえもんだ。

「ところで、曹長どの。さっきの話なんですがね。ほんとうにサイパンは難攻不落なんですか？　米軍を撃退できるんでしょうね？」

「絶対国防圏なんだからな。サイパンは。こいつを奪《と》られちゃ陸軍も海軍も面子《メンツ》がたたんだろう。参謀連中は自信たっぷりさ。なにしろ、この船にも慰安所のピイ[*18]を乗せてくるくらいだ」

「ピイ？　ほんとですか？　この船にピイが乗ってるってなあ？」

「ああ、嘘だとおもったら見てくるがいい。上甲板の将校室のとなりに、とてつもないべっぴんが乗ってるぜ」

勝負はもうひと廻りして、小田島軍曹が十五夜の坊主、花見の櫻、桐と二十点札を三枚とって、ひとり勝ちで終った。

「さあ、一発ぶっぱなしてくるか」

終るとすぐに小田島軍曹はそうつぶやいて立ちあがった。

「いっぱつ？」

埼玉の軍曹がおかしな眼つきで小田島軍曹を見た。

「心配すんなよ。ピイが乗ってるからって、慰安所開設の命令がでて、軍医さんがピイ看々《かんかん》や[*19]らんうちは、おれたちの手にゃとどかんよ。おれの一発は糞のことさ」

別に糞をぶっぱなしたいわけではなかった。小田島軍曹ははじめから上甲板にいるというピイを見にゆくつもりだった。とくべつ、おれがどすけべいというわけじゃない。ほんとにピイが乗ってりゃ、帝国陸軍の余裕しゃくしゃくたる作戦の片鱗が窺えるというもんじゃ。小田島軍曹はそう自分にいい聞かせながら、上甲板へでるタラップをしずかに昇りはじめた。

暗いタラップに佇んで、首からうえだけ上甲板にのぞかせ、小田島軍曹は闇のなかに眼を凝らした。いまでも彼はなかば曹長の言葉を疑っていた。女は乗せない輸送船、トコズンドコ。その輸送船にピイが乗っているということがあるだろうか？　しかし。彼はおもいだしていた。しかし、大同[*20]作戦のときにはかなり前線まで、ピイはついてきた。日本《リーベン》ピイ、大和撫子。彼女たちのついてくる戦線では日本軍は敗けることはなかった。裏返して考えると、敗け戦さが予想されるような危い戦場にはピイはついてこないということだ。ほんとうにピイがいるとすれば、この船団の行先きに、それほどの危険は待っていないというわけだ。

　眼を凝らしていると舷側の闇のなかに、微かにひとつの影が見えた。舷側の手摺りにもたれて海をのぞきこんでいるその顔の部分が、ほのかに白く闇のなかに浮んでいた。そのまるい腰の線は、将校でも、下士官でも、兵隊でもなかった。女がいる！　ピイが乗っている！　眼が馴れてくると、着物の模様や女の首すじまでが見えるようになった。女は縦に白くすじの入った縞の着物をきていた。小田島軍曹の眼には、その女が手摺りにもたれたまま、いちまいづつ着ているものを脱いでゆくように見えた。闇のなかの、ほのかに白いふたつの乳房と、すべっこい腹と、寝わらの匂いのする髪の毛と、すぐにくすぐったがる腋のしたと、胸をまさぐる指と、はげしく息づいてふるえる肩と。

　マサヨ！　おめえまだあの盲目縞のべべきてるんか？　あんときとおなじでねえか？　おれんとこさ召集きて立振舞《たちぶるまい》あったときとおなじでねえか？　あんとき、おめえは寝間の床のうえさ黙って坐りこんで、おれがなんにもいわねえのに、べべさ脱いで、腰巻きの紐さ解いて、すっぱだかになって、おれにいったべさ。おどう！　おめえ、ほんとにおらさ惚れたことあっかや？　おらのまんじゅうほんとに好きだったかや？　小田島軍曹のふるえる心のなかで、手摺りにもたれた女の姿はだんだん姫神のオシラサマのように妖しさを増していった。[*21]

ぎ、ぎ、ぎ、ぎ、ぎ、ぎぎっ。輸送船がジグザグ運動をくりかえすたびに、頭のしたから竜骨の軋むような音がきこえるので、深沢技師はひと晩じゅう眠れなかった。眠ろうとおもえば甲板の中央にある将校室の二段ベッドへはいって横になればいいのだが、彼は船室にははいろうとしないで、船首に近いマストのしたの雨覆いシートのうえに横たわっていた。

いま、彼の眼のまえには、速射砲や、迫撃砲や、機関砲や、通信機材などの梱包が幾つも置いてある。粗木の板と枠とで固く組まれたその梱包は、みんなおなじように四角い形をして甲板に並んでいたが、そのなかの一個だけは底に太い青竹の筏がはかせてあった。搭載のときに暁部隊[*22]の将校に頼んで、深沢技師がやっと筏のうえに乗せてもらったのだ。その筏の四隅にはロープが縛りつけてあって、船が傾いても転げださないように甲板に固定してあった。もし、この輸送船が魚雷をくらって退船命令がでたら、すぐに軍刀でロープを断ち切り、彼はその筏といっしょに脱出して漂流するつもりだった。筏とともに行けるところまで行く。途中で筏が沈んだら筏もろとも沈んでもいい。いまの深沢技師には、この梱包だけが、生命を賭けて護る価値のあるただひとつのものであった。

その四角い梱包のなかには電動削岩機が一台、附属品のドリルや乾電池とともに入っている。つい半月まえまでは、その削岩機は富士山麓のかたい岩盤に孔をうがっていた。

巨大な火成岩層の節理《すじ》をたどって、数個所の理《め》に削岩機のドリルがちいさな孔をあける。その孔に黒色火薬が一本づつ差しこまれる。発破だぞう！　現場のまわりで赤い旗が振られる。点火！　五分後、すさまじい轟音とともに、一瞬、火成岩層全体が空に持ちあがるのが見える。岩の破片が飛びちり、砂煙りがいちめんに舞いあがる。数分後、その砂煙りが消えると、巨大な岩層のあいだにくらい地下への進入路が見えてくる。そこが洞窟陣地の入口になるのだ。深沢技師はその入口を拡げ、奥ふかく掘進させて、富士山麓に重砲の地下格納陣地をつくる工事の主任技師を命じられていた。工事の途中で主任技師が交替することはまずないといっていい。すくなくとも工事が完成する今年の末まで、あと六個月、彼はこの削岩機とともに、富士山麓のひろい荒野にいられたはずであった。

ぎ、ぎ、ぎ、ぎ、ぎぎっ。頭のしたで、横波を受けた船体がおおきく軋った。深沢技師は転属命令を受けてからの、あわただしい変転をおもった。それはいまジグザグ運動を続けている輸送船の針路のように、ほとんど一瞬ごとに変転したといってもよいほどだった。

六月十日の朝、師団司令部からの緊急電話で転属命令が伝達された。陸軍技師深沢壮一、第三十一軍司令部ニ転属ヲ命ス。その日の夕刻、大本営へとんでいって連絡をとると、三十一軍司令部はサイパンにあることがわかった。部隊略号は備部隊《そなえ》。中部太平洋に策定された絶対国防圏防衛の任務を与えられているので、難攻不落の『備《そなえ》』であった。軍司令官は小畑英良中将。隷下部隊は、トラック地区集団（第五十二師団基幹）、南部マリアナ地区集団（第二十九師団基幹）、北部マリアナ地区集団（第四十三師団基幹）、パラオ地区集団（第十四師団基幹）、小笠原地区集団（父島要塞部隊基幹）、それにマーシャル諸島、クサイ、ウェーク、南鳥島、メレヨン島にある諸部隊。軍司令部は、離島防衛作戦の特質を考慮して、通常編制の参謀部、副官部、兵器部、経理部、軍医部、法務部のほか、とくに築城部を設け、木暮義雄大佐が築城部長になっていた。築城部には十数個の工事班があって、隷下の離島守備部隊を巡回しているという。おそらく深沢技師にはその工事班の設計指導の任務が与えられるだろう。この状況ではまず危険はあるまい、と彼は予想した。はじめて南方の離島作戦で玉砕したギルバート諸島のマキン、タラワ両島は、守備隊が海軍のみで陸軍兵力は皆無だった。今年の二月、玉砕したマーシャル諸島クェゼリン環礁の守備隊は海上機動旅団一個大隊を基幹とした四千名に過ぎなかった。それにくらべればサイパンは軍司令部の直率、もし隷下の離島部隊に配属されてもそこは師団である。戦時編制二万を数える戦略兵団、一個師団が玉砕するということは考えられない。苦戦といわれたガダルカナルでも司令部以下約半数は脱出しているのだ。彼はふつうの駐屯師団へ行くつもりで、四日目ごとにサイパンへ連絡に飛んでいる飛行艇に便乗、軍用行李一個を持っただけで、単独赴任する予定をたてた。

その翌日、六月十一日、第三十一軍から入った一通の作戦緊急電報によって、状況は急変した。十一日。一一・四五ヨリ敵機動部隊ノ空襲ヲ受ケツツアリ。大本営参謀本部作戦課は、このサイパン攻撃の機動部隊の企図をどう判断するかに迷っていた。サイパンの南東一二五〇キロには、さる二月まで聯合艦隊の泊地だったトラック島があり、南西一六〇〇キロには南洋庁[*23]の所在地パラオ諸島がある。この二つの基地をほうっておいて、直接マリアナへくることはまずあるまい。最近の敵の進攻方向を見たどってると、三月十五日のマヌヌ島上陸[*24]、三月二十日のエミラウ島上陸、三月三十日から三日間にわたるパラオ地区空襲、四月二十二日のニューギニア島の要地、ホーランディア、アイタペ上陸、四月三十日から二日間に及ぶトラック島空襲、五月十七日のアララ上陸[*25]、そして五月二十七日のビアク島上陸と、すべての作戦方向はフィリッピンをめざしているのだ。第三十一軍司令官小畑中将も、軍当面ニ於ケル敵ノ主攻略目標ヲパラオ及メレヨン地区、と判断して、現にパラオ方面を視察中だという。危いのはパラオだ、というのが参謀たちの意見だった。その日は、深沢技師をはじめ、誰も敵のサイパン上陸を予想したものはいなかった。敵の機動部隊が引きあげさえすれば、サイパンへ赴任できるとおもっていたのだ。

ぎ、ぎ、ぎ、ぎ、ぎぎっ。また船が急に針路を変えたのだろう。竜骨の軋むような音が船の底のほうからきこえてくる。そのなにかを引掻くような音をきくたびに深沢技師ははげしい不安に駆られる。このまま無事に目的地につけるだろうか？　それとも、つぎの瞬間には魚雷を受けて沈んでしまうのだろうか？　深沢技師は筏のうえの削岩機に眼をやった。命令を受けたはじめの頃には、この削岩機といっしょに、死を覚悟して輸送船に乗りこもうとは予想もしていなかった。彼がたてたはじめの予定、飛行艇でサイパンに赴任するという計画がくつがえったのは、六月十三日であった。その日から、状況はまた急変した。サイパンからの無電は火花のように断続しながら、ますますはげしくなる米軍の攻撃を伝えてきた。

十三日。一四・〇〇。敵機動部隊近接。戦艦、巡洋艦ニヨル艦砲射撃ヲツヅケアリ。イマダ輸送船ヲ見ザルモ、上陸ヲ企図シアルモノノゴトシ。

十四日。一一・〇〇。輸送船四〇、西南方海岸距岸一〇キロニ近接。

十五日。〇八・四〇。猛烈ナル砲爆掩護下ニ約二個師ノ敵、上陸用舟艇ニヨリ、オレアイ海岸ニ上陸ヲ開始ス。

米軍二個師団、サイパンに上陸。深沢技師は網膜の裏側で艦砲射撃のすさまじい砲火が飛び交うのを感じた。身体じゅうが熱っぽく芯のほうで火が燃えあがっていた。サイパンはどうなる？　第三十一軍司令部はどうなる？　自分はどうなる？　もちろん連絡の飛行艇などはもう飛ばないだろう。サイパンへ行くべきかどうか？　サイパンへ行けるかどうか？　参謀の指示を受けると、備兵団補充要員輸送大隊が日本青年館に集結待機中だから、そこへ行って行動をともにせよ、ということであった。なんとしても絶対国防圏の一環であるサイパンは奪回しなければならぬ。おそらく聯合艦隊と協同の逆上陸作戦がはじまるだろう。

その十五日の夜のうずくような痛みを深沢技師はおもいだした。すると従妹の美枝の透きとおるような眼が闇のなかに浮んだ。壮一さん。あなたは嘘をついてるわ。なにかかくしていらっしゃる。美枝さん。あんたは純粋でいいな。いまのままでずうっと生きていておくれよ。壮一さん。あなた、どこかへ行くんでしょ？　戦地へ行くんでしょ？　いいな。あなたの眼は純粋でいいよ。彼はもう叔父と二人で、彼が携えていった一升の酒を飲みつくしていた。酔った彼の眼のなかで、のぞきこむようにして彼を見つめている美枝の白い顔と、闇のなかで炸裂している艦砲射撃の火花とが交錯して、二重写しになっていた。結婚しなくてよかった、美枝と結婚しなくて救かった、と彼はおもった。もし結婚していたら仮病を使ってでもサイパンへ行こうとはしなかっただろう。壮一さん。あなた戦地へ行くんでしょ？　おねがい。ほんとうのこと、いって。彼は酔ったふりをして手を振った。その手は美枝に対する否定だけではなく、自分自身への否定でもあった。戦地へ行ってどうするんだ？　サイパン逆上陸に狩りだされて、おれになにができる？　おれは技師だ。建築技師だぞ。建築技師に人間が殺せるか？　いっそのこと知っている軍医に頼んで、胸部疾患で病院に入っちまうか。おれの胸には中支那でやられた既往症があるんだ。できない話じゃないぞ。そうすりゃサイパンにゆかなくてもすむんだ。卑怯者かい？　おれは。そうさ。誰だって卑怯者さ。彼は美枝の眼のまえで、はげしく手を振りつづけていた。

十六日の午後、青山の日本青年館に集結している備兵団補充要員輸送大隊にはいったとき、深沢技師は自分の顔いろが変るのを感じた。大隊の兵士はほとんど一期の検閲を終えたばかりの第二補充兵、下士官は五月召集、将校は輸送指揮官以下六月召集のものばかりで、自分たちの行先きさえはっきりとは知らなかった。彼はすぐに携行品目の一覧表を調べた。大隊は歩兵だけの編制で工兵はいなかったから、土木機械や建設機械は一台も見あたらなかった。もし、逆上陸がサイパン北部の岩石地帯から行われるとしたら、どうやって陣地をつくるのか？　歩兵の円匙《えんぴ》＊26ではタコツボも掘れないだろう。これで逆上陸ができるのか？

十七日。深沢技師は大本営の指示をだしてもらって芝浦の需品本庁へいった。備兵団追送品目を大隊の携行品として輸送船に搭載してもらうためである。そのとき、鉄筋、鉄骨、角材、セメント、削岩機とならんだ補給請求を眺めて、白髪の補給課の技師がいった言葉を彼はよく覚えている。輸送船は二十三日出港でしょう？　あと一週間たらずでこれだけ集めろといったって、無理ですな。だいいち、鉄筋、鉄骨、セメントというのは、現物がありませんよ。とにかく、いくら送り出してもみんな海没してしまうんですからな。六月一日に出港した船団は六隻のうち五隻もやられる。十日にでた船団はちょうど敵機動部隊にぶつかって、十隻とも全滅です。目下の状況では追送物資がサイパンに到着する確率は五パーセント、これじゃ、貴重な物資を海に棄てるようなものだ。続いて聞かされた船舶喪失量の数字は深沢技師におおきな衝撃を与えずにはおかなかった。今年の一月から五月までの海没累計、三七〇隻、一五〇万トン。極秘なので数字はよくわからないが、日本にはもうおそらく一万トン以上の輸送船は現存していないのじゃないか。やむをえず、海上トラックと機帆船団で物資を追送しているが、この搭載量が一隻にせいぜい六〇〇立米《リウベい》、[27]それさえ敵の空襲を考慮にいれれば無事に目的地に到着するとは保証できない。これが事実です、と補給課の技師はいった。第三十一軍隷下の海上輸送隊にしても、むかしの工兵部隊の改編したもので、一個中隊に大発《だいはつ》[28]が五隻では問題にならない。これでは戦争ができんので、いま陸軍は独自の立場から大型の輸送潜水艦を建造中です。まあ、これが完成するまでなんとか持久してもらうんですね。補給課の技師はそういってもう一度補給請求の書類に眼を移した。その最後の欄には、電動削岩機五台と書いてあった。補給課の技師はそのうえに、強く赤鉛筆で線をひいた。削岩機はありません。このまえグアムへ追送したのが最後です。それも沈んでしまいましたがね。深沢技師はそのときも、網膜の裏側に[29]飛び交う艦砲射撃の閃光を感じていた。なんにも持たずにそこへ行けというのか？　陣地をつくるセメントも鉄筋も角材もなく、岩礁をくずす削岩機さえ持たずに？　だが、どこからもその答えはきこえてこなかった。遮蔽物もなんにもない岩礁のうえに、露出した頭をつぎつぎに射ち抜かれて倒れている無数の屍体だけが彼の視野のなかにあった。

ぎり、ぎり、ぎり、ぎりり。今度は甲板のうえで筏を固定しているロープの軋む音がした。深沢技師は立ちあがって、闇のなかを手探りながらロープの結びめを調べてみた。根もとにすこしゆるみがきていたが、まだすぐに外れる心配はなかった。夜が明けたらどこかの兵隊を借りて締めなおせばいい。夜明けまではこのままでいいだろう。サイパンに到着する確率は五パーセント。この船団がその五パーセントのなかに入るかどうかは誰にもわからない。だが、もし魚雷にやられたとしても、夜が明けて空が明るくなれば、この削岩機の筏ごと、救助される可能性が強くなる。深沢技師は船尾のほうの空の闇に、最後に眺めた夜明けの富士の壮麗な姿を描いた。頂きに近いインディゴの岩肌に、雲のあいだから射す数条の太陽の光りが反射して、そこだけ金いろのまじった朱のいろにかがやく。それは天上の光りと音楽のなかで、しずかに掌をあわせて祈っている大屋根の、壮麗な寺院のように見えた。

　六月十九日の午後、深沢技師は需品本庁から所属変更の伝票をもらって、トラックで富士の重砲兵部隊へいった。そこにある三台の削岩機のうち、一台を譲ってもらうためだった。部隊との折渉に半日かかって、トラックに削岩機を積みこんだのは夜であった。その夜、彼は運転手の兵隊をつれて御殿場の料亭に泊まった。女のしろい乳房を吸い、なめらかな肉のあいだに埋もれながら、彼は自分の生命[*30]はいま終るのだとおもった。あなたは死ぬのね？　女は彼の身体をうえから抱きしめた[*31]。あたしが最後の女になるのね？　ほんとはほかの女と寝たかったんでしょ？　あなたのいちばん好きなひとと。女のしろい顔に従妹の美枝の透きとおるような眼がかさなった。いいわ。あたしが身がわりになってあげる。もっときつく抱いて。ああ。はげしく咽ぶ女の声を聞きながら、彼は二重にも三重にも引き裂かれている自分を感じていた。女と寝ることと女を愛することと、戦争へゆくことと戦争から逃げだすことと、生きることと死ぬことと。おれはいったい誰の身がわりになって死んでゆくのだろう？

「明朝だな。そう。明日、天明とともに貴官らの驚嘆にあたいするような状況が現出するはずだ。これは、自分が直接、参謀どのからうかがった話だからまちがいないとおもう」

円卓のうえでゆらいでいるちいさな蝋燭の灯に、広い額のあたりを照らされながら、歩兵学校から派遣された教官の大尉[*32]がひとりでしゃべっていた。そのまわりに召集の少尉ばかりが五人、顔の半面を明るいほうに向けて黙ってその話をきいている。

「明朝、おそらくこの船団は海軍第五艦隊との会合地点に達する。そこから、父島、硫黄島からくる数個大隊をあわせて、アナタハン、アギガンと島伝いに南下して、パガン島に達する。パガン島には独立混成一個聯隊が待っている。これをあわせると逆上陸部隊は実数およそ一個旅団に該当する戦力にふくれあがる」

さっきから、堀口少尉は大学で自分の受けもっていた古代史の演習をおもいだしていた。学生の数もほとんど五人か、六人、あのときも憑かれたように自分ひとりがしゃべっていた。ただ違うところは、教室では学生の年齢が二十五歳ぐらい、話している自分が三十五歳だったのに、ここでは話している教官の大尉が二十五歳ぐらい、黙って聞いている学生の少尉たちが三十五歳ぐらいと、年齢が逆転していることであった。

「パガン島からサイパンまでの距離は約二九〇キロ、大発で半日の航程に過ぎない。状況によっては夜間隠密裡に逆上陸することも不可能ではない。そこで部隊の集結を待って、一挙にサイパンの米上陸軍を叩く」

確信にみちた大尉の顔は、蝋燭の灯のなかで美しくかがやいていた。おれもあんなに美しい顔で学生たちに教えていただろうか、と堀口少尉はおもった。演習のときには、いつも低い声でなにか秘密の計画でも練るように、まわりを警戒しながら話をしなければならなかった。昭和十三年に先生の『古代研究』が絶版処分にされ、ついで十五年に津田左右吉博士の『古代史の新しい研究』[*33]が絶版になってからは、大学の教室でも日本の古代史に触れることは禁じられたも同然だった。あんなに確信にみちた美しい表情で古代史を語ることはできなかった。

「いまごろは聯合艦隊が、全機、全艦艇をあげてサイパン周辺に蝟集する敵機動部隊に攻撃をかけている。情報によれば敵艦艇の総数は五〇〇隻、そこへ基地空軍二〇〇〇機と聯合艦隊が襲撃するのだから敵もたまらんだろう。まさに罠にかかった獣だ。おもいきって咽喉もとを締めあげればやつらは全部海の藻屑だ。補給艦艇を失った上陸軍はどうなる？ ガダルカナルでも一時そうだったと聞いているが、米兵は声をあげて泣くそうだ。カンバック、カンバックってな」

黙って大尉の話を聞いている堀口少尉の記憶の底のほうから、これとよく似た状景が浮びあがってきた。あれは天智称制二年、中大兄皇子は朝鮮半島の百済救援のため、唐と新羅の連合軍に戦いを挑んだ。八月のなかば、日本と百済の連合軍はいまの錦江の河口に近い周留城に包囲され、苦戦に陥った。その数は三万二千といわれている。これを救うために、日本軍は錦江の河口にあたる白村江《はくすきのえ》に逆上陸を企てた。

「サイパンにあがった米軍は三個師、いま一個師二旅団のわが守備軍はこれを迎えて敢闘中である。われわれ逆上陸軍は敵の背後からこれに突撃する。腹背に攻撃を受けて、敵が浮足だったところを、われわれの後続部隊である第九師団と第百九師団の二個師がこれを包囲殲滅する。どうだ？　稀に見る大作戦だろう？　われわれはこの歴史的大作戦に参加できるのだ。まさに、御民われ生ける験《しるし》あり、じゃないか。自分たちはいま、まさに歴史を生きているのだ。天佑神助を信じ、必勝の信念を護持するかぎり、サイパンは必ず奪回できる。いや奪回せねばならん。これがいまのわれわれの崇高なる任務であり、われわれへの至上命令である」

だが、歴史のなかの白村江には天佑神助はなかった。八月二十八日、一千艘の舳をつらねて白村江に赴いた日本の水軍は、待ち受けていた唐の水軍に挟撃されて敗退したのだ。堀口少尉は『旧唐書』に記録されているその部分を、口のなかで誦《そらん》じた。《四たび戦って捷《か》ち、その舟四百艘を焚《や》く。煙と焔《ほのほ》、天に漲《みなぎ》り、海水皆赤し》おなじことを『日本書紀』も伝えている。《須臾《とき》の際《ま》*34に官軍敗績し、水に赴きて溺死する者衆《おお》し、艫舳《へとも》廻旋《めぐら》すを得ず》堀口少尉は赤く燃えさかるサイパンの海に、顔を下にむけて漂っている無数の兵士の屍を見るようなおもいで、眼を閉じていた。そのとき突然、大尉の声が聞えた。

「堀口少尉！　貴官は大学で歴史を研究されていたそうだが、神機というものを信じるか？」

堀口少尉はしずかに眼をひらいて大尉の顔を見つめた。確信にみちた若者の美しい顔だった。このひとは天佑神助を信じている。神機の到来をひたすら信じていると少尉はおもった。このひとにどう答えればいいのか？

「大尉どののいわれる神機とは、たとえばどういうことを指されますか？」

大尉は両手を膝のうえにおき、姿勢をあらためて唱えはじめた。

「我国の軍隊は世々天皇の統率《とうそつ》し給う所にぞある。昔神武天皇躬つから大伴物部《おおとものもののべ》の兵《つわもの》どもを率い、中国《なかつくに》のまつろわぬものどもを討ち平け給い高御座《たかみくら》[35]に即かせられて天下《あめのした》しろしめし給いしより二千五百有余年を経《へ》ぬ——休め。こう軍人勅諭の冒頭にも仰せいだされているが、神武天皇御東征の砌《みぎり》[36]、豪賊長髄彦を相手に苦戦されたとき、天皇の弓の弭《はず》[37]に金色の鵄がとまった。長髄彦の軍はその光りに眼がくらんで戦意を失い遂に降伏したと伝えられるが、この金鵄こそ神機そのものであると自分はおもう」

このひとも小学校の歴史教科書に載っている挿絵つきの神話をそのまま信じているのだ。なるほど、金の鵄の話は『日本書紀』に載っている。だが、その『日本書紀』における神武天皇について、歴史学者のあいだではむかしから疑問が持たれてきた。《辛酉年、春正月、庚辰朔[38]、天皇橿原宮に於て帝位に即く》その辛酉の年というのがまず問題だった。まだ暦もなかった二千年もまえに、どうして即位の年が辛酉だったと決めることができただろう。だいたい、そのような古代の出来事に、庚辰朔、という日付までわかるはずがない。江戸時代の本居宣長にとってさえ、このことは、いともいとも心得がたき、ことであった。この疑問にひとつの解答が与えられたのは、明治十一年、那珂通世が『上世年紀考』にこう書いたときである。《神武天皇ノ即位元年ヲ、推古天皇以前一千二百余年ノ辛酉ノ歳ニ置ケルハ、元来事実ニモ云伝ヘニモ基キタルニ非ズ、辛酉革命ト云ヘル讖緯家ノ説ニ拠リタル者ナリ》これによれば、神武天皇即位の年代は、古代中国の陰陽五行説による占者の予言、二十一度目ごとの辛酉の年、すなわち一二六〇年ごとに大革命がおこるという予言にかたどって、推古天皇九年の辛酉の年から、一二六〇年をさかのぼって定めたものに過ぎない。すべては『日本書紀』の編纂者がつくりあげた虚構なのだ。この紀元年代虚構説は、さらに発展して神武天皇非実在説となり、大正二年、津田左右吉博士の『神代史の新しい研究』が発表されると、歴史学者のあいだではこれが定説になった。歴史上のこれほど重要な問題、日本という国の起源にかかわる問題が、なぜ訂正されぬままに、虚構を事実として通用されているのか？

「堀口少尉。どうした？　貴官の意見は？」

大尉がもどかしそうな声でうながした。堀口少尉はほとんど反射的にその声に答えていた。

「はい。そのことは、神武天皇御東征の御事蹟として、『日本書紀』の巻の三[*39]に記録されております。十有二月、癸巳の朔にして丙申の日[*40]、皇師遂に長髄彦を撃ちて連に戦いて勝つこと能わざりき。時に忽然にして天陰けて雨氷降る。ここに霊しき黄金の鵄あり、飛び来りて皇弓の弭に止る。その鵄光り曄煜き状、流電の如くなり。」

そのとき、暗い船室のなかは、堀口少尉を証人[*41]とする法廷に変っていた。蝋燭の光りに照らされながら、確信に燃えた美しい眼の大尉は検事席についていた。いま、この証人席で、誓って真実のみを述べ、なにものをも付加せず、という誓約に従い、ありのままを証言したらどういうことになるだろう？　慎重なる調査の結果、神武天皇は神話のなかの人物であり、歴史上、実在の人物と認めることは困難であります。その結果は、天皇否認ノ科ニヨリ不敬罪、建軍ノ本義ヲ紊シタル科ニヨリ誣告罪、敵前ニ於ケル利敵行為ノ科ニヨリ叛逆罪、そのほか考えられるかぎりの罪名をあげて、検事は即刻銃殺を命ずるだろう。傍聴席にいるほかの四人の少尉たち。それぞれにどこかの大学を卒業し、知識人として行動してきたこの少尉たちは、おそらく黙ってその銃殺刑を見まもっているだけだろう。突然、堀口少尉の意識のなかで、その法廷はおおきく拡った。証人席にいるのは自分だけではなく、憲法学者美濃部達吉博士や、歴史学者津田左右吉博士や、民族学者たち数人の年老いたひとびとが影のように並んでいた。そのなかには新しい昭和国学の始祖といわれる、堀口少尉の師父の姿もあった。傍聴席には多いのか少ないのか見当のつかない幽霊のようなひとびとが詰めかけていて、その半分は蒼ざめた表情で、気づかわしげに証人たちを眺めていたが、誰もなにもいうものはいなかった。傍聴席のほかの半分はよく聞きとれない声で、国体だとか、天皇だとか、民族だとかさわいでいた。ときどき、国賊と証人席をののしる声も聞えた。検事席では『原理日本』の主宰者で極右翼の倫理学者蓑田胸喜が叫んでいた。銘記せよ、地球上に唯ひとり建国の神話伝説国民宗教を現人神の信仰に具現せるわが大和民族日本国民の厳存するありて、期せずしてこの世界史により課せられたる人道的使命を実現するに至りしものなることを！　船室のなかでは大尉がしゃべり続けていた。

「われわれが配属された備兵団は、いまサイパンに於て勇戦奪闘《ママ》を続けている。貴官らはこの忠誠あふるる部隊の後続要員として即刻戦場に敵とまみえねばならん。我身を以て太平洋の防波堤たらん。これが軍司令官閣下の訓示であり、わが備兵団の精神である。我身を以て太平洋の防波堤たらん。この信念に徹するかぎり、最後の勝利は必ずやわれわれの頭上に輝くものと信ずる。われわれは現人神であらせられる大元帥陛下の股肱である。天佑神助われにあり。神機はいまわれわれの頭上におとずれつつあるのである。休め」

訓示とも講話ともつかぬ大尉の話がひとくぎりついたので、堀口少尉は挙手の礼をして船室を出た。

甲板に立つと、遠くの空で夜明けの星がひとつずつ瞬きながらその光りをよわめているのが見えた。船がゆっくり針路を変えるたびに船尾のほうで後続している僚船がかすかな影をふるわせた。そのうす闇のなかから低い囁くような声が堀口少尉に呼びかけた。春生さん。もう遅いのだね？　もうすべて手遅れなのだね。遠くで聞く祭りの笛のように錆びた先生の声だった。あのとき、私の『古代研究』が絶版にされるときに真実を告げるべきだったよ、春生さん。正しい歴史をあのとき知らせておけば、こんなことにはならなかったよ。いいえ、先生。もっとおおきな力です。いまの私にもよくはわかりませんが、もっとおおきな不思議な力に私たちは敗けたのです。春生さん。無理に死んではいけませんよ。あなたにはまだ仕事が残っている。正しい民族の歴史を解きあかす仕事がね。ええ。私にもわかっています。しかし、先生、もう遅いのかも知れません。私が生きようとするのには。もう。あの歩兵学校から来た大尉がいったように、ほんとうにサイパン逆上陸が行われるとしたら、第二補充の兵隊と、召集の下士官と、召集の将校だけの部隊で、どこまで戦えるのだろうか？　堀口少尉自身、召集後、わずかに一週間のあいだ挺身斬込戦闘の教育を受けただけで、そのほかのことはさっぱりわからないのだ。統率ノ冷厳ハ戦斗惨烈ノ極所ニオイテトクニ重要ナリ、指揮官ハヨロシク鬼トナルベシ。先生。私は鬼になるべきでしょうか？

　そのとき、加瀬見習士官は暗い空の頂きから、斜めに墜ちてくるひとつの流星を見ていた。星はかすかな光りの軌跡を描きながら、遠い地平線のあたりに燃え墜ちた。これほど美しい終焉があろうか。誰ひとりとってくれる者もなく孤独のうちに生命を燃焼しつくす、無名の死。彼がふたたびその光りの残像を探すかのように、黒い波のうねりにつづく闇を見つめたとき、船尾のほうで、対潜監視哨の叫びがあがった。

「五時の方向！　魚雷！　距離四〇〇メートル！」

　彼は軍刀を左手に握りしめて後尾甲板へ走っていった。船が急角度に方向を変えたので、自分自身は走っているのに[*42]、身体は失速してどこか空中に浮んでいるように頼りなかった。彼はひたすらそれを恐怖の感覚ではないとおもおうとした。

　魚雷はもう一〇〇メートルの距離に迫っていた。航跡が闇のなかの黒いうねりを裂くように飛沫をあげて、まっすぐ進んでくる。彼はその航跡が、自分の眼球のおくから脳髄のなかへはげしい衝撃とともに射込まれるのを感じた。そこで信管が作動して爆発すれば、彼は微塵になって吹き飛ぶ。

輸送船は船尾をぶるぶるふるわせながら、しきりに左へ向きを変えようとしていた。間にあうかどうか？　魚雷の航跡がはやいか？　船の変針がはやいか？　鋭く波を裂きつづける魚雷の航跡はだんだん飛沫をおおきくしながら近づいてくる。距離五〇。距離四〇。距離三〇。距離二〇。距離一〇メートル。心臓の鼓動がおおきく身体じゅうにひろがり、渇いた咽喉のおくで収斂している。義は山嶽よりも重く死は鴻毛よりも軽しと覚悟せよ其操を破り不覚を取り汚名を受くるなかれ。

魚雷の航跡は舷側から五メートルほどのところを、フリュートの低音部のような音をさせながら、船と平行にならんで通り過ぎていった。回避成功。船は巧みに死の航跡から身をかわしたのだ。加瀬見習士官はすぐに日直将校としての自分の任務に気づいて叫んだ。

「右舷異常なし。左舷の警戒をおこたるな！」

いまの一発は回避したが、すぐにつぎの一発がやってくるかも知れない。しかも敵潜水艦はこの海面に一隻とはかぎらない。敵潜水艦ノ魚雷攻撃ハ二隻以上ヲ以テ同時ニ反対方向ヨリ行ワレルコトアリ。厳戒ヲ要ス。いくら厳戒しろといっても、輸送船には電波探知機も、聴音器もない。この暗い闇にとざされた海面を対潜監視哨に立っている兵隊の二つの眼で見張る以外の方法はないのだ。闇にまぎれて一秒でも発見が遅れれば、すべては終る。いま、この瞬間は無事であっても、つぎの瞬間、どこからか魚雷が疾走してくるかも知れない。その魚雷をうまく避けたとしても、つぎの瞬間、反対方向から狙われているのかも知れない。敵潜水艦の魚雷発射管数を最低六本としても、二隻なら十二本、さらに交互に装填しなおして攻撃してくるとすれば、その数は数十本にのぼる。危険な瞬間はつぎの危険な瞬間へと、ほとんど間断なく続いているのだ。

加瀬見習士官は再び船首甲板に引き返した。船首にはベニヤ板でつくられた針のない時計の文字盤がひとつ立てられていて、それには12、1、2、3、4、5、6、7、8、9、10、11、と数字がしるされ、12時の方向は船首、6時の方向は船尾と定められていた。対潜監視哨はその文字盤を基準として、魚雷発見の方向を報告するのだ。右舷の真横にくれば、3時の方向！魚雷！と叫び、左舷の真横にくれば、9時の方向！魚雷！と報告するのだ。兵士たちにとって、6時の方向は四日まえに出港してきた故国の港であり、12時の方向は南の、まだ行く先きのわからぬ戦場であった。だが多くの兵士たちは、その文字盤のうえにそれ以上の悲痛な意味を読みとっていた。6時の方向、それは生の方向であり、12時の方向、それは死の方向にほかならない。

死の方向。加瀬見習士官はこの輸送船に乗りこむまで、現実に死に方向があるなどとはおもってもみなかった。彼がいままで経験してきた死の感覚はすべて夢幻的[*43]で、手のとどかない陰画のなかのものであった。幼いときに母かたの祖父が死んだとき、彼は田舎の葬送の列に加って、藁葺きの家から森の墓場まで歩いたことがある。棕梠縄で括られた[*44]坐棺のまわりは赤や青の紙で飾られ、白い着物をきた男が二人それを天秤棒で担いでいた。その坐棺が揺れるたびに、先頭のほうで銅鑼の音が鳴りひびいた。その銅鑼の音を聞くたびに、彼は、おじいさんは童話のなかの悪魔になったに違いないとおもった。このままじゃ、ぼくも悪魔にされてしまう。いやだ。いやだ。葬送の途上ではげしく泣きわめいた彼は年若い叔母に手をひかれて、藁葺きの家に戻ってきた。博史ちゃんは弱虫ね、その若い叔母がハンカチで彼の涙をぬぐいながらそういった。ぼくは弱虫だろうか？　死が怖ろしいのだろうか？　小学校四年生の夏休みに、クラスで一番の早川くんが肺病で死んだ。おそろしい病気だからという理由でお葬式にもゆかしてもらえなかった。いくら勉強ができたって死んでしまっちゃ仕方がないや。それから半年ほどのあいだ、彼は外から帰ってくると身体じゅうをアルコール綿でふかなければ気がすまなかった。ちんちんの皮をめくってふいたら、青白いお蚕さんのようなものが出てきたので驚いた。夜になって、誰にも見つからないようにそこをふくとき、彼はまだ死というものが自分からは遠く離れているとおもって安心した。あのとき、どうしてあんなに安心していられたのだろう？　中学四年のとき、はじめてひとりで伊勢佐木町のオデオン座へゆき、ジャン・ギャバン主演の『地の果てを行く』を見た。人殺しのギャバンが刑事に追われてアフリカへゆき、外人部隊に入隊して、土民の討伐にでかけ戦死してしまうストーリーなのだが、ラスト・シーンに彼は感動した。殺人者のギャバンを追って刑事のロベール・ル・ヴィガンもおなじ外人部隊に入隊する。部隊はあるとき土民の討伐にでかけるが逆に土民に包囲され、部隊は全滅するのだ。その最後のシーン。熱砂の丘のうえの陣地で、兵士たちはつぎつぎに死んでゆき、ついにギャバンも射たれて死ぬ。そこへ援軍がラッパを鳴らしながら到着する。戦闘はすべて終ったあとだ。援軍の隊長が丘のうえに立って兵士たちの名を呼ぶ。ただひとり生き残ったヴィガンが半裸の泥まみれの姿で、銃をとって立ちあがり、不動の姿勢をとりながら、隊長の声に答える。ピエール！　戦死！　ポール！　戦死！　ジャン！　戦死！　あのとき、彼は日本の兵隊もあんなふうに美しく満州で死んでいるのだ、とおもった。だが、いま、彼は敵の潜水艦に追われて、この海のなかで死のうとしている。

彼は舷側の手摺りに両手を置いて、舳のほうを見つめた。さっき、五時の方向から発射された魚雷の航跡は、わずか五メートルの近さで、船の横腹をかすめとおり、あの舳のほうで消えていった。あのとき、彼は自分の眼のしたを走り抜ける死の影をまざまざと見たのだ。

船の舳が黒いうねりにぶつかるたびに、そのうねりが砕け、ちいさな波となって遠く水脈を曳いてゆく。ゆるやかに遠去かり、またゆるやかに盛りあがってくる水脈のなかには、蛍火のようにちいさな夜光虫がその光りを明滅させている。光りは一瞬のうちに海の底から浮きあがり、一瞬のうちに海の底へ消えてゆくが、あとからあとから果てしなく、なにかをうったえるように生まれてくる。ひとつ、ふたつ、みっつ、よっつ、いつつ、むっつ、ななつ、そして何十人の、何百人の、何千人の、何万人の水死人たちの霊魂さながらに、生き残ったものになにかをうったえている。

船団のなかの輸送船が一隻沈められたとしても、護衛艦や僚船が必ずそのまわりに漂流している生存者を救助してくれるとはかぎらない。敵の潜水艦が近くの海面にいる以上、沈没をまぬかれた船は急速に退避して、船団としての損害を最小限に喰いとめねばならぬ。救出に時間をかけていてはつぎの輸送船が沈められてしまうのだ。状況ニヨリ救出ヲ打チ切ルコトアルベシ。そのことは出港するときの船団会議申合せにも含まれているのだが、兵士たちには極秘にされている。救出を打ち切られた兵士たちの運命はわかっている、と加瀬見習士官はおもった。

筏や浮遊物につかまることのできなかったものは泳ぎ疲れて生きながらに沈んでゆく。救命胴衣をつけたもの、なにか浮遊物につかまることのできたものは何時間かを漂流したのち、意識を失い、こころよい眠りのうちに手を離して沈んでゆく。そこからさきは、鱶に喰われるのか、海の底に積み重なって屍蝋になるのか、生きているものにはよくわからない。だが、その兵士たちの、救出を打ち切られたと覚ったときの怨みはよくわかるような気がする。味方に見棄てられた兵士たちの、生命を捧げろといわれて、ひとつしかない生命を捧げたものに裏切られた兵士たちの、その怨念にみちた霊魂がいま揺れうごく水脈のなかに光っているのだ。その光りは誰にむかって、なににむかって怨みをうったえているのだろう？　ひとつ浮きあがり、ひとつ消え、またひとつ浮きあがり、ひとつ消えしてゆく夜光虫の明滅のなかに、彼はあの幼いときに耳にした塞の河原の唄を聞いていた。ひとつ積んでは父のため、ふたつ積んでは母のため、みっつ積んでは……

「12時の方向！　爆音近づく。敵味方不明！」

その監視哨の声が終らないうちに、船のうえの空にちいさな青白い光りがともった。燃えている燐のようなその光りはしずかに降りてきて船の真上にくると、一瞬、身をふるわせておおきく爆ぜた。

「吊光弾[*45]！」

加瀬見習士官は叫んだ。いつか夜間演習で見た青吊り星にまちがいない。敵だろうか？　味方だろうか？　瞬間のうちに甲板のすみからすみまで、船全体を真昼のような明るさに包んでしまった吊光弾の、まんなかに燃えあがる芯を見つめながら、彼は判断に迷っていた。光りの輪のうえのうす闇のなかには機影がない。かなりの高度から投下したものとおもわれた。しかし、この闇の海を、すべての灯火を消して隠密に航行している船団のうえで、味方の飛行機が吊光弾をおとすわけがあろうか？　敵だ、と彼はおもった。敵の飛行機に発見されたのだ。もし敵が何機かの編隊なら、防御する手段はない。輸送船には対空火器がないのだ。攻撃精神ハ忠君愛国ノ至誠ヨリ発スル軍人精神ノ精華ニシテ鞏固ナル軍隊志気ノ表徴ナリ。加瀬見習士官は『歩兵操典』第六条のその一節を口のなかで暗誦したが、攻撃すべき敵はどこにも見あたらなかった。そのまま甲板に立ちつくす彼の背後で、突然明るくなった空に驚いたのだろう、馬囲いのなかの一匹の馬が声たかくいなないた。

汝、殺すなかれ。汝、姦淫するなかれ。汝、その隣人《となり》に対して虚妄《いつわり》の証據《あかし》をたつるなかれ──そこまで誦《そら》んじたとき、空のうえが突然明るくなった。見上げると落下傘にささえられた吊光弾がマグネシュウムのようにまぶしい光りを降りそそいでいる。この光りを目標にして敵が襲ってくるに違いない。爆撃機か、潜水艦か？　爆弾か、魚雷か？　あるいはその両方かも知れなかった。民みな雷《いかづち》と電《いなびかり》と喇叭の音と山の煙《けぶ》れるとを見たり、民これを見て懼れおののきて遠く立ち、モーセにいいけるは、汝われらに語れ、我等聴かん、唯《ただ》神の我らに語り給うことあらざらしめよ、恐《おそ》らくは我等《われら》死なん、モーセ民に言《いい》けるは畏るるなかれ、神汝らを試みんため、又その畏怖《おそれ》を汝らの面《かお》の前におきて汝らに罪を犯さざらしめんために臨みたまえるなり──笹島二等兵はなお『出埃及記』二十章の『十戒』につづく数行を誦じた。[*46]　輸送船は吊光弾のまばゆい光りに甲板のすみずみまで照らしだされながら沈黙していた。甲板のところどころに立っている監視哨の兵士も、ただ黙って急に明るくなった海を凝視しているだけだった。不意にどこかへ時間が失われてしまって、一瞬、すべての存在が動きを止めてしまったように、船のうえのものはみんな恐怖に凍りついていた。

　その静寂のなかで、船首の馬囲いのなかの一頭の馬がおおきくいなないた。馬はたてがみを乱して首を前後にふり、跳びあがろうとするかのように、前肢《まえあし》で何度も宙を引っかいていた。

それは兵団長の乗馬として追送されるために、ただ一頭、この船に乗せられた馬だった。搭載のとき、クレーンに吊られて四肢をばたつかせながら哀しそうな眼で兵士たちを眺めていた、あの馬であった。笹島二等兵は青白い光りのなかで足搔きつづけるその馬のむこうに、あの黙示録のなかの馬を見た。第四の封印を解き給いたれば第四の活物《いきもの》の、来れ、と言うを聞けり。われ見しに、視《み》よ、青ざめたる馬あり、之《これ》に乗る者の名を死といい、陰府《よみ》これに随う。かれらは地の四分の一を支配し、剣と飢饉と死と地の獣とをもて人を殺すことを許されたり——いま、その青ざめたる馬は、翼ある馬となって空から爆薬を降りそそごうとしている。また、その青ざめたる馬は水のなかを潜る馬となって、海のなかから火薬をそそぎこもうとしている。そればかりではない。その青ざめたる馬は、車輪をつけた、砲車となり、装甲車となり、無限軌道をつけた戦車となって、地の四分の一を支配しようとしている。我はアルパなり、オメガなり、最先《いやさき》なり、最後《いやはて》なり、始なり、終なり、おのが衣を洗う者は幸福《さいわい》なり、彼らは生命の樹にゆく権威を与えられ、門を通りて都に入ることを得るなり——生命の樹は何処にあるのか？　爆薬によって空に、あるいは海のなかに一片の骨さえもとどめず吹き飛ばされて、地の塩の一粒となったときに、生命の樹のもとにゆけるというのか？　主よ。

「そこの兵隊！　どこを見ている！　対潜監視哨だろう？　貴さま。なまけるな！」

どこからか日直下士官の伍長が跳んできて、笹島二等兵の右の頬をなぐった。眼鏡が飛んで甲板のうえに落ちた。

「貴さま、任務を忘れたんか？　貴さまのおかげでこの輸送船に乗っているもの全員の命が失われるかも知れんのだぞ。しっかりしろ！　初年兵！」

　なぐるだけなぐると、伍長は足早やに船尾のほうへ去っていった。落ちた眼鏡を拾いあげると、両方[*47]のレンズが割れてこなごなになっていた。笹島二等兵は黒い縁だけの眼鏡をポケットにしまいながら、なぐられた右の頬の痛みを左の頬にも感じた。あの青ざめた馬を見ているあいだ、彼は海面の監視を完全に忘れていた。召命のときが、もうすぐおとずれてくるという、畏怖と期待とでほかのことは考えられなかったのだ。汝ら慎みて此の小《ちいさ》き者の一人をも侮るな。あのとき船にともにある隣人のことを忘れ去ったことは、自己の信仰を求めるために多くの迷える羊を見殺しにしたにひとしい。主よ。

　笹島二等兵がふたたび海面に眼を戻したとき、吊光弾の光りはもう消えかかっていた。彼の焦点のぼやけた視線のさきでは、青白い残光を受けた黒いうねりが片側だけをきらめかせながら揺れていた。暗い海のうえの、ほのかな光りに照らされたその部分は、終末の日の、破滅する世界の最後の姿を思わせた。彼は消えてゆく光りのなかで、かすかに竪琴がかなでられるのを聞いたような気がした。それは破れ残ったただ一本の弦をしずかにかき鳴らす音であった。わが義をまもりたまう神よ、ねがわくはわが呼《よば》わる時に答えたまえ、わがなやみたる時なんじ我をくつろがせたまえり、ねがわくは我をあわれみわが祈りをききたまえ——破れた竪琴を弾いているのは、眼かくしをされたひとりの女であった。その女がかき鳴らしている音楽は、神への讃美歌なのか、神を呼ばうものの祈りなのか。彼は記憶のなかの一枚の絵をおもい浮べた。それは十九世紀末のイギリスの画家、ジョージ・フレデリック・ワッツの描いた『希望』という油絵であった。希望。ワッツは夕暮れの破滅しかかった世界のなかで、眼かくしされたまま破れた竪琴を弾く女のなかに、なお希望を描こうとしたのだった。

眼鏡を失った笹島二等兵の視力は半分になった。あの絵のなかの女の眼を覆っている眼かくしにはどういう意味があるのだろう？　されば凡《すべ》ての悪意、すべての詭計《たばかり》、偽善、嫉妬および凡《すべ》ての謗《そしり》を棄てて、いま生れし嬰児《みどりご》のごとく真の乳を慕え——戦いを棄てて戦いにゆく。その《ママ》決心したのは彼が召集令状を受けとったそのときであった。輸送船に乗ってからも、彼は戦いを見ようとはしなかった。それが悲惨であれ、苛酷であれ、悲壮であれ、無意味であれ、彼はすべてを神の御手にゆだねてきたのだった。いま半分の視力をとりあげられたのもその御手のなせる業であろう。神はその手で笹島二等兵に眼かくしをしたのだ。

「10時の方向！　魚雷！　距離五〇〇！」

反対側の左舷で対潜監視哨の叫ぶ声が聞えた。船は急速に角度を変え、左へまがっていった。いよいよ召命のときがきたのだ。終末の日、破滅のときに、なお竪琴にたくして神への救いを奏でるのが信仰のまことなら、いま、手もとに竪琴はないが、召命のときをまえにして、よりはげしく神を呼び、神に祈るのが信者のまことであるべきだろう。主よ。願わくは主の恩恵《めぐみ》、神の愛、聖霊の交感《まじわり》、すべての者と偕にあらんことを。

吊光弾の光りはもうすっかり消えてしまったので、海はふたたび闇のなかに閉されていた。その眼のまえの闇のなかに、なにかざわざわと波立つものがあった。鱶だろうか？　夜光虫の群れだろうか？　笹島二等兵が弱まった視力をそそいで見定めようとしたとき、それは不意にひとすじの飛沫となった。飛沫は速度をあげながら、こっちへむかってくる。航跡だ、と気づいて笹島二等兵はおおきな声をあげた。

「魚雷！　三時の方向！　魚雷！　距離、距離は……」

焦点のあわない笹島二等兵には、距離を測ることができなかった。すぐに日直将校がとんできて、彼のかわりに叫んだ。

「距離。三〇〇！」

航跡の飛沫はますますおおきくなり、速度が早まっている。船は竜骨をしぼるように軋ませ、はげしく左へまがろうとするが、いま取り舵いっぱいに左折したばかりなので、そう急には旋回することができない。一秒、二秒、三秒、四秒、五秒、六秒、七秒。航跡は笹島二等兵の眼の真下で、船体に突っ込んでくる。黒いうねりとうねりの頂きを切り、まっすぐに進んでくるその飛沫は、彼の眼には、絶滅した巨大爬虫類の背びれのように見えた。我また一《ひと》つの獣の海より上《のぼ》るを見たり。之《これ》に十の角と七つの頭とあり、その角に十《とお》の冠冕《かんむり》あり、頭の上には神を瀆《けが》す名あり。七秒、八秒、九秒、十秒。

吃水線のしたで魚雷の突っ込む衝撃音が聞えた。金属性の鈍い音だ。不発かも知れない。魚雷ガ命中シタルトキ、沈没ニイタルマデニハ概ネ二十分乃至三十分ノ余裕アリ。まだ退船命令はでない。たった一発だけの雷撃ですぐ沈むことはあるまい。主よ、恩恵《みめぐみ》を。つぎの瞬間、足もとではげしい爆発がおこった。燃ゆる大《おおい》なる星、天より隕ちきたる。笹島二等兵の身体は一度高く跳ねあがり、甲板のうえに叩きつけられた。起きあがろうとしたが、甲板がひどく傾いていて立つことができない。傾斜はすぐに四十五度ぐらいになった。甲板はまんなかから二つに折れたらしい。眼のまえに船尾全体が逆立ち、裂けめからはすさまじい飛沫がほとばしり、その底で水が轟いている。我また一つの獣の海より上《のぼ》るを見たり。笹島二等兵は瞬間のうちに傾いた甲板を滑り落ちて、真二つに折れた船体と船体のあいだの、ぐるぐる廻る渦流のなかに巻きこまれた。

鼻からも、口からも、耳からも、眼からも、水が、はげしい勢いで、流れこんでくる。もがきながら、泳ぎだそうとするのだが、身体は、やすみなく、巨大なものに捕えられ、海の底へ、吸いこまれてゆく。呼吸が苦しい。喘いで、口を開くと、そこへ水が入ってきて、呼吸がますます、苦しくなる。水が咽喉から、耳から、脳髄のほうへ流れこむ。呼吸が苦しい。意識が、だんだん、薄れてゆく。このまま、死ぬのだ。主よ。御許《みもと》に近づかん。意識がふたたび戻ってきたとき、笹島二等兵は海のなかに突き立つ巨大な水柱のまわりをぐるぐる廻っていた。木片や、なにかの標示板や、椅子の破片や、箱や、桶や、樽や、さまざまなものが渦を巻いて旋回している。水柱のすこし下のほうに、四本の足で水を蹴り、たてがみを漂わせながらもがいている一匹の馬が見えた。その馬は水のなかで見るといっそう蒼ざめて、青銅の彫刻のような重量感[*48]があった。之に乗る者の名を死といい、陰府《よみ》これに随う。そのうえに乗っている騎士の姿は見えなかったが、馬は、そこに漂い流れている兵士たちの先導者のように、しずかに廻りながら海の底へ沈もうとしていた。汝、殺すなかれ。汝、姦淫するなかれ。この二つの戒律だけは守りとおすことができた。これから召命のときまで、わずかの時間のうちにもう破ることもあるまい。そのとき、不意に水柱のしたのほうから、黒いものが立ちのぼってきた。潮の匂いにまじって、なまぐさい血の匂いがした。鱶が馬の腹を喰い破ったのだ。彼は急いで自分の腹に巻きつけた赤い布をほどき水のなかに垂らした。意識の戻らぬうちに鱶に襲われた兵士たちのものであろう、気がついてみると、あちらからも、こちらからも、黒い血煙りは幾すじか立ち昇っていた。主よ。あわれみを。彼は水のなかで十字を切ろうとして右手を動かした。急に身体が軽くなった。ああ、浮きあがる。浮きあがる。そのまま彼の身体はまっすぐに上昇していった。両手が水面にとどいたとき、笹島二等兵は海のうえに浮んでいるものをかたく握りしめた……渦流のなかには、手をもがれた兵士や、足を切り落された兵士や、首を跳ねられた兵士たちの屍体が、ぐるぐるぐるぐるぐる、廻っていた。ひゃっこいのう、ひゃっこいのう、なんぼか、ひゃっこうて、地獄《づごく》の氷の池さ来《け》てがんせ。小田島軍曹は何度か屍体にぶつかり、屍体を押しのけ、屍体を追いはらいながら、海の底の遠いところを伝ってくる巫女《いたこ》の祭文を聞いていた。父《とと》も母《がが》も聞いてけれ。誰しも知らぬ海のそこ、ひとに知られず死んでゆく。あわれこの身の行くすえは、すえは地獄《づごく》の氷池。ひゃっこい刃《やいば》にさいなまれ、傷さえいえぬそのうちに、氷の池に漬けられて、死んでゆく身はいとわねど、おかた残すがいとおしや。祭文のしわ枯れた声は小田島軍曹のかすんだ意識のなかで、遠くなったり近くなったりしながら断続した。ああ。もうおりゃ恐山の行場にいるだな、いま聞えてるんが巫女《いたこ》の声借りたおりゃあの魂の声じゃあ。それなればもっと語りたいこと、多数《ずっぱり》あるぞよう。畑んこと、童子《わらし》んこと、おかたんこと、ふっくらまんじゅうんこと、なあ。あわれこの身の行くすえは、すえは地獄の氷池。小田島軍曹のかすんだ眼《まなこ》になにか白いものが映った。白くくびれた胴体のうえに、長い髪の毛がからみつき、その尖端がゆらゆら水に揺れている。ピイの女だ。上甲板に立っていたピイだ。爆風で着ているものを剥がされ、素っ裸になって漂っている。おめえ、まだ息があるんかい？そんならおりゃあの肩さつかまれ。ピイは水に揺れながら顔を小田島軍曹のほうに向け、両眼をおおきく見ひらいた。ああ。姫神のオシラさまだあ。おどう、おめえ、ほんとにおらに惚れたことあっかやあ。小田島軍曹は頭がくらくらした。頭のうえの水がすうっと開いて身体が急に押しあげられた。両手を上に伸ばすと、手のさきがなにかにとどいた。小田島軍曹はむちゅうで手のさきに触れたものをつかんだ……笑ってくれ。笑ってくれ。みんな笑ってくれ。深沢技師は叫ぼうとしたが、口を開くと水が流れこんでくるので声がだせない。最後に笑うこともできないのか。爆発が起ったとき、深沢技師はすぐに予定のとおり、筏を甲板に固定してあるロープを切断して、削岩機とともに脱出しようとした。爆発と同時に甲板に叩きつけられ、起きあがったときには、もう削岩機の梱包は粉ごなになって、傾いた甲板を滑り落ちようとしていた。処置なし。これほどはげしい爆発が起るとは考えていなかった。この状況ではもともと削岩機とともに筏で脱出しようなどという計画は実行不能のことだったのだ。処置なし。おれの生涯は実行不能の夢の連続だった。学生のころには一流の前衛建築家になろうとして、ル・コルビュジエの集合住宅や、ワルター・グロピュウスの造型学校バウハウスに憧れていた。そんなことは夢のまた夢で、実際に設計したのは三角兵舎や火薬庫ばかりだった。笑ってくれ。みんな笑ってくれ。渦流のしたのほうへ梱包を壊された削岩機がゆらめきながら沈んでゆく。彼が夢みた多くのもの、タージマハルの霊廟も、システィナ礼拝堂も、パルテノンの神殿も、逆まく水のなかへ沈んでゆく。ギリシャの円柱も、法隆寺の円柱も沈んでゆく。アカンサスの彫刻も、五重塔の九輪も沈んでゆく。西洋も東洋も沈んでゆく。すべての永遠なるものも沈んでゆく。処置なし。笑ってくれ。笑ってくれ。みんな笑ってくれ。不能の夢を夢みた男も沈んでゆく。深沢技師は自分でも笑いたかったが、いちばん笑ってもらいたいのは従妹の美枝にだった。愛する女を一度も抱こうとはせずに、その焦らだちを愛そうともしない娼婦にぶつけて女を抱き続けた自分を、大声で笑ってもらいたかった。不能の夢に引き裂かれた男がいま海の底へ沈んでゆく。おれの屍体はそこで鱶によって徹底的に引き裂かれるだろう。深沢技師がもう一度自分を笑おうとおもったとき、急に渦流は方向を変えた。いままで海の底に吸いこまれていた渦巻きが逆に水面に浮きあがろうとしはじめたのだ。深沢技師はその流れに乗って、海のうえに顔をだした。彼は手を伸ばして、すぐそばに浮んでいる竹の筏にすがりついた……堀口少尉はいちめんに歪んだ水鏡のなかに沈んでいた。前も後も、右も左も、おおきくふくれあがった水の鏡だった。そのむこうに一羽の鳥が見えた。金いろの鵄だ。ここに黄金の霊しき鵄あり、飛び来りて皇弓の弭に止る。偽瞞だ。あれは寓意的な伝説に過ぎぬ。その伝説を事実だと教えて、数万の、数十万の兵士を非命に陥しいれたのは誰か？　その歪められた歴史を、歪められていると知りながら黙っていたのは誰か？　どこで歴史は歪んだのか？　先生。われわれは古代史の謎を解こうとして、かえって途方もない現代史の謎に巻きこまれてしまったのです。嘘はいけません。春生さん。嘘はいけません。先生。いま歴史は迷路に入りこんでいます。古代史の謎を解くためには、まず現代史の謎を解明してかからねばなりません。嘘はいけません。春生さん。嘘はいけません。八紘一宇。万世一系。神国日本。われわれはそれを嘘と知っていながら嘘だとはいえなかった。歪んだ水鏡は、ぐるぐるぐるぐる、廻っている。歪んだ歴史の回転のなかで、悠久の大義のために、七生報国のために、数万の、数十万の兵士が死んでゆく。歪んだ死を死んでゆく。先生。春生はいま死んでゆきます。悠久の大義のためではなく、七生報国のためでもなく、現代史の謎の象徴として死んでゆきます。歪んだ歴史の体現として死んでゆきます。堀口春生戦死という公報がお手もとにとどいたら、その意味をもう一度お考えください。古代史の謎を解くためには現代史の謎を解明してかからねばならないのです。先生。そのとき、突然、歪んだ水鏡が割れ、金いろの鵄は消え去った。その割れめのほうへ堀口少尉はなかば意識を失ったまま吸いこまれていった。頭のさきで、なにか水を堰きとめるものがあった。手を伸ばして引き落とすとそれは腹を裂かれた兵士の屍体だった。その屍体が沈むと同時に、逆に堀口少尉の身体は水のうえに浮いた。そこに竹の筏がひとつ漂っていた……ああ、まるで齣おとしだな。[*49]ちぎれた救命胴衣や、裂けた竹筒や、材木の破片や、水筒や、飯盒や、鉄帽や、砲弾や、ほどけた巻脚絆などにまじって、兵士の屍体が幾つも廻っていた。上衣のないもの、下袴のないもの、両方ともむかれてしまったもの、血を流したもの、水ぶくれになったもの。屍体は一瞬水に流れ、つぎの一瞬水にとどまり、齣おとしで写しているフィルムのように廻っていた。とうとう一本もできなかったな。加瀬見習士官は、ぐるぐるぐるぐる廻る渦流のなかに記憶のなかのシーンをつぎからつぎから写し出していた。『外人部隊』のトランプ。フランソワーズ・ロゼエがめくった死の札スペードのAをさっと払い落す瞬間。『罪と罰』のマドレーヌ・オーズレイ。彼女は黒いベールをかぶって断罪を受けにゆくピエール・ブランシャールを凝視している。『望郷』のジャン・ギャバン。愛する女の姿を遠く見つめながら、手錠をかけられたままの手を操ってナイフをとりだし、自分の腹に突きたてるラストシーン。『幻の馬車』のルイ・ジューヴェ。死の御者の大写し。加瀬見習士官はそういう死の瞬間が欲しかった。もっと美しく、もっとはげしく、もっと感動的な死の瞬間をつくるつもりだった。いま訪れてくる死は、映画にはならないな。いまのおれにはなんにもドラマがないんだからな。彼は渦流のなかを幾つもの屍体とともに廻りながら、死というものを考えようとしたがまったく手応えがなかった。まるで自分の人生のすべてが架空のものだとしかおもえなかった。泣きたいような灼熱の恋もない。燃えるような愛国の熱情もない。貴さまたち良い子になろうとおもうな！　黙って死ね！　それだけが貴さまたちの任務だ！　黙って死ね。意味を問うな。意味なんかどうでもいい。死ねばいいんだ。死ねばいいんでしょ。加瀬見習士官が眼を閉じて死の意味を問うのを止めたとき、彼の身体は急に浮きあがった。海面に出るとすぐ眼のまえに竹の筏が見えた………死ぬもんか。死ぬもんか。ちきしょう。死ぬもんか。渦巻きのなかで一本の竹筒にしがみついたまま、武井兵長は歯を喰いしばっていた。爆発の瞬間、彼は甲板のうえからじかに海へ跳ね飛ばされた。海面に叩きつけられるとすぐにそばにあった竹筒にかじりついた。そのときにはもう、まんなかから真二つに折れた輸送船は、船首と船尾を逆立てて沈むところだった。二十分乃至三十分ノ余裕アリ。とんでもない。命中してから三分ともたなかった。あのまま船艙のなかにいた連中は直撃でやられてしまっただろう。船が沈むとき、さああっと海面全体が泡だった。沈没ノトキ附近五十メートルノ海面ニ浮遊スルモノハ、沈没ノ渦流ニ吸引サレルオソレアリ。なにいってやんでえ。こう早くぼかちんするんじゃ、泳ぐ暇なんかありゃしない。だいいち、退船命令なんて間にあうはずがないじゃないか。沈む直前まで傾斜した甲板にへばりついている兵隊が何人か見えたが、あの連中も船といっしょに地獄の底へいっちまったんだろう。船首と船尾がちいさな三角になって沈むとすぐにものすごい渦巻きが起り、武井兵長はその端のほうに巻きこまれた。まんなかの渦巻きの中心に幾つも幾つも兵隊たちの屍体が集ってたがいにぶつかりあっていた。死ぬもんか。死ぬもんか。ちきしょう。死ぬもんか。おりゃあ、夜明けを見るんだ。夜明けを見るまでは死ぬもんか。おかみさんとの約束なんだ。おれたちゃ、ちゃんと約束したんだ。聯隊長にだって師団長にだってこの約束は破らせない。こいつはおれとおかみさんと二人だけの約束なんだ。急に渦巻きが止まると、今度はすごい力で上へ押しあげられた。眼にも、鼻にも、口にも、耳にも水が押し入ってくるようだ。息がつまる。胸が苦しい。身体ぜんたいが圧し潰されるようだ。おもわず両手で水を掻きわけた。その手のさきがうねっている海面だった。顔をあげるともう空には夜明けの薄明がおとずれていた。もうすぐ陽が昇る。夜明けがやってくる。おれは救かるかも知れない。そのとき、背後のほうで声が聞えた。

「おおい！　そこの兵隊！　こっちへ来い！」

武井兵長はふりかえると、声のするほうへゆっくり泳ぎはじめた……。

遠いところで軍歌を唱っていた。声がかすれ、とぎれとぎれなのでなにを唱っているのかわからなかったが、その声は草笛のように波と波のあいだから聞えてきた。船団の、二隻の輸送船と一隻の海防艦は沈んだ船を見棄てて、もう南のほうへはるかに遠去かっていた。輸送船が沈んだあたりにはおびただしい浮遊物が漂っていたが、そのなかに生きた人間がいるのかどうかさえ、よくはわからなかった。その筏のまわりにはうつ伏せになった屍体が幾つも幾つも漂っているので、兵士たちはそれを押しのけながら進まなければならなかった。進むといってもどの方向へゆくのか、誰も知らない。ただ波に揺られてさまよっているに過ぎなかった。

地平線のむこうの空と海との境界から、太陽が昇りはじめた。血のいろのように真赤でまぶしい太陽であった。血のまじりたる雹と火とありて、地にふりくだる。笹島二等兵が『黙示録』の言葉をおもいだしながら、近寄ってくる屍体を押しのけようとすると、手をつかまれた。まだ生きているのだ。彼はその兵士の手を引き寄せ、筏の端を握らせようとした。もう気力の衰えた兵士の手はなかなか筏をつかもうとはしなかった。彼は自分の膝にその兵士を乗せるようにしながら、なんとか筏に取りつかせようとした。何回かそれを繰りかえしていると、隣りの男が低い声でいった。

「よせ！」

「しかし、生きています。まだ」

「いいから、やめろ！　命令だ！」

そのまま手を放すと、兵士は水のなかでしずかに身体を廻転させた。顔が水面にあらわれたとき、おおきく開いた二つの眼が笹島二等兵を見つめた。もう感情の光りを失っていたが、その眼はなにかを訴えながら遠去かっていった。汝、殺すなかれ。

「どなたか、将校はいませんか？　指揮をねがいます。自分は小田島軍曹」

隣りの男が塩からい声で叫んだ。すぐに筏の向側で答える声がした。

「よおし。自分は備兵団の堀口少尉！　今後の指揮はおれがとる。各自、その場で官姓名をいえ！」

少尉の左側から、順に、男たちは叫んだ。

「陸軍兵長、武井正三！」

「陸軍二等兵、笹島敏行！」

「陸軍軍曹、小田島良衛！」

「陸軍兵科見習士官、加瀬博史！」

「陸軍技師、深沢壮一！」

六人の男たちはおたがいに声のするほうへ顔を向けてうなずきあった。その沈黙の合意だけがいまの彼らにとっては唯一の生存の証明だった。すくなくともこの六人だけは生き残った仲間なのだ。

「よおし。われわれは、ただいまより漂流する。漂流中は全員協力して救助待機の態勢をとる。いくら咽喉が渇いても海水を飲むな。眠っているものはなぐって叩き起せ。いいな！」

堀口少尉が涸れた声で話しおえると、すぐに小田島軍曹がいった。

「少尉どの！　現在、この筏にはわれわれ六名の生命がかかっております。自分の判断ではこのうえ一名でも増加すれば、筏は沈んでしまうとおもわれます。そこでこの際非常の処置として、絶対にこれ以上人員をふやさんことにしたいとおもいますが、どうでありますか？」

「そのとおりだ。小田島軍曹。今後はそのように処置しよう」

「ただいま少尉どのがいわれたとおりだ。わかったな？　笹島二等兵！」

「はい。わかりました」

百匹の羊を有《も》てる人あらんに、若《も》しその一匹まよわば、九十九匹を山に遺《のこ》しおき、往きて迷えるものを尋《たず》ねぬか。もし之《これ》を見出さば、まことに汝らに告ぐ、迷わぬ九十九匹に勝りて此の一匹を喜ばん。おれはもう一匹の迷える羊を見殺しにした、と笹島二等兵はおもった。これからさき、何匹の羊を見棄てることになるのか？

軍衣は夏服だったのですぐに水が浸みとおった。浸みて肌と軍衣のなかに溜った水はしばらくすると体温を奪いはじめる。武井兵長は身体じゅうが冷えてくるのを感じた。こうして冷え切ってしまうと、やがて耐え難い眠気が襲ってくる。そのまま眠ってしまうと酒に酔ったときのように、前後不覚になって恍惚のうちに凍死するのだ。彼は海難訓練で教えられたことをおもいだした。寒くなったら小便をしろ。小便の温《ぬく》みでしばらくは保《も》つ。両手で筏をつかんだまま小便をすると、ぬくぬくとした液体が足のさきから首すじまで拡がるのがわかった。ああ、おれは小便漬けになっちまった。

生きているのか、死んでいるのか、よくわからないが、漂っている人間の頭を突き放し突き放し波に揺られていると、四角いちいさな梱包がひとつ流れ寄ってきた。

「こりゃあ、乾麺麭《かんめんぽう》だ」

深沢技師がそういって、背なかにしょっている軍刀を抜き、木蓋をこじあけて、そのなかの薄いブリキ板を切り裂いた。なかからは寒冷紗の袋に入った乾パンが出てきた。乾パンを喰うとあとで咽喉が渇くことがわかっているので、みんな一袋に十粒づつ入っているコンペイ糖をつまみ出して口にいれた。ざらざらに乾いた舌にコンペイ糖の甘い水分が浸みとおってゆくのはおおげさにいえば甦えるような気分だった。乾麺麭の箱は貴重品のように筏のうえに載せられた。

「これだけありゃ、一週間は困らんぞ」

深沢技師は舌のさきでコンペイ糖の感触を愉しみながらそういった。それはまるで一週間経てばどこからか救助の船がやってくるという口調だった。事実、彼は一週間以内に、サイパン逆上陸の後続船団が、第九師団を搭載してこの海域を通過すると信じていた。

堀口少尉はこの筏の指揮を任されたもののほとんど自信がなかった。昭和六年、満州事変のはじまった年に入営し、一年志願[*50]で少尉に任官した彼は、将校とはいうものの、まだ一度も弾《た》丸《ま》のしたをくぐったことがなかった。五月に今度の召集を受けて、歩兵学校でやたらに戦車肉薄攻撃ばかりの多いア号教育[*51]を十五日間やらされただけで、備兵団の補充将校に充当されたのだ。あの歩兵学校から転属になった現役の大尉のいったことが真実だったとしても、第五艦隊との会合地点が、さらに南の海面だとすれば、早急に艦船に遭遇することは望めない。サイパン逆上陸作戦は守備隊が持ちこたえているうちに実施しなければ意味がないのだ。海没で装備を失った漂流者を捜索するほどの暇はあるまい。この広い海に、さっきまで浮んでいた幾つかの筏も、遠く流されて離ればなれになり、いまでは希望をつなぐ破片さえも見あたらないのだ。はじめに深沢技師が眠りはじめた。これをなぐりつけ、呼び続けて眼ざめさせると、今度は武井兵長と笹島二等兵が眠りに陥ちようとした。こうして何度か眠り、何度か眼ざめているうちに、なぐっても叫んでも眼をさまさなくなる。そして最後の一人が力尽きて眠りに就いたとき、すべては終る。

太陽が空の頂きに昇った頃には、ほとんどのものが意識を失いかけていた。おおきなうねりに反射する七月の太陽の光りは、間断なく彼らの眼を狙って射ってきた。そのまぶしさを避けようとするが、筏をつかんだ両手はしびれたまま硬化していうことをきかない。耐えきれなくなって眼をつぶるが、海水に洗われた瞼には塩がこびりついて、一度閉じたら最後なかなか開こうとはしなかった。

加瀬見習士官はそのとき、消え細ってゆく意識の底で、虻の飛ぶ音を聞いていた。ぶうん、ぶうん、ぶうん、ぶうん。うるさい。あっちへゆけ。静かに眠らしてくれ。突然、その虻が火を噴いた。だ・だ・だ・だ・だ・だ・だっ。彼はうすく眼を開いた。そのおぼろげにかすんだ視野のなかに、戦闘機が一機、飛びこんできた。ひゅっ・ひゅっ・ひゅっ・ひゅっ。弾着が筏のすぐ近くに飛沫をあげている。

「機銃掃射！　潜《もぐ》れ！」

彼らはあわてて海のなかに身を潜《ひそ》めた。灼かれた頬に塩水がしみて、ひりひり痛かった。戦闘機は海面すれすれに飛び去ると、頭のうえで何度か旋回し、今度は逆方向から突っ込んできた。だ・だ・だ・だ・だ・だ・だっ。加瀬見習士官はまた海のなかへ潜った。あれはたしかP38だ。尾翼が二つならんでいる。機動部隊が近くにいるのか？　サイパンの飛行場が占領されたのか？　ひゅうん・ひゅうん・ひゅうん・ひゅうん。奇妙なことに、続いて起った弾着の音は彼らからは遠かった。ほかに目標があったのか？

敵の戦闘機が飛び去るとすぐに、おおきなうねりがきた。彼らは筏とともに押しあげられて、そのうねりの頂上に乗った。瞬間的に広い海の地平線まで見透すことができた。光りと影の万華鏡のようにきらきら反射するうねりのなかで、ひとつ、ぽつんと白いものが眼に入った。

「船だ！」

加瀬見習士官は叫んだ。

「みんな、大声で呼ぶんだ！　船がいるぞ！」

その呼び声がとどくかどうかはわからなかったが、彼らは声をあわせて呼び続けた。

「おおい！　おおい！　おおい！　おおい！」

筏はすぐにうねりの底に引き落されて、地平線も船も見えなくなった。幻影だったかも知れない。いや、たしかに見たんだ。加瀬見習士官は自分の眼を信じようとした。それじゃ、あの

Ｐ38戦闘機はどうだったか？　双尾翼の海鳥のような敵機をおれははっきり視認した。そしてあの機銃掃射の弾着の飛沫はどうだ？　礫で水を切るように、一直線に間隔をおいて跳ねあがった飛沫は？　あれは幻影ではなかった。

「おおい！　おおい！　おおい！」

　彼らはまだうねりのむこうの見えない船を呼び続けていた。うねりのむこうにはまたうねりがあって、うねりはうねりを惹きおこしたり、跳ね返したりしながら、どこかの陸地までひたひたひたひた押し寄せてゆく。だが彼らの手は、このうねりの底の、もうひとつむこうのうねりにまでもとどかない。ふたたびおおきなうねりがやってきて、筏がその頂きに乗りあげたとき、途切れ途切れにエンジンの音が聞えてきた。幻影ではなかったのだ。すぐ隣りのうねりの底に船が見えた。

　六人を救い上げたのは、三十トンあまりのちいさな漁船だった。帆もなければ船室もない、焼玉エンジン[*52]の細い煙突と低いマストだけの近海漁業用の船だ。胴の間[*53]に引きあげられるとすぐに、軍服から褌まで脱がされた。濡れたままの軍服を着ていては冷え切った身体がまいってしまうのだ。六人は素っ裸のまま胴の間に横たわって熱いお茶を飲み握飯を喰った。身体じゅうがまだ海のなかにいるときのように揺れ動いていた。堀口少尉がゴム袋のなかから腕時計をとりだして見ると、針はもう四時を指していた。撃沈されたのが午前五時ごろだったから、十時間以上も漂流していたわけだ。歩兵学校から来た大尉や、召集の将校たちはどうなったろう？　そして船艙に詰めこまれていた兵士たちは？　この広い海のなかで、こんなちいさな漁船に遭遇するというのは奇跡に近い。どうしてこのちいさな船が、単身で危険海面を航行していたのだろう？　敵に襲われたらたちまち沈んでしまうに違いない。

「なあに。こんなちっぽけな船だから安全なんでさあ」

五十歳に近い髯づらの船長が、六人に煙草を一本づつ手渡しながらそういった。

「ちっぽけな船は吃水が浅いから魚雷が利かねえ。目標がちっこ過ぎるから爆弾も利かねえ。敵さんも始末に困ってるでしょうよ」

煙草に火をつけてもらって、咽喉のおくへ吸いこむと、救かったのだという実感が身体じゅうに滲みとおった。その煙りをゆっくり吐きだしながら、小田島軍曹が訊いた。

「潜水艦が浮上してきたら困るでしょう？」

「そのときはあれです」

みんな船長の指さす船尾のほうを眺めたが、そこには兵器らしいものはなにもなかった。

「ほれ。見えるでしょうが。あの機関銃のかっこうした木の銃。それとドラム缶。この二つを動かしておどかすんでさあ。遠くから見りゃ、ほんものの機関銃と爆雷だとおもうでしょうよ」

船長はみんなの顔を眺めながら、さもおもしろかろうというように笑った。ほかの五人は船長といっしょに笑ったが、堀口少尉は頬が硬ばってどうしても笑えなかった。擬銃と擬雷。それはなにか恐ろしいものの象徴であった。

乾いた軍服を着ながら、堀口少尉は船長にいった。海には夕暮れのしずかな凪ぎがおとずれていた。

「ところで、船長。われわれはサイパン集結の命令を受けているんだが――」

「サイパン？　とんでもねえ」

船長は手を振って答えた。

「わしら、今度の航海でパガン島へ救急食糧を運んでったんだがね。帰りはこのとおり敵さんに追っかけられどおしで、ほうほうの態で逃げてきたんでさあ。サイパンはそのパガン島のまだ三〇〇キロもさきですよ。でえいち、サイパンはもう陥ちてますよ。船乗り仲間の話じゃ、マーシャル群島のエニウェトク環礁からサイパンまで、アメリカの輸送船がつながってるそうだ。やつら、夜になっても電燈かっか[*54]とつけて、船のうえでスチャラカチャンチャン腰ふりダンス踊ってやって来やがる。やっきりしちゃうよ。くやしいねえ」

「聯合艦隊が出動したそうですがね――」

「ああ。あんたがた、なんにも知っちゃいなさらん。聯合艦隊はめちゃめちゃに敗けて内地へ引き揚げたよ。六月二十日にマリアナ沖で敵の機動部隊と一騎討ちやったんだね。ところが、航空母艦のでかいやつ、『大鳳』『翔鶴』『飛鷹』が沈没、あとの四隻も使いものにならんほどやられてね。連合艦隊にゃ、もう、『大和』『武蔵』っていうどでかい戦艦と、空母が二隻しか残っとらんという話でさあ。わしらもパガンで逆上陸作戦の話聞いてね。ずいぶん待っとったが、こう聯合艦隊が傷《いた》めつけられちゃ、手の打ちようがあるまいということでしたよ。まあ、サイパンへは行けませんな。このさきの海にゃ、日本の船と日本の飛行機は、ひとつも残っちゃいねえんですから――」

「わたしたちといっしょだった船団を知りませんか？」

「さあ、ねえ。あんた、サイパンのまわりにゃ、敵の機動部隊が七〇〇隻もいるってんですぜ。今日だって、この近くへ機動部隊があらわれるかも知れねえ。そんななかへ輸送船団なんて送りこんだって、みんな喰われるばかりでさあ。わしらにいわせると、参謀だかなんだか知らんが、お偉い人は認識不足だね。ほんとに逆上陸するつもりなら、落下傘部隊か空挺部隊でも使わにゃ、どうにもならんよ。頭んなかで机上作戦ばかり考えてたって、戦争にゃ勝てませんね。わしらだって、板子一枚下は地獄って覚悟で乗り出してくるから魚とれるんでさあ。もっとも、いまは徴用の弾丸《たま》運びに忙しくて魚とってる暇はありませんがね――」

もし船長のいうとおり、サイパンがすでに陥ちているとしたら、われわれはどういう行動をとればいいのだ？　堀口少尉はいま自分の置かれている状況を考えてみた。六月三十日、横浜を出港したときには行先不明のまま乗船させられた。途中で行先きはサイパン、逆上陸部隊に合流すると聞かされたが、それは正式に下達された命令ではなかった。航行中、海没にあった場合は漂流待機せよ、と命ぜられていたが、船団は漂流者を見棄てて去ってしまった。奇跡的に救いあげられた船は徴用漁船で、自分より上級者はいない。独断専行してこの船でサイパンに向うべきか？　だが、この三〇トン足らずの漁船では、おそらくサイパンに近寄ることさえも不可能だろう。《煙と焱《ほのほ》、天に漲《みなぎ》り、海水皆赤し》いまから約千五百年前、白村江で破れた日本水軍の船でさえ、この漁船ほどちいさくはなかったかも知れない。擬銃と擬雷。それだけで戦うことはできない。いま、堀口少尉を戦いに駆りたてているのは、擬宗教国家であり、擬天皇制であり、擬八紘一宇であり、擬大東亜解放そのものではないのか？　海のうえではおおきく燃えあがった太陽が地平線のむこうへ墜ちようとしていた。堀口少尉は漁船の舳に立って日没の瞬間を眺めながら、ながい眠りから眼ざめたときの一瞬を感じていた。われわれはながいあいだ暗示にかかって眠っていたのだ。高度国防国家建設、大東亜新秩序建設、悠久の大義などという巧みな暗示におどらされて、擬銃と擬雷だけで戦わせようとする戦争の実体を知らなかった。いや、知ろうとしなかった。先生。これがこの戦争の実体です。これが歴史の実体です。これが現代史をここまで進めてきた謎の実体なのです。あの人々は古代史を国民の眼から隠蔽しただけではない。現代史そのものをさえ民衆の眼から隠してきた。そしていま、生命を賭けて戦いに加わろうとする兵士たちの眼にさえ、戦争の真実の姿を告げようとはしない。先生。この現代史の謎を解いてください。日本の古代史の謎をあれだけ明快に解かれた先生なら、この謎も解けるはずです。堀口少尉は、もし許されるものならすぐにも飛んでいって、先生にだけはこの戦争の実体を訴えておきたいとおもった。それだけが自分の死を意味づけるただひとつのものだ。

「少尉さん。そんなに心配することはありませんや。戦争の先き行きをわしらが考えたってどうにもなるもんじゃねえ。なあに、この船に乗ったからにゃ、みなさんの命はわしが引受けたようなもんだ。明日の朝はきっと無事に島へ連れてってあげまさあ」

「島というのは何処ですか?」

「ああ、わしらの船でもさっきの機銃掃射で一人腹をやられてるんでね、いちばん近い島へ行くつもりでさあ。まあ、ここからいちばん近いといや、硫黄島だね。とにかく、敵さんの来ねえうちに早く寝るこってすよ。それがいちばんでさあ」

船長は暗くなってからは絶対に喫わないようにとつけ加えながらまた煙草をくれた。笹島二等兵はさっきもそうしたように、その一本の煙草をそっと小田島軍曹に渡した。

彼らは軍服を着たまま、胴の間の板のうえに横になった。みんな、船長が口にした硫黄島という名が気になっていたが黙っていた。それが何処にあるのか、どんな島なのか、いま訊いても仕方がないとおもった。そこがどんなところであれ、彼らのまえにはほかに選べる道はないのだ。兵士たちの沈黙のなかで、暗い空に火の粉を散らしながら、焼玉エンジンがぽんぽんぽんぽん音をたてていた。

笹島二等兵は眼を閉じて、眠りのまえの祈りを唱えた。汝、殺すなかれ。汝、姦淫するなかれ。汝、その隣人《となり》に対して虚妄の証據《あかし》をたつるなかれ。そこまで唱えたとき、隣りに寝ている小田島軍曹が低い声で話しかけた。

「笹島。おまえは変な兵隊だな？　煙草もすわんし、さっき裸になるのを見とったら千人針も持っとらん。なにか理由があるのか？」

「はい。別に理由はありません」

「ふうん。変な兵隊だな？　おまえは。そういう兵隊は苦労するぞ。気をつけろ」

「はい。ありがとうございます」

千人針というのは、弾丸よけとして、千人の女が一針づつ糸を縫いつけた木綿の腹巻のことだ。兵士たちの生命をいくらかでも守ろうとする女の悲しい智恵が生んだ一種の護符だった。

笹島二等兵の母親は千人針をつくらなかったたし、彼もそれを持ってこようとはしなかった。生も死も、すべては主の御心《みこころ》のままに。

深沢技師はまだ第三十一軍司令部を追及してサイパンへゆくことを考えていた。硫黄島へゆけばなんとか方法が見つかるだろう。第三十一軍という戦略兵団がそう簡単に敗北するはずがない。船長の話は悲観論者の説に過ぎまい。

加瀬見習士官は生まれてはじめて、孤独というものを噛みしめていた。横浜の家には家族がいた。学校には友達仲間がいた。兵舎には初年兵仲間がいた。予備士官学校には候補生仲間がいた。だが、いまこの漁船にはどんな種類の仲間もいない。ただひとつの筏で漂流し、この漁船に救いあげられたというそれだけの偶然で、この六人がいっしょになっている。おれはいま、ほんとうにひとりぼっちなんだな。おれは女の肉さえ知らずに死ぬんだな。鋭い悔恨のようなものが彼の背筋を走っていった。

闇の夜の行く先知らず行く吾を何時来まさむと問いし児らはも

その歌は『萬葉集』巻二十の防人《さきもり》の歌のひとつだった。堀口少尉はさっき服を乾かしているあいだにゴム袋にいれておいた文庫本の『萬葉集』からこの一首を選んだのだ。闇の夜の。奈良朝の兵士たちも行先きを知らなかった。兵士たちの運命はいつの時代でも変りはない。彼は歴史のなかにただ一首、昔年相替り《さきつとし》し防人《さきもり》、として留められているその読人《よみびと》をおもった。だが堀口少尉たちにはおそらく昔年相替り《さきつとし》し防人という運命はおとずれてこないだろう。昔年《さきつとし》の戦《いく》さにみまかりし防人。おれたちはいつかはそう呼ばれるに違いない。

眠ろう。はやく眠ろう。眠ってしまえば明日の夜明けがくる。武井兵長はそうおもった。うまくゆけば夢のなかにおかみさんが現れるかも知れない。しょうぞう。しょうぞう。おかみさんの声が聞きたい。夢のなかででもいい。眠ろう。はやく眠ろう。

その夜、彼らは誰も夢を見ずに眠った。六人の兵士たちの深い眠りを乗せて、漁船はうねりを切りわけながら夜のあいだじゅう北西にむかって進んでいった。

「島が見えるぞう!」

誰かがそう叫んだので、六人はほとんど同時に眼をさました。まだ夜の明けきれぬ薄明の海に、ほんの一握りのちいさな島が頭を出していて、その頂きからは白い煙りが一条立ち昇っていた。六人は船縁《ふなべ》りに立って擂鉢を伏せたような黒い影を見つめた。漁船が西側の海から近づくにつれて、島はだんだん左のほうへ低く拡っていった。どこにも燈火ひとつ見えないその島は、まるで無人島のように暗く、しずまり返っていた。昭和十九年七月四日午前四時、もうすぐ硫黄島海域に夜明けがおとずれるところであった。

西海岸の砂丘にすわりこんで、少年は沖を見ていた。硫黄島の砂は黒くて粗い。掌に握るとその砂はさらさらと微かな音をたててこぼれる。少年は夜半過ぎからもう何百回となく、すくってはこぼし、こぼしてはすくって、まわりに幾つもの砂の塔を建てていた。少年は船を待っているのだ。ことによると途中から引き返して、沖に姿を見せるかも知れぬ輸送船を待っているのだ。

昨日、七月三日午前八時、この西波止場から一隻の輸送船が抜錨した。その船には少年の家族たち、父と母と姉と弟の四人が乗っていた。それからもう一人、ユウという女がほかの三百余名の島民といっしょに乗っていた。ユウよ。おまえ、いまどこにいるんか？　無事に父島まで行き着いたんか？　その第一回の内地引揚げ島民三二〇名を乗せた船がここから出発したとき、少年は北硫黄島のむこうに船が消え去るまで、この砂丘に立って見送っていた。それから七時間経った午後二時五十分、突然、四〇機の敵機が編隊を組んでこの波止場と千鳥飛行場を襲った。

はじめの六機は海上すれすれに突っ込んできたので、空襲警報のラッパも鳴らなかった。その六機は千鳥飛行場にならんでいる飛行機を銃撃して南へ飛んでいった。だ・だ・だ・だ・だ・だ・だっ。機関銃の音がするとすぐに飛行場の右端にいた爆撃機が火を噴いた。その六機を追いかけるように味方の戦闘機が二〇機ばかり飛びあがったとき、その上空には敵の編隊が待っていた。少年は砂丘を走りぬけて西海岸道路の下の、岩場のタコツボにかくれた。そのときはもう、西の沖で敵味方の戦闘機がいりみだれ、はげしい空中戦がはじまっていた。つぎつぎに飛行機は黒い煙りを吐きながら墜ちていったが、遠いので味方が墜ちたのか、敵を墜としたのか、よくわからなかった。少年は墜落した飛行機を一〇機までは数えた。帚星のように黒く長い尾を曳いて空の高みから墜ちてくる飛行機は海面にぶつかった瞬間おおきく火花を散らし炎となって爆発した。二時間ほど経って味方の飛行機が帰還しはじめた。はじめの二機はようやく滑走路のそばまで降りながら、端のほうの砂丘に機首を突っ込んで炎上した。つぎの一機は滑走路のまんなかまで走っていって、突然逆さまになって燃えはじめた。その炎がまた近くの飛行機に燃えうつり、たちまち飛行場の半分は炎につつまれた。ば・ば・ば・ば・ば・ばという火の音が、道路に駆けのぼった少年の耳のすぐそばに聞えた。少年はその燃えあがる炎のなかに泣き叫んでいるユウの顔を見た。ユウの輸送船が燃えている。その火のなかには、弟の顔も、姉の顔も、そして父や母の顔もあった。敵の機動部隊が来ているのだ。わずか七時間の航程ではあの輸送船も爆撃されているに違いない。飛行機なら三〇分の距離に過ぎぬ。午後三時に爆撃を受けたとして、その地点から引き返してくれば夜の一〇時には西揚陸場に到着するはずだ。少年は一〇時からずっとこの砂丘のうえに坐りこんで沖を見ていた。ユウが戻ってくるかも知れない。もし戻ってこないとしてもなにか船が一隻でも着けばあの輸送船の消息がわかるだろう。夜半近く少年は二時間ほどまどろんだ。その眠りのなかでユウは砂丘のうえに彼とならんで坐り歌をうたった。月の砂漠をはるばると、旅の駱駝がゆきました、金と銀との鞍おいて、二つならんでゆきました、前の鞍には王子さま、後の鞍には王女さま。その歌をうたいながら二人は内地へゆこうと何回も約束しあった。内地には駱駝もいる。王子さまも王女さまもいる。この島には一年に一回しかこない映画だって毎日見ることができる。ユウよ、内地へゆきゃ綺麗な男がごまんといるち。おまえ、心変りせんか？　うちは心変りなんてせん。うちは栄喜《ひでき》がだいだいだい好きじゃもん。つい半年まえまでは二人は夜になるとこの砂丘に坐って海を眺めながら歌をうたっていたのだった。月の砂漠をはるばると、旅の駱駝がゆきました、金と銀との鞍おいて、二つならんでゆきました。

二人が島の小学校を卒業した年に戦争がはじまった。会社の櫻井さんの家で軍艦マーチを聞いたときには心臓がきゅっと絞られるような気がしたが、戦争は軍隊がやっている遠い島や大陸の出来事で、島にはなんのかかわりもなかった。去年、昭和十八年の夏、それまで使われなかった千鳥飛行場に海軍の艦爆という飛行機が三機飛んできて、そのまま島にとどまった。同時に海軍の兵隊や設営隊の軍属が一〇〇〇人ばかり上陸してきた。それまで一〇一八人だった島の人口は急に二倍になった。今年の二月には飛行機は二七機にふえてほとんど一日じゅう爆音が途切れなかった。あれに乗ると東京まで三時間で行けるとよう。硫黄ヶ丘で硫黄を掘りながら、二人はならんで何度か飛行機を見あげた。旋回すると澄みきった空に、白い飛行雲がまるく描かれた。まるで学校の黒板に白墨で描いたように見えた。三月の末に陸軍部隊が上陸してきた。指揮官は厚地兼彦大佐で兵隊は五〇〇〇人に近い数であった。このときから、島はもう二人のものではなくなった。夜の砂丘にならんで歌をうたうこともできなくなった。兵隊さんは家を離れ家族と別れてこの硫黄島を護るために来ていなさる。島民諸君も行動をつつしむように。その駐在さんの注意で、夜はみんなひっそりと家に閉じこもることになった。六月八日、栗林中将が飛んできて櫻井さんの家を宿舎にした。厚地大佐がきたときにも聯隊長がきたというのでみんなびっくりしたが、今度は師団長の中将だ。どのくらい偉いのか見当もつかなかった。中将といえば、直接、天皇陛下とお話ができるくらいの偉さだ、と村長がみんなにいった。中将がくるくらいだからこの島も戦場になるかも知れんなあ。六月十五日。あのはじめての空襲を少年は忘れることができない。そのとき、少年は南部落の砂糖黍畑《さとうきび》にいた。午後二時ごろ、折れた砂糖黍をしゃぶっていると、突然、千鳥飛行場でものすごい爆発の音がした。彼が飛行場に眼をやったときにはもう見なれない飛行機が突っ込んでいた。敵は二〇機か三〇機はいたろう。まるで蜂が群がるように飛行場を取りまいていた。そのしたには幾筋もの黒い煙があがり、摺鉢山の頂きも見えないほどだった。島の半分が燃えあがっているように見えた。

その翌日、十六日はもっとすごかった。飛行場だけではなく島全体が燃えた。あれほど多くの飛行機は見たことがない。小学校が燃え、一九二戸あった民家の三分の二が焼け落ちた。六月十九日にはまた空襲があって、内地から到着したばかりの八幡部隊一〇〇機が全滅した。続いて二十四日には機動部隊が来襲、飛行場のまわりの建物も施設も全部破壊しつくされた。飛行場にはもう焼けただれた戦闘機や攻撃機の残骸が残っているだけだった。翼をもがれたり、胴体を折られたりした飛べない飛行機を見ていると、必勝の信念も、悠久の大義もすべて嘘のようにしかおもえなかった。

サイパンが危いという情報が流れてすぐに、島民の引揚命令がでた。十六才以上四十才マデノ男子ヲ除キ、速カニ本土ニ引揚ゲルベシ。乗船日ハ追テ指示ス。少年は満十六歳になったばかりだったが、ほかの三〇名とともに農耕班として徴用された。

沖のほうから微かにエンジンの音が聞えてきた。薄明の海を一隻の船が西揚陸場にむかって近づいている。細い煙突からときどき、ふあっと火の粉が散っている。少年は立ちあがって走りはじめた。ユウが乗っているかも知れん。燃えあがる輸送船から救けだされて戻ってきたのかも知れん。

少年は波打際に立って船を待っていた。ちいさな漁船だったので、船は砂浜に近づくと方向を変え、船尾からぐっと岸に乗りあげた。誰が降りてくるのだろう？　ユウか？　そんなことはあり得ないことを少年はよく知っていた。一度送り出した民間人をまた島へ連れ戻すなどということは、どんな事情があるにせよ、軍隊は決してしないだろう。だが、少年は誰が降りてくるかを確めたかった。

はじめに負傷したひとりの男が抱えおろされた。その男の腹は赤い布でぐるぐる巻かれていたが、布のまんなかのあたりは血がかたまってくろずんでいた。その男はしずかに砂浜に横たえられた。

そのあとから降りてきたのは六人の兵士だった。兵士たちは降りるとすぐに砂浜に坐って低い声でなにか話しあっていた。その船にはユウは乗っていなかった。

七月八日・七月九日

七月八日。

その朝、凝灰岩のおおきな塊りが海風にさらされて、幾つもの段丘にすり減った二段岩の頂上に立ち、はじめて硫黄島の全景を眺めたとき、深沢技師は瞳孔を見ひらいたまま眼ばたきもしなかった。なんにもない！　なんにも出来ていない！　深沢技師は急いで双眼鏡を眼にあてて、南端の摺鉢山の麓から北東に延びている南海岸の砂浜に焦点をあわせた。二つの円型のレンズに拡大されてうつるその砂浜には、鉄条網も、水中障害も、防材も、鹿砦*55も、戦車障害も、なにもつくられていなかった。どこを探してみても、眼に入るのは、火山灰の砂を掘り開いてV字型の溝をつくった戦車壕と、ところどころに土嚢を積んで偽装掩蓋*56をかぶせた塹壕と、露出したタコツボの散兵壕*57だけで、ベトン*58構築の支撐点*59も、特火点*60も見えなかった。これでは野戦陣地よりひどい。扇型に開いた砂丘地帯を挟んで、その反対側に延びる西海岸の砂浜もまったくおなじ状態で、ベトン構築の陣地はひとつもできていなかった。こんなことがあり得るだろうか？　敵上陸予想地点の水際にあんな脆弱な野戦陣地しか構築されていないとは。参謀たちはほかの地点を防御正面に選んだのだろうか。北海岸、東海岸は、葡萄状鬼胎のように怪奇な凝灰岩の突起がつづき、ところどころにタコの木やコカの灌木がわずかな緑いろの輝きを見せているが、そのしたはすぐに海まで切り立った断崖で、岩礁に押し寄せる波の飛沫が絶えず海鳴りの音を響かせ、舟艇を寄せつけない。摺鉢山の南側は山の稜線がそのまま海に落ち込んでいて、攀じ登ってでも来ない限り、ここも上陸は困難である。サイパンとおなじように、敵が上陸用舟艇数百隻を海に浮べて強襲してくるとすれば、上陸地点は砂浜のほかにはあるまい。硫黄島の砂浜は二個所、南海岸と西海岸に拡っているだけだ。

　深沢技師はもう一度双眼鏡を眼にあてて、砂浜を見た。そこでは数十人の兵士たちが、火山灰の黒い砂を掘り、掘った砂を積みあげていた。もし、明日、敵の上陸作戦がはじまったら、この島はどうなるのだ？　深沢技師は、一瞬、あらゆる光りが双眼鏡のレンズのおくで収斂[*61]し、ひとつの閃光となって全身をつらぬくような恐怖を感じた。それははるかな沖のどこかで敵の戦艦が発射する四〇糎[*62]砲弾の閃光であった。

　すさまじい弾着の音とともに、砂と火とが同時に舞いあがる。直径一〇〇米以内の露出物はすべて吹き飛ばされ、厚さ二米以下のベトン特火点は崩壊する。額を割られ、頭を砕かれ、胸を潰され、腹を引き裂かれ、手足をちぎられ、首をもがれ、骨は叩き折られ、肉は剥ぎとられ。兵士たちは一粒の砂のように死んでゆく。脆弱ナル陣地ハ敵ノ猛砲撃後全滅スルコトアリ。サイパンからの報告は告げている。水際ニ直接配置セル火砲ハ敵艦ノ近接射撃ニヨリホトンド破壊セラル。また、《上陸防禦教令》は告げている。敵兵上陸ニ際シテハ肉迫攻撃ニヨリ逆襲シ敵ヲ水際ニ撃滅ス。そのとき、肉迫攻撃班の兵士たちは、土嚢と厚板の掩蓋のなかで、数千発の四〇糎砲弾を浴びて生き残っているというのか。鋼鉄の火砲さえも裂けて吹き飛ぶという艦砲射撃のなかで、人間だけがどうやって生き残れるのか。このままの状態では、兵士たちは全滅する。見えない檻のなかで焼き殺される。

深沢技師は地図を拡げて、砂浜の配備を見た。南海岸には独立歩兵第三〇九大隊、西海岸には独立歩兵第三一一大隊が配置につく予定だった。二個大隊、約二千名の兵士がこの砂浜で燃えがらとなって死んでゆくのだ。その兵士たちを救う手段は、ただひとつしかなかった。砂浜にベトン特火点を構築し、あくまでも持久させることである。敵の四〇糎砲弾に耐抗し得る陣地のなかに、逆襲の瞬間まで待機させることである。

深沢技師は砂浜の距離を目測した。南海岸約四粁[*63]、西海岸約四・五粁。防御正面約八・五粁。これを四〇糎砲弾々着の有効半径五〇米で割ってゆくと、一七〇。一七〇個の特火点を構築するのに、必要なセメント量はどれだけだろう？　四〇糎砲弾一発は一トン爆弾に匹敵する破壊力を持っている。これに耐抗するには厚さ二米のコンクリート・トーチカを構築しなければならない。ひとつの特火点に一個分隊約一五名を収容するとして、概算で一個当り一〇〇トン、全部で一七〇〇〇トン。これだけあれば、二個大隊全員の待機する特火点が構築できるのだ。

だが、深沢技師は絶望的にひとつの数字をおもい浮べた。第一〇九師団セメント保有数二〇〇トン。それだけがいま硫黄島全島にあるセメントのすべてであった。陸軍技師タルモノノ任務ハ旺盛ナル企図心ト追随ヲ許サザル創意ニヨッテ不可能ヲ可能トシ無ヨリ有ヲ生ムニアリ。しかし、海水と硫黄と凝灰岩しかないこの島ではどうやってもセメントをつくりだすことはできない。

突然、足もとの岩がぼろぼろっと崩れ落ちた。実際は風化した凝灰岩の一部がすこし欠け落ちたに過ぎなかったが、深沢技師は岩全体が裂けて、鈍い地響きをたてながら、つぎからつぎへ転げ落ちてゆくような気がした。二〇〇トンのセメントではなにもできない。あの兵士たちを救うことはできない。岩はどんどん崩れてゆくのに彼の足は空中に浮んでいた。アルファも、ベーターも、ガンマーも、シグマも役に立たない。構造力学も、強度計算もなんの役にも立たない。一七〇〇〇トンのセメントがなければあの兵士たちを救うことはできない。非命に斃れるもの。なにものかの錯誤によって無意味な犠牲となるもの。彼はなにか巨大で空虚なもののうえに立ちすくんだまま、二〇〇〇〇人の兵士の生命と一七〇〇〇トンのセメントの粉末とをくらべていた。人間の生命を石灰の粉で測りつくしていいものだろうか。こんなことが許されるのだろうか。

朝の凪ぎが終って南風が吹きはじめ、砂浜に打ち寄せる波が高まりつつあった。遠い沖から重なりあい、衝突しあって、まっしぐらに砂浜に向ってくるしろい波の牙が、深沢技師にはそのまま、敵の上陸用舟艇に見えた。数千発の四〇糎砲弾によって、人間も陣地も、あらゆる有機物が滅び去った砂浜に、敵の上陸用舟艇数百隻が殺到する。上陸用舟艇数百隻。そのなかには兵員揚陸艇ＬＣＶＴにまじって、多数の車輌揚陸艇ＬＶＴ、戦車揚陸艇ＬＳＴが突進してくる。そこにはパワーシャベル、ブルドーザー、牽引車、捲上機、Ｍ４戦車が搭載されている。砂浜につくと同時にそれらの機材はいちどきに吐き出される。パワーシャベルが砂を掘りあげる。ブルドーザーが砂を押しのける。すぐに砂浜にはおおきな交通壕ができあがる。牽引車が火砲を曳き出す。捲上機が重砲を吊りおろす。そのあいだにキャタピラーの戦車の群れは砂丘を押しあがるだろう。水際から千鳥飛行場まで約一〇〇〇米。そのあいだにあるのは、土嚢を積みあげた掩蓋陣地だけだ。ベトン構築の陣地はひとつもない。火焔放射器とＭ４戦車の戦車砲ですべての陣地が焼き払われる。飛行場に到達した海蜂部隊《シービー》はすぐに滑走路の整備にとりかかるだろう。最近の情報では、海蜂部隊は鉄網式の滑走路構築法を考え出したという。円筒型に捲いた厚い鉄網を数千本も持ってきて、それを平坦地に繰り拡げ、ボールトで繋ぎ止め、Ｉ型鋼で周囲を固定すれば滑走路が出来あがる。コンクリートもいらない。地均しもいらない。上陸した翌日にはもうそこから爆撃機が飛び立つという。いま、敵が、この島へ上陸作戦を強行したら、おそらく一日のうちに占領されるだろう。そしておそらく上陸二日目には敵の飛行場が完成するだろう。硫黄島から東京までは飛行機で三時間。ここに敵の飛行場ができれば、東京は完全な爆撃圏内に入る。

橋頭堡をつくられたら最後だ。水際で三日間は持久しなければならない、と深沢技師はおもった。敵上陸開始の無電と同時に、大本営が救援部隊の出発を下令すれば、逆上陸部隊は三日でこの島の沖に到達する。守備部隊がその三日間、水際で持ちこたえていれば、そのとき、陸と沖とから、敵を挟撃できる。三日間。そのあいだに敵の内陸部への侵入を許してしまえば、この島は失陥する。もし、一歩でも内陸への進攻を許せば、敵は一日のうちに飛行場をつくりあげるだろう。飛行場をつくられてしまえば、そこから飛び立つ数百機の敵機に喰われて、逆上陸の救援部隊も全滅する。X日+3。持久三日間。すべてはそこにかかっている。

X日について、すでに師団は大本営の指示を受けとっていた。敵ノ硫黄島ニ対スル進攻ハ九月初旬ト判断ス。指示はさらに続いていた。硫黄島ハ重要航空基地ニツキ絶対之ヲ確保スル如ク要塞化ス。いまから八月末日まで約五十日。そのあいだに、二〇〇トンのセメントといま到着している五七〇〇人の兵士の両手だけで、全島要塞化をはかることはできない。そんなことは大本営参謀が机のうえで夢みている幻想に過ぎない。先決問題は水際陣地をどうやって構築するか、その方法にある。深沢技師は大本営にあてて打つ電報を頭のなかで起案していた。本島絶対確保ノタメ敵攻略部隊来攻ノ場合ソノ上陸ノ公算最モ大ナリト予想サレル南海岸及西海岸地区ノ要塞化ハ緊急ヲ要ス、同地区ニ特殊火点群、巨大支撐点構築ノタメ、左記資材至急追送相成度。その電報によってどれだけのセメントが送られてくるか、構築の方法はそれによって決まる。それまでは処置なしだ。

深沢技師は岩のうえに腰をおろし、煙草に火をつけた。喫いこむと煙草の匂いとともにはげしい硫黄の匂いが鼻を刺した。この島ではどこにいても硫黄の匂いがする。いやな匂い、死の予感のような匂いだった。眼を上げると、摺鉢山の左のほう、空と海とを区切る水平線のうえに、黒ずんだ雲がひとつ浮んでいた。この海のはるかむこう、一四〇〇粁の地点にはサイパンがある。兵士たちには秘匿していたが、師団司令部はすでにサイパンから大本営にあてた訣別電報を傍受していた。米鬼上陸以来諸隊ノ勇戦ハ克ク皇軍ノ真髄ヲ発揮セリ、守備部隊ハ七月七日ヲ期シテ米鬼ニ対シテ総攻撃ヲ敢行セントス。最後ニ天皇陛下萬歳ヲ高ラカニ唱エ、悠久ノ大義ニ生キントスル将兵ノ誓ヲ伝ウ。深沢技師はその黒ずんだ雲のなかに、血みどろなひとりの兵士の顔を見ていた。その顔は死者にしか発することのできない沈黙の声で、うったえていた。救援部隊は？　逆上陸部隊は？　その逆上陸部隊、第一四五聯隊、独立速射砲第八、第九、第一〇、第一一、第一二大隊、中迫撃第三大隊、戦車第二六聯隊は、七月一日付で、硫黄島の小笠原兵団に編入されていた。大本営はすでに七月一日にサイパンを見棄てていたのだ。これに合流する予定の、備集団補充要員大隊は、硫黄島南方海面でつぎつぎに撃沈され、ほとんど全員が行方不明だった。サイパンの兵士たちが、どれほど救援部隊を待ち望んでも、それは何処からも来るはずがなかった。欺したな？　また、欺したんだな？　その沈黙の声はいった。大本営ハ歩兵一個連隊、速射砲五個大隊、戦車一個連隊ヲ基幹トシ、サイパンニ増援セントス。その命令が発せられた六月二十四日、深沢技師も第三一軍司令部付としてその増援部隊に加わる予定だった。許してくれ。おれもサイパンへ行って死ぬはずだったんだ。許してくれ。

欺したな？　また欺したんだな？　そのとおりだった。大本営は二度サイパンの兵士たちを欺いたのだ。はじめ、大本営は第三一軍につぎのような指示を与えた。敵ノサイパン進攻ハ本年秋ト判断ス……以テ遅クモ十月末迄ニ難攻不落ノ島嶼要塞ヲ完成ス。兵士たちはその指示を信じて資材の不足に悩みながら十月中にサイパンに難攻不落の要塞を構築しようとしていた。六月十五日、突然、敵が上陸を決行したとき、そこにはまだ野戦陣地も完成していなかった。兵士たちは誰も上陸防御の自信を持ってはいなかったのだ。この時間的錯誤を犯したのは誰なのか。サイパン守備隊三〇〇〇〇人の生命はなにものの犠牲になったのか。欺されるな。これ以上欺されるな。その沈黙の声は告げていた。いま、サイパンとおなじことが、この硫黄島にも惹き起されようとしている。深沢技師は燃えつきた煙草を投げ捨てて、立ちあがった。敵ノ硫黄島ニ対スル攻略ハ九月初旬ト判断ス。この大本営指示がくるって、明日にでも敵が上陸してきたらどうなるのか。事実、四日まえの七月四日、敵機動部隊は硫黄島に来襲し、一六隻の艦艇で六〇〇〇発の艦砲射撃を加えたのだ。サイパンが失陥した現在、敵はつぎの目標に硫黄島を選ぶことは間違いあるまい。そのとき、救援部隊のかわりに、天皇のお言葉を伝える大本営の訣別電報が来れば、すべては終りである。サイパン島ノ将兵ガ奮戦力斗シテ非常ニヨク戦ッテイルコトハ満足ニ思ウ。それだけが最後の総攻撃の直前に、サイパンの兵士たちにとどいた内地の声であった。

最後の戦闘は北部台地で行われるだろう。深沢技師は身体をめぐらして、凝灰岩が焼けただれたケロイドのように続いている荒野を見つめた。そこからは黄いろく濁った噴煙がはげしい硫黄の匂いをふりまきながら、幾つも立ち昇っていた。あすこで死ねば、きっと骨まで溶けてしまうだろう、と深沢技師はおもった。おれたちは人間の痕跡も残さずに死ぬんだ。その最後の瞬間に、おれの考えることはどっちだろう？　愛しあいながら、唇さえも触れなかった美枝のことか、それとも獣の牡のように、その肉をむさぼった弥生のことか。

その砂浜では、兵士たちが二人一組になって向いあい、指と指とのあいだから、さらさら黒い火山灰の砂をこぼしながら、両の掌で地面を掘っていた。ひとすくいづつ、ひとすくいづつ掘ってゆくと、やがて砂のなかからおおきな石があらわれる。その石をひとつづつどけて、さらに掘りつづけると、指さきが板にぶつかる。板のうえの砂をきれいに払い落し、板の両端に力をいれて上へ引張ると、ぎいっと釘の抜ける音がして、板が剥がれる。剥がれた板のしたは人間の背の高さほどの空洞になっている。敵が上陸してきたとき、兵士たちはその空洞のなかに身を潜めて戦うことになっていたのだ。その陣地のうえの板を、兵士たちは一枚一枚剥がして、砂のうえに積み重ねていく。

小田島軍曹はさっきからいらいらしながら、その緩慢な兵士たちの動作を眺めていた。こいつら、妙な腰つきばかりしやがって、結局、陣地の掩蓋をぶちこわしてるんじゃねえか。

「川上兵長。この作業はなんだ？　陣地を構築すとるんか、解体すとるんか？」

「はあ。陣地移動の作業中であります、班長どの」

班付の川上兵長がすぐに駆け寄ってきて、そう答えた。

「ここじゃ、陣地移動をするたんびに、えっえっ、材木を掘り出すて運ぶんか？」

「そのとおりであります。班長どの。本島では築城資材が極度に欠乏すておりますので、丸太一本、板一枚でも活用するよう、命ぜられております」

へえ。陣地移動のたんびに、材木担いで、おいこらしょの引越しじゃ、とてもたまんねえな。北支じゃ、こんなケチな築城はやらなかったぜ。材木でもなんでも、徴発すりゃ、余るほど手に入ったもんな。この島は没法子《メイファーズ》[64]だよ、まったく。

「移動する新すい陣地はどこか？」

「はい。この砂丘のうえの、千鳥飛行場の北端、蝋燭岩のうえであります」

蝋燭岩ってのは妙な名だな。ローソクってなあ、南方渡りの第四性病[65]で、麻羅[66]のさきっぽが溶けて消えちまうってやつだ。

「ここよりだいぶ後方だな？」

「はい。およそ、六〇〇米ほど後方になります。今度の陣地移動はだいぶ距離がありますので、相当日数を要するものとおもわれます」

「今度の陣地移動？　えままで何回も移動したんか？」

「はい。今回が三回めであります。班長どの」

「偉いすとの命令なんか？」

「はい。自分らは第四一要塞歩兵隊として、本年三月二十三日、本島に上陸すたのでありますが、そのときは伊支隊長厚地大佐どのの命令で、もうすとっこのうえの段の砂丘に築城すますた。なにすろ、ごらんのとおりの砂地でありますから、掘っても掘っても壕はすぐ埋ってすまいます。それで北部落方面からタコの木を伐ってきますて、土留をつくり、十日がかりでやっと築城すたのであります。ところが、本年四月六日、第三一軍司令官小畑中将閣下が視察にこられますて、厚地隊長がどなられますた」

川上兵長はそこで調子を変えて、小畑司令官の口調になった。

「厚地！　こんな陣地で上陸防御が達成できるとおもうとるんか！　水際撃滅に徹せよ、というわすの命令がわからんのか？　お気の毒に大佐どのは蒼くなってぶるぶるふるえておられたです。あとで聞いたら、小畑閣下と厚地大佐どのとは士官学校の同期だというじゃないですか。そんなら、あんなにどつかんでもよかろうと自分たちはおもいますたよ、班長どの」

「そんで、ここへ移動したんか？」

「そうであります。ここへ陣地移動をするについても、場所の選定については相当頭を悩ますますた。なにすろ、小畑閣下といっしょに来られた田村少将閣下が、水際とはテイセンであるといわれますんで――」

「テイセン？　そりゃ、なんか？」

「テイセン。すなわち、サンズイに甲乙丙丁の丁を書く汀線であります。波打際のことだといわれるんですが、波打際に散兵壕をつくりゃ、みんな水浸すんなって崩れてすまいます。それに、班長どの。この硫黄島は毎日汀線が変るんであります」

「そりゃ、どういうことなんか？」

「つまり、班長どの。この硫黄島は毎日すこすづつ隆起すとるんです。毎日、すこすづつ海の底から持ちあげられとるんです。なんでも、本島は富士火山脈中最南端の活火山だそうで、状況によっては、いつ爆発するかわからんそうです」

小田島軍曹はあらためて摺鉢山を見直した。つい先年まで、煙を吐いていて、その当時はパイプ山と呼ばれたという摺鉢山の火口に、うっかり敵が一トン爆弾でも落したら最後、いっぺんに島ごと吹き飛んでしまうかも知れない。ひでえ島だ。没法子《メイファーズ》だ。

「ようやくこの陣地をつくって落ち着いたら、今度は、本年六月二十三日、いまの師団長栗林中将閣下が着任されて、また命令変更です。はい。自分はその命令をちゃんと記憶すております。大隊ハ水際陣地構築作業ヲ一時中止シ新ニ後方ニ陣地ヲ構築セントス。これが今度の命令です。セントス、セントスで何度もつくり直しじゃ、兵隊もたまらんです。すかす、朝令暮改ってこともありますから、また変更になるかも知れん、と自分はおもっとります。偉いすとのやることはさっぱり兵隊にゃ、わかりません」

三個月もかかって苦労して構築した陣地をなぜ放棄するのだろう？　偉い人の考えることは、

さっぱり小田島軍曹にもわからなかった。今度の召集を受けてから、歩兵学校で行われた下士官集合教育に引張りだされたが、そのときの《あ号教育》は徹底的な水際撃滅戦法だった。上陸防禦作戦ニアリテハ、特ニ航空基地群ヲ絶対確保シ、我カ航空部隊ヲシテ敵来攻部隊ヲ洋上ニ撃滅スルヲ容易ナラシメ且敵ニ航空基地ヲ与エサルヲ先決條件トス。いいか。離島作戦は結局飛行場を確保するか、奪取されるか、この一点にある。飛行場を奪われてしまえば、その島は失陥したもおなじことだ。飛行場を確保し得るかどうかは、現在の戦局からいって銃後国民の生命にかかわっておる。この際、特に下士官として留意してもらいたいことは、その飛行場が陸軍のものであろうと、海軍のものであろうと、むかしのような縄張り根性を捨てて、しっかり守ってもらいたいということだ。島嶼周辺ニ於テハ為シ得ル限リ一部兵力ノ海上出撃ヲモ敢行シ以テ敵ノ上陸準備ヲ奇襲スル等、防禦戦斗ヲ溌溂積極的ニ実施シ、敵ヲ水際ニ於テ必滅ス。水際撃滅の精神は防御ではない。海上斬込み、夜間斬込みなど、攻撃精神横溢せる斬込み戦法こそ、水際撃滅を成功させる唯一の戦法である。しかし、斬込み戦法は多人数では敵に発見されやすい。この際、特に下士官を長とする分隊単位の斬込隊の成果に期待するものである。《あ号教育》の教官はうまいことをいって下士官をおだてあげたが、とかなんとか云ったたって、水際陣地がなけりゃ、兵隊は斬込めねえじゃねえか？　六〇〇米も退った後方から水際へ駆けていったって、途中で必ずやられちまうに決まっている。もうひとつ。この水際陣地のうえには千鳥飛行場がある。この陣地を放棄することは、飛行場にのしつけて敵に渡すようなものだ。

師団長はどっか、おかしいんじゃねえのか？　それとも状況が変ったたか。小田島軍曹はいま閃いたものを逃すまいとするかのように、あわてて口のなかでつぶやいた。サイパンだ。サイパン奪回作戦が成功したんだ。サイパンを奪回したので、いますぐ硫黄島に敵の上陸する公算が消えたのだ。そのほかに水際陣地を放棄する理由は考えられない。サイパンさえ奪回すりゃ、この島は安穏なもんだ。まあ、ええさ。おれたちゃ、云われたとおり、ぼちぼちやっとりゃ、ええさ。

兵士たちは掩蓋の板をほとんど剥ぎ終って、散兵壕のなかに入り、土留の杭を抜きとっていた。円匙も、十字鍬もないので、杭の砂に埋った部分は両方の掌で掘りださねばならなかった。兵士たちは壕のなかに腹匍いになって、さらさら、さらさら、砂を掘りつづけた。まるでもぐらだな。小田島軍曹は故郷《くに》の畑によくひっくり返っているもぐらをおもいだした。こんなかっこうは、故郷《くに》のかあちゃんにゃ、見せられんな。ひでえもんだ。猿股に毛のはえたような半袴に、地下足袋はいて、演習や教育はそっちのけで、毎天毎天、エーンヤコラの土方作業ばっかり。御国のためならエーンヤコラ。掛け声が聞えるみてえだ。これが兵隊かね。もと第四一要塞歩兵隊の補充兵ってんじゃ、蝶々とんぼも鳥のうちだろうが。でえてえ、要塞歩兵ってなあ、要塞警備が目的で精鋭ってわけにはいかねえこたあ知ってるさ。けれどもよ。この連中と斬込んで、とても勝てるたあおもえんな。まあ、一人前の兵隊にするにゃ、まだまだ骨が折れらあ。没法子《メイファーズ》さ。

「作業やめえ！　小休止！」

川上兵長がどなると、兵士たちはもぞもぞ散兵壕から匍いだし、汚れた手拭で汗を拭った。

「班長どの。水をお飲みください」

兵士たちが砂のうえに坐るとすぐに、川上兵長が水筒を持ってきた。硫黄くさい水だったが、ひとくち飲むと渇ききった咽喉のおくがいくらか滑らかになった。その水筒の水を川上兵長がひとくち飲み、上等兵がひとくち飲み、二年兵がひとくち飲み、初年兵がひとくち飲むと、水筒はからになった。水は一人一日一立[67]、作業中は分隊ごとに二本と規定されている。どんなに咽喉が渇いても、途中で勝手に水を飲むことはできない。まわりじゅうが海だっていうのに、この島には水もないんか。朝、起きると、コカの葉にたまった夜露に顔をくっつけて、ぺたぺた、眼と唇を濡らす。なんとか水をぎんばい[68]えして顔を洗っていたりするのを見つかると、すぐに重営倉だ。島には営倉なんて気の利いたものはないので、三日間立木に縛りつけておくのだ。歯も磨けない。口もすすげない。髭も剃れない。風呂にも入れない。みんないいきんたむしになって、きんたまをぼりぼり掻いている。小田島軍曹の前任の班長は、兵隊一名をつれて崖のしたの海に噴き出ている温泉へ入りにいったが、高波にさらわれて二人とも行方不明になってしまった。衣食住足りて礼節を知る、孔子さまがいったんだかなんだか知らんが、そんなもの、糞喰えだ。

独歩三〇九大隊の宿営地は南部落にあったが、部落といっても民家一軒あるわけではなかった。タコの木とタコの木のあいだに天幕を張りめぐらして、そのしたの地べたにタコの木の葉っぱを敷きつめた、そこが兵舎だった。毛布一枚、身体のうえにかけて眠ろとすると、蟻と油虫がもぞもぞ身体じゅうに匍いあがってくる。ちっこい赤蟻のくせにそいつが身体じゅうを刺しやあがるんで、眠れない。やっと蟻を払い落すと、今度は油虫が顔のうえを匍い廻る。没法子だ。一晩寝ただけで小田島軍曹は身体じゅう傷だらけになった。

喰いものはもっとひでえ。朝めしが、凍り豆腐と乾瓢と粉醤油の汁に、飯盒の蓋すりきれのめし。昼めしが、乾燥南瓜の煮付に、飯盒の蓋すりきれのめし。晩めしが、乾燥人参と乾燥馬鈴薯と粉味噌の汁に、飯盒の蓋すりきれのめし。川上兵長の話では、旗日*69に缶詰が二人に一個つくだけで、このお献立はもう三月も変らない。カンソー、カンソー、カンソーって、金鵄勲章の病気じゃあるめえし。

小田島軍曹は砂浜に坐りこむと、胸衣嚢《むねかくし》*70に手をやろうとして途中でやめた。もうそこには煙草は一本も残っていない。隣りに坐っていた川上兵長がすぐに自分の衣嚢《かくし》から一本とりだしていった。

「班長どの。どうぞ」

「すまんなあ。川上兵長」

「なあに。班長どのとは一心同体、死ぬときはえっしょですから――」

小田島軍曹が煙草を口にくわえると、川上兵長はちいさな虫眼鏡をとりだし、煙草のさきに焦点をあわせた。しばらくそうしていると、煙草のさきがくすぶりはじめ、吸いこむと、煙りが咽喉のおくへ浸みとおった。うめえなあ。

まったく、川上兵長がよくやってくれるんで助かるよ。本大隊は、仙台第四二師団編制のもと第四一要塞歩兵隊で、東北出身の兵隊ばかりであります、おなじ東北御出身の班長どのをお迎えして兵隊たつもみんな喜んでおります。小田島軍曹が着任したとき、そういって、まずきんたま握ったのも川上兵長だった。

「川上兵長。このまわりは海だってえのに、魚は獲れんのか？」

「班長どの。この島には漁船が一隻もありませんのです。はじめのうち、自分らも爆薬を海に投げこんで、浮んだ魚を喰ってえますたが、火薬節用の命令が出て禁止されますた」

川上兵長はそこで声をひそめた。

「ほんとうは、班長どの。夜おそく、魚を獲りにいった兵隊が、敵の潜水艦にさらわれたっていうんですがね——」

小田島軍曹はそのとき、半分まで喫った煙草を、川上兵長に手渡しながら、もうあれを訊いてもいい頃だな、とおもった。

「ところで、川上兵長。おめえたち、酒とピイはどうすてる？」

「それが問題なんです。班長。酒は四月二十九日の天長節に五勺づつ加級されますたがね。女はじぇんじぇん配給なすです」

「兵隊たちゃ、それでよく辛抱すてるな?」

「辛抱するもすないも、班長。この島にゃ、女と名のつくものは、牝猫一匹おらんのです。おるとすりゃ、油虫の雌ぐれえのもんでしょうよ」

ちきしょう。小田島軍曹はうなった。ちきしょう。支那なら、どんな奥地へいったって、徴発ぼぼの二発や三発、どっかから探し出してぷすぷすやってやるんだが。女がいねえんじゃ話んならんな。没法子だよ。この島は。小田島軍曹は輸送船の舷側にもたれて、長い髪を垂らしていたあのピイのことをおもった。闇のなかでよくは見えなかったが、ありゃ、美《い》い女だったぞ。きっと良いぼぼしとったに違いねえ。いまごろはまるい乳も、やわらかい毛のはえた土堤《どて》のあたりも、鱶に喰いちぎられて、あかい血ぽたぽた滴らせながら、海んなか流れとるんじゃ。もってえねえ。あれが姫神さまの見納めかも知れねえな。むかすむかすのそのむかす、はやつね山のふもとの村の、満能長者の姫御前さまが、いとし馬この栗毛に惚れで……姫神さまと馬こは血だらけになってしっかり抱きあいながら、空へ昇って……不意に、小田島軍曹はなにか兇暴なものに駆られながら、おおきな声で叫んだ。

「作業開始!」

独立歩兵第三〇九大隊第三中隊第一小隊第三分隊の兵士たちは、火山灰の砂から掘りだした板と杭を担ぎながら、黙って砂丘を登りはじめた。

……敵ノ戦法ハ上陸地点ニ対シ猛砲撃ヲ加エタル後、我ガ後方ニ煙弾ヲ発射シ、後方トノ連絡ヲ絶チ、戦車ヲ先頭ニ砲撃ヲ加エツツ徐々ニ前進ス。第一線ニオイテコノ機ニ乗ジ速カニ配兵シ、敵ヲ撃滅スルヲ要ス。午後の陽ざしを映した旅団司令部の人気のない天幕のなかで、堀口少尉はサイパンの戦訓綴を読んでいた。それはこの二十日間のはげしい戦闘の合間に、サイパン島の第三一軍司令部から大本営に送られた戦闘報告で、上陸防御作戦のすさまじい状況が複写された文字と文字のあいだに彫りこまれていた。猛砲撃。おそらく数千発の艦砲射撃の弾着が、つぎつぎに地響きをたてているあいだ、兵士たちは掩体壕[*71]のなかに退避させておかねばなるまい。砲撃の止んだ瞬間、敵の上陸用舟艇からおびただしい数の戦車が飛び出してくる。兵士たちが壕から出て肉迫攻撃に移るのはそのときだ。突撃ニ前ヘ！　だが、おなじその瞬間に敵は煙弾を発射し、味方の陣地のまえに煙幕を張る。兵士の突撃するまえに煙幕を張られてしまえば、戦車は濃密な煙霧にかくされて視認することができなくなる。盲目の突撃はいたずらに味方の損害をおおきくするだけだ。コノ機ニ乗ジ配兵シ。この機とは、敵の砲撃が止んだ瞬間の、戦車の上陸する瞬間の、煙幕が展張される瞬間の、その一瞬まえでなければならぬ。砲撃の止んだ瞬間では遅いのだ。砲撃の止む瞬間を見きわめて命令を出さなければならない。突撃ニ前ヘ！　だが、その命令を一瞬早く、敵艦砲の最後の一斉射がはじまるまえに出したとしたら、兵士たちは水際に突進する途中で全員斃されてしまうだろう。その一瞬、弾着の穿った巨大な漏斗状の穴のなかで、兵士たちは爆薬を抱いたまま爆ぜ飛び、跳ね返り、空中に吹きあげられ、粉々に砕かれて、再び火山灰の穴のなかに落ちてくる。その一瞬をどのようにして判断するのか。敵艦砲の一斉射が終る。秒を読む。一、二、三、四、五。いまか？　六、七、八、九。いまか？　するとまた、つぎの一斉射がはじまる。秒を読む。一、二、三、四、五。いまか？　いまなのか？　その一瞬間の距りは、人間には予測できない生と死との距離だ。そのとき、なんの躊躇もなく命令をくだせるか。突撃ニ前へ！　そのとき、いまこそ誤りない瞬間だと決断がくだせるか。突撃ニ前へ！　そのとき、生と死との距離をどんなかたちで測るのか。突撃ニ前へ！　堀口少尉は眼を閉じた。瞼の裏側の闇は、あらゆる生きものから最も遠いどこかの場所で、あおじろい鬼火がいちめんに燃えていた。そのなかで、悲鳴もなく、呻きもなく、無言劇のように、無数の人間の影が、見えない敵によって殺戮されている。生まれ生まれ生まれて生の始に暗く死に死に死んで死の終に冥し。戦訓は告げていた。統率ノ冷厳ハ、戦斗惨烈ノ極所ニオイテ、指揮官ハヨロシク鬼トナルベシ。そのとき、おれは鬼になれるか。

……対戦車戦斗ハ一人一車輌、肉迫攻撃ニ徹スルヲ要ス。兵士たちは黄色爆薬を詰めた木製の急造爆雷を抱いて、ひとりづつ、タコツボのなかに潜み、敵戦車が近づくのを待っている。ぎゃらぎゃらぎゃらぎゃらぎゃら。霧のように流れる砲煙のあいだからキャタピラの音が聞えてくる。その音が近くなってもまだ飛び出してはならぬ。キャタピラの響きがほとんど耳もとまで近寄ったとき、タコツボが戦車砲塔の死角に入った瞬間、爆雷の信管を引抜くと同時に飛び出すのだ。狙うのは左右どちらかのキャタピラ。無限軌道の一環が破壊されれば戦車は身動きができなくなり擱坐する。[*72]信管が作動するのは秒の単位だ。そのとき、躊躇していたり、あわてて転倒したりすれば、兵士は目標の戦車に到達しないうちに爆雷とともに吹き飛んでしまう。爆雷は必ず自分の腕に抱いて、自分の手でキャタピラのしたに差し込まねばならぬ。目標との距離が距っていては効果がないのだ。差し込んだら即坐に反転し、地形地物を利用して匍匐しつつ後方陣地まで戻ってくる。歩兵学校の『対戦車戦斗教育』ではそう教えられたが、爆雷をキャタピラのしたに差し込んだ瞬間、信管が作動して爆発するその一瞬まえに、反転することが可能だろうか。その一瞬を逃せば、兵士の身体は黄色爆薬とともに空中に吹っ飛び、幾つかの肉片だけが戦車の車体に粘りついて残るだけだ。一人一車輌。それは一死一車輌のことだ。その生と死の境いの一瞬を見極めるのは、周到な訓練と訓練とのあいだから生まれてくる、ある予感のほかにはない。

堀口少尉は将校にはなっていたが、一度も弾丸の下を潜った経験がない。満州事変のはじまった年、昭和六年に、大学を卒業してすぐ金沢第七聯隊に入営し、一年志願で少尉になったのだが、その一年間に習ったことといえば支那軍相手の突撃訓練ばかりで、対米戦闘のことなど考えるものもなかった。昭和十六年、対米英戦がはじまってすぐ、再び金沢の第八三聯隊に召集されたが、このときもバターン総攻撃に向った出動部隊から外されて、三個月で召集解除になった。通算十五個月の軍隊生活で、一度も戦地へ行ったことがないから、『歩兵操典』も『作戦要務令』もただ暗記しているだけで、実際の戦闘にどれほど役だつのか、自分でも疑問だった。今度召集されて一週間ほど歩兵学校に入り、『あ号教育』を受けたが、それだけが対米戦闘についての知識だといっていい。

　硫黄島上陸後、第一〇九師団混成第二旅団に配属になり、新しい命令を受けとったとき、堀口少尉は死ぬ覚悟を決めた。陸軍少尉堀口春生、第一〇九師団突撃中隊付ヲ命ズ。突撃中隊の任務は、敵戦車を目標とする肉迫攻撃にある。小銃と爆薬だけで戦車を撃滅するのだから、全員決死隊と考えねばならない。為サザルト遅疑スルトハ指揮官ノ最モ戒ムベキトコロトス。未経験な指揮官が戦闘にあたってとることのできる唯一の手段は、率先躬行[*73]、部下の先頭に立って死ぬことである。だが、突撃中隊の指揮官は、ただ死ぬ覚悟を抱くだけでは勤まらない。一人一車輌撃滅という任務がある。この訓練はきついぞ。堀口少尉はひそかにそうおもった。

　突撃中隊は、まだ硫黄島のどこにもいなかった。目下、隊員は堀口少尉と中隊付下士官石黒軍曹と、総員二名。兵隊は、在硫黄島各歩兵大隊より選抜充当する。編制完結は八月末日。旅団の指示はそうなっていた。堀口少尉はおもわず苦笑した。着いたところが地獄の硫黄島で、入ったところが幽霊部隊の突撃中隊とは。だが、編制は急がねばならなかった。八月末日まであと五十日余り。そのあいだに二〇〇名の突撃中隊を、戦車撃滅の決死隊につくりあげねばならない。弾丸のしたを潜ったことがないという点では、各歩兵大隊の兵士たちもおなじだった。混成第二旅団司令部そのものが、旧父島要塞司令部を改編したもので、その隷下の独立歩兵五個大隊もすべて旧要塞歩兵隊を改編したものに過ぎない。要塞歩兵の任務は、要塞の警備防衛にあるので、野戦の教育は受けていないし、野戦勤務についたこともない。みんな、はじめて弾丸のしたを潜る連中である。未経験の指揮官が未経験の兵隊を集めて、これから突撃中隊という、硫黄島唯一の決死攻撃部隊をつくりあげるのだ。……敵ノ中戦車以上ニ対シテハ黄色爆薬五キロニテハ薬量不足ス。突撃中隊の携行する急造爆雷には十キロの爆薬を詰めなくてはならぬ。それを何個づつ持たせるか。一人一車輌撃滅の精神を徹底させれば、一個づつ持たせて体当りを決行すればいいわけだが、それではあまりに残酷ではないか。そうかといって二個以上持たせれば、爆薬の重量で行動しにくくなるだろう。決断を要する。……幹部特ニ将校ハ、兵ニ対シ、米国軍恐ルルノ要ナシトノ堅キ信念ノ下、必ズ勝テルトノ自信アラシムルゴトク指導シ、修養セシメ、勝テル手、勝テル技ヲ持ツニイタルマデ訓練シ、カツ自ラ精進セシムルコト。勝てる手、勝てる技は、ひとつしか残されていない。肉迫攻撃。皮を斬らして肉を斬れ、肉を斬らして骨を斬れ。さらに、生命を斬らして敵を斬れ。生命をまっとうさせることは至難だが、なんとしてでも、兵士たちの生命が無意味な犠牲となることは避けねばならぬ。そのためには訓練を重ねる以外に手段はない。爆雷をキャタピラのしたに差し込んで、反転する一瞬。その生と死の境いの一瞬を予感する訓練。だが、その訓練を実施するにしても、仮設敵となる戦車は、硫黄島には一台もない。戦車はいつ到着するのか？　調査を要する。……戦斗惨烈ノ極所ニオイテ、指揮官ハヨロシク鬼トナルベシ。敵の戦車はどのくらい上陸するのか？　鬼となって、一人一車輌撃滅、体当り攻撃を行っても、突撃中隊全員で二〇〇輌。それだけ斃せば勝つことができるのか？　日本は勝てるのか？　まだ、見知らぬ突撃中隊の部下たちにどういえばいいのか？　研究を要する。

「神風は吹くかね？　堀口少尉」

その声で眼をあげると、折りたたみ机のむこう側に年老いた中佐がひとり、新聞を手に持って腰をおろしたところだった。中佐は陸士二〇期というからもう六十歳に近い。硫黄島ではいちばん老齢の将校で、七月一日に独立歩兵大隊長を解任され、旅団司令部付になってからは、なんの任務にもつかず時間をもてあましていた。

「サイパン戦局、重大関頭に立つ[*74]。国歩愈々艱難の秋、神州の総力を奮いおこさん。この新聞を読んで見い。大本営はいつもの調子でやっとるが、こんなことでは神風は吹かん。戦争には戦術よりも精神が大切じゃ。事実、サイパン危うしと見たら、大本営の参謀どもは全員サイパンに飛んで、身をもって楯となるべきじゃ。わしの同期の杉本中佐などは、敵の弾丸に胸を射抜かれても倒れず、立ち往生のまま戦死しおった。参謀どもが、そのくらいの覚悟をもって事に臨めば、いまごろはサイパンの水際に死してなお倒れぬ人間の楯がずらっとならんどる。その状況をひとため見れば、ヤンキーの腰抜けども、眼を廻して逃げ出すにきまっとる。そこまでゆかにゃ、神風は吹かんぞ」

中佐は手にした新聞で、折りたたみ机を強く叩くと、それを堀口少尉の手もとに投げてよこした。新聞は一週間に一度、木更津から飛んでくる海軍の連絡機がまとめて運んできたもので、今朝、旅団司令部に着いたばかりだった。拡げてみると、三日前の七月六日の新聞で、中佐のいうとおり、サイパン戦局、重大関頭に立つ、と第一面の上段に刷ってあった。横浜出港以来、十日ぶりに見る新聞は新しい印刷インクの匂いがした。その匂いはなつかしい書籍の匂いをおもいださせてくれた。堀口少尉はすぐにいちばん下の段の、新刊書の広告欄に眼を走らせた。陸軍航空本部監修『軍神加藤少将写真伝記』、植木直一郎著『国史と日本精神』、日本文学報国会編『現代愛国詩選』などにまじっている二つの広告に眼が惹かれた。ひとつは、国学院大学長河野省三著『国体と日本精神』だった。歴史の正統的な研究を保持しようと努めてきた母校、国学院もついに歪んだ歴史のなかに落ち込んでしまっていた。もうひとつは斉藤瀏著『万葉名歌鑑賞』だった。二・二六事件に連坐して刑を受けた陸軍少将斉藤瀏の書いた万葉集の鑑賞がどんなものだか、堀口少尉にはほぼ推察できるような気がした。ここでも民族の古代の声が歪んだ歴史の渦に巻き込まれようとしていた。

「堀口少尉。貴官は歴史が専門だと聞いておるが、神風は吹くとおもうか？」

神風は吹くと答えれば、中佐は満足してうなずくだろうが、歴史家としてはその答えは偽りになる。元寇のとき、蒙古の軍船を覆えしたのは、毎年九州地方を襲う台風のひとつで、決して神風が吹いたという証しにはならない。どう答えたらいいのか迷いながら、堀口少尉は『万葉集』巻二のなかの、ひとつの歌をおもいだしていた。大津皇子薨りましし後、大来皇女、伊勢の斉宮より京に上りましし時、作りませる御歌。神風の伊勢の国にもあらましをいかにか来けむ君もあらなくに。斉藤瀏の『万葉名歌鑑賞』にも、この歌はおそらく採りあげられてはいないだろう。この歌を鑑賞するとすれば、皇位継承争いの犠牲となって持統天皇に殺された大津皇子の死に触れなければならない。いまのように歪められた歴史の渦のなかでは、古代天皇家について書くことは生命にかかわるタブーなのだ。また、この歌にはもうひとつの別のタブーがあった。それはいま、堀口少尉がどう答えるかに迷っている神風のことだった。神風という言葉が歴史にあらわれるのはおそらくこの歌が最初だろう。この場合、神風、という言葉は、伊勢、という国にかかる枕詞に過ぎない。枕詞はただ歌の句調を整えるための修飾語で、それ以上の重い意味は持っていないのだ。もし、いま、堀口少尉が、神風という言葉は呪文のようなもので、そのなかには現実的な意味はない、と答えたら、中佐はどう受けとるだろう？　堀口少尉。貴官は神風を否定するのか、と詰め寄られたら、もうどうしようもあるまい。あえてそれに逆らい、真実を答えようとすれば、結果は明らかだ。重謹慎、降等、さらに極端になれば、敵前反逆罪で軍法会議にも廻されかねないだろう。堀口少尉はついになにも答えることができなかった。

「むかし、元寇にあたって、おそれおおくも亀山上皇は伊勢神宮にお篭りになり、敵国降伏を御祈願あそばされたと聞いておる。いまこそ、陛下も伊勢に御参篭あそばされ、おんみずから皇祖皇宗の神霊に戦勝を勅願なさるべきときじゃ。そのくらいのことをなさらんと、サイパンの英霊が黙ってはおらんぞ」

中佐は立ちあがった。その皺だらけの顔には、能舞台に佇む悪尉の仮面のような哀しい影があった。

「いま、神風が吹かねば、遠からず日本は滅びる。そのとき、富士の霊峰は火を噴いて日本じゅうを焼きつくすだろう。このままでは、英霊は黙ってはおらん。黙ってはおらんぞ」

軍刀の柄を握り、黒い皮の長靴をはいた中佐は、一歩一歩、よろめくように凝灰岩の礫を踏みつけながら、天幕の外へ出ていった。

サイパンは陥ちたのか？　大本営が、サイパン戦局重大関頭に立つ、と発表したことは、すでにサイパン失陥の決定的な予兆を見たからであろう。逆上陸作戦は失敗に終ったのだろうか。堀口少尉は天幕を出てちいさな森のなかを歩いていった。旅団司令部のある玉名山には、そこにだけ太いタマナの木が繁っていて、硫黄島でただひとつの森をかたちづくっていた。タマナの木とタマナの木のあいだに摺鉢山が見えた。その両側の海には、午後の陽ざしを反映させた波が、真昼の野火のように光っていた。その火の塊りは、波の動きにつれておおきくなり、ちいさくなり、さまざまな幻

[*75]処の森ぞ。この森は。怨霊たちは死んでゆくときののたうつような苦しみと最後の痙攣を真似て踊りくるいながら生き残ったものに答えを迫っていた。この神は何処の神ぞ。この神は。このままでは、サイパンの英霊は黙ってはおらんぞ。その怨霊に答える神はどこにいるのか。皇祖皇宗の神霊われにあり、といったのは誰か。死して護国の鬼となれ、といったのは誰か。悠

久の大義に生きよ、といったのは誰か。皇国に殉ぜよ、といったのは誰か。この神は何処の神か。この神は。

肩に担いだ麻袋のなかの土丹岩が、骨にめりこむかとおもうほど重く感じられ、もう何度も眼がくらみそうになった。こんなに重いはずはないのだが、昨夜は間歇的に襲ってくる下痢に、何回となく眼ざめさせられ、ほとんど眠っていなかったし、今朝からなにも咽喉をとおしていないので、身体も気力もだいぶ弱っているに違いなかった。船見台の石切場からよろめくように歩きつづけて、兵士たちが鬼の洗濯板と呼んでいる凝灰岩の突起のはげしい岩場まで来たとき、笹島二等兵はまた突き刺すような腸の痛みに苛まれだした。あのどろどろした腐った匂いのする粘液が、腸の管のなかを駆けめぐり、尾骶骨のあたりからどっとほとばしりそうになる。みんなはアメーバ赤痢と呼んでいるが、そんなものではない。硫黄島特有の井戸水に含まれた硫黄分が、胃壁や腸壁を溶かし、ただれさせ、それが粘液になるのだ。そのほとばしるものを押さえようとすると、身体じゅうの神経が全部下腹に集り、手や足からは力が引き抜かれ、眼までくらみそうになる。ああ、もうだめだ。耐えきれない。なんとか痛みを消そうとして身体をよじらせた瞬間、ちいさな岩の突起に躓いて、笹島二等兵はそのままそこに跪いた。担いでいた麻袋が肩から転り落ちて、なかの土丹岩がまわりじゅうに散らばったが、すぐにはそれを拾うこともできない。両手で粘液のうごめく腹を押さえながら、じっと眼を閉じて痛みが鎮まるのを待つほかはなかった。せめてあの眼鏡でもあれば、転ばなくてもすんだのだろうが、その眼鏡は輸送船が撃沈されたとき、海のなかへ跳ね飛ばされてしまったのだ。それ以来、笹島二等兵の焦点の合わない眼は、すべてのものをおぼろげにしか見分けることができない。せめてあの眼鏡だけでもあれば。汝、主の懲戒を軽んずることなかれ。ああ、立ちあがらなければならない。みんなに遅れるわけにはいかない。土丹岩運びがほかの兵隊より遅くなれば、また古兵たちに殴られるに決まっている。兵隊らしくしろ、笹島二等兵。おまえはもう神学校なんかの牧師じゃねえんだぞ、名誉ある帝国陸軍の初年兵どのだ。ようし、鍛えなおしてやる、このヤソ。ああ、みだりに神の名を唱うるなかれ。すぐ傍の道をつぎからつぎへと通り過ぎる兵士たちの足音を聞きながら、なんとかして起きあがろうと片膝を立てたが、眼がくらんでとてもまっすぐには立てそうもなかった。笹島二等兵はふたたび跪ずき、めくるめく意識のなかで、遠い影のような兵士たちの群れを見つめていた。

兵士たちはひとりひとり重い麻袋を担いで、木も草も生えない凝灰岩の荒地のなかを、幾つかの長い列をつくって歩いていた。麻袋を支えるあらわな腕にはなにか刻印のようなものが打ってあった。膽一八三一八第一一一＊＊＊。それは兵士たちの認識票の番号だった。行列は見えない鎖に繋がれてどこか見知らぬ国に追い立てられる捕囚のようによろめきながら、ただ黙って歩きつづけていた。その見知らぬ国とはこの硫黄島にほかならない。もし米軍が上陸作戦を開始すれば、一瞬のうちに、この凝灰岩と火山灰と硫黄の島はすさまじい殺戮の国に変貌する。爆弾の響きと砲弾の轟き、叫喚と悲鳴と血しぶきにあふれたその見知らぬ国で、そのとき、この手に人間の血をちぬらずにすむだろうか。人間が人間を撃つ。教徒が教徒を撃つ。ああ、汝、殺すなかれ。その苦しみにくらべると、いま課せられている苦役などはまだまだ耐えやすい懲戒であった。笹島二等兵は、転り出た土丹岩をふたたび麻袋のなかに詰めなおし、よろよろと立ちあがった。我なんじを強くせん、誠に汝を助けん、誠にわがただしき右手《みぎのて》なんじを支えん。どこからか伝わってくる『イザヤ書』の一節を聞きながら、重い麻袋を肩に担ぎあげ、兵士たちの行列のあとから、笹島二等兵は滑走路にむかって歩きはじめた。

滑走路では別の兵士たちの群れが、おおきな穴の底に土丹岩をならべ、そのうえに砂礫を敷き、ときどき足で踏み均しながら、弾痕を埋めていた。それは七月四日に攻撃してきた敵の艦砲射撃の弾着の跡で、ちいさなもので直径五米、おおきなものは十米もあった。トラックも荷車も円匙も十字鍬もないので、独立歩兵第三一一大隊の兵士たちは、人間の手と足とだけでその弾痕を埋めなければならなかった。わずか三時間の艦砲射撃で穿たれた弾痕を埋めるのに、三日も四日もかかった。もし、毎日艦砲射撃が続いたら、とても埋めつくすことはできない。だが、滑走路に穴があいていては友軍の飛行機が離着陸できないのだ。陸上部隊ノ任務ハ、友軍機ヲシテ洋上ニアル敵ヲ制セシムルタメ、我ガ航空部隊ノ活動ニ支障ナカラシムルヲ先決トス。敵がこの硫黄島沖に輸送船団と上陸用舟艇を浮べて攻撃してきたとき、それを全滅させるだけの友軍機がいなければ、とてもこの島は保たない。兵士たちはみんなそのことを知っていた。一機の友軍機はおそらく一個中隊二〇〇人の生命を救い、その生命のなかには自分自身も加わっていることを知っていた。いま、兵士たちが運ぶひとつの土丹岩はこの島にいる誰かの生命だった。いま、兵士たちが埋めるひとつの弾痕は何百人かの生命なのだ。兵士たちはひとりひとりの願望をこめて、その手と足とだけで滑走路の穴を埋めていた。いまはまだ、海軍の飛行場設営隊も、土木工作機材も、この島には到着していなかった。

笹島二等兵が広い滑走路の中央部でやっと自分の分隊を探しあてたとき、分隊はちょうど午後の小休止をとっているところだった。

「御苦労。おまえらも水を飲め」

班長が水筒をひとつ、土丹岩運びの初年兵たちに投げてよこした。隣りの兵隊から渡された水筒に口をつけただけで、笹島二等兵はつぎに廻した。咽喉はひどく渇いていたが、あの粘液の腐った匂いをおもいだすと、とても飲む気にはなれなかった。

「班長どの。ほんとに友軍機は飛んできますかね？」

上等兵がちびた煙草の煙りを吐きだしながら、嗄れた声で訊ねた。友軍機がほんとうに来てくれるのか？　それは兵士たちみんなの意識の底によどんでいる疑問だった。

「来なくてどうする。サイパンをこのままほっておくわけにはゆかんだろう。東條さんが、難攻不落です、と陛下に申しあげたというんだ。なんとかして救援するんさ。それにゃ、この島に一〇〇〇機の飛行機を持ってこなくちゃならん。この千鳥飛行場の整備が終り、元山飛行場と北飛行場が完成すりゃ、この島は飛行機で埋まるぞ」

その班長の声は、どこか遠いところから聞えていた。一〇〇〇機の飛行機。誰がそういったのか。小隊長の少尉なのか。中隊長の中尉なのか。大隊長の大尉なのか。参謀の少佐なのか。旅団長の少将なのか。師団長の中将なのか。参謀総長の大将なのか。それとも、そのうえの天皇なのか。あるいは誰も、そんなことはいわなかったのかも知れない。

「米軍がサイパンへ上がったときにゃ、この島にも飛行機がわんさといましたからね。しかし、班長どの。精鋭ばかり集めたっていう八幡部隊も、たった三日の空襲でみんな喰われちまったじゃないですか。性能が悪いんですかね？　友軍機は」

「物量よ。物量が問題なんじゃ。先頃の敵機は延五〇〇機以上、それに対する友軍は一〇〇機。五対一じゃ勝負にならん。今度は友軍が一〇〇〇機じゃ。大本営も褌しめてかかるじゃろうよ。まあ、心配すんな。親方ぁ日の丸じゃ」

やがて作業開始の声がかかって、笹島二等兵はからっぽの麻袋を抱えふたたび船見台へ土丹岩を取りに戻る初年兵の列に加って、滑走路を歩きはじめた。午後の陽ざしはまだ暑く、額から滴る汗が眼に浸みこんだ。焦点の合わない眼がいっそうかすんでくるので、笹島二等兵は眼を閉じて、腰の手拭で顔をぬぐった。ふたたび、眼を開いて滑走路を眺めたとき、そこには巨大な海鳥の死骸に似たものが、折り重なるようにしてならんでいた。翼を折られたもの、頸をもぎとられたもの、脚を潰されたもの、破れた胴体からあらわに骨をのぞかせたもの、尾翼を砂にのめり込ませて身動きのできないもの、頭から砂に突っ込んで逆立ちしたままのもの。それらの海鳥に似たものは、みんな炎にあぶられて、焼けただれた全身を陽にさらし、そのまわりには銀いろの破片がむしりとられた羽毛のように散らばっていた。その死骸のかげから、いま、飛行機が一機、北のほうの空へ飛び立っていったが、それは一週間に一度、木更津からやって来る海軍の連絡機が帰途についたもので、硫黄島航空部隊の飛行機ではなかった。この島には、もう飛べる飛行機は一機もなかった。あるのは海鳥の死骸のように、翼を折られ、立ちあがることもできなくなった一〇〇機ほどの攻撃機の残骸ばかりであった。

船見台の麓にあるちいさなコカの灌木林のなかで、笹島二等兵は下半身を剥き出しにしてしゃがんでいた。腸が鳩の鳴き声のようにぐうぐう音をたて、尾骶骨のあたりから腐った粘液があとからあとから噴き出してくる。腸のなかがからっぽになり、虚脱感が全身をしびれさせるようになっても、その腐った粘液はまだ身体のなかのどこかにこびりついていて、間歇的に噴き出そうとしていた。灌木のなかには、ほかにも五人か六人、下痢患者が潜んでいた。衝撃的な痛みがおさまって意識がはっきりしてくると、急に腐った粘液の匂いと硫黄の匂いが鼻を刺した。腐った卵、腐った無花果、腐った臓腑、腐った細胞の匂い。そのなかにいると自分の脳髄まで腐って溶けてゆくような気がした。灌木の林のなかは、まるで顕微鏡で眺めた大腸菌の群れのように、そこらじゅう粘液だらけだった。そのどろどろした粘液のところどころに、黒褐色の固形物が軟体動物のようにうごめいていて、そのまわりには無数の油虫と何匹かの蟹がしがみつき、もぞもぞと押し合いながらそれを喰いあっていた。あうっ。あうっ。笹島二等兵は胸の底から突きあげてくるものを吐き出そうとしたが、渇ききった胃のなかからはもうなにも出てこなかった。汝、主の懲戒を軽んずるなかれ。コカの葉をひとにぎりむしりとって、まだこびりついている粘液の滓を拭きとると、匍うようにして灌木の林を脱け出し、笹島二等兵はおおきく息を吸いこんだ。主の懲戒はまだ終ってはいなかった。灌木林を出るとすぐに、見おぼえのあるコカの繁みのなかを探してみたが、そこに置いておいたはずの麻袋がなかった。やられた。誰かに盗まれたのだ。麻袋は米麦や乾燥野菜を詰めて内地から運んできたもので制式の備品ではなかったが、装具や器具の欠乏している硫黄島では貴重品に属していた。いま笹島二等兵に与えられている任務が土丹岩運搬作業である以上、その一枚の麻袋は兵器にひとしかった。狭い灌木林のなかを隅々まで探して歩いたが、麻袋はどこにもなかった。どこかの兵隊が、灌木林に入ってゆく笹島二等兵の姿を見とどけて、ギンバエしていったに違いなかった。

「この野郎。とろとろしやがって。怠けるな。ギンバエされたら、今度はおめえがギンバエしてくるんだよ。それが軍隊ってえところだ。おめえの好きなキリストさんにでも探し出してもらえ」

初年兵掛りの上等兵は、があんと一発頬を殴りつけて、そういった。汝、盗むなかれ。汝、盗むなかれ。笹島二等兵はそう唱えながら、その言葉を聞いていた。

「いいか。おめえが糞をたれたとこへゆきゃ、またきっとおめえのようにとろとろした兵隊がくる。そいつのをギンバエしてこい。しくじるんじゃねえぞ」

灌木の林の隅に潜んで、笹島二等兵は待っていた。じっと動かずにいると地下足袋を舗いのぼってくるちいさな蟻が、足首の皮膚を刺した。だが、いまはその蟻を叩き潰そうとはおもわなかった。主よ、憐れみを。ひとりの痩せおとろえた兵士がやってきて、あたりを見廻した。ゆらゆらと揺れ動くコカの木の葉と葉のあいだの遠いところから、ちいさな声が聞えてきた。主よ、憐れみを。それは笹島二等兵にはじめて主への祈りを教えたときの母の声に似ていた。兵士はコカの木をわけながら林のおくへ入っていった。犯してはいけませんよ、敏行さん。犯してはいけません。兵士はコカの繁みのなかにかくれた。盗むならいまだ。小学校に入って一週間ほど経ったとき、筆箱から銀いろのシャープペンシルを盗まれた。下痢に苦しんでいる兵士のうめき声が聞えていた。入学祝にもらった大切なシャープペンシルだったので、先生に訴えて級友全部の筆箱を調べてもらおうとおもった。兵士はコカの灌木林のどこかでうめきつづけていた。いけません。敏行さん。なんじに請う者に与え、借らんとする者を拒むな。最初の兵士が出てゆくとすぐに、つぎの兵士が入ってきた。今度は麻袋をかくした場所まではっきり見えた。麻袋をひとつ盗んでゆかなければ自分だけでなく、分隊の五人の初年兵が殴られる。なんとか、ギンバエしてゆかなければ。汝らは地の塩なり。塩もし効力を失わば何をもってか之に塩すべき。あくまでも盗むことを拒めば、五人の初年兵のうちの誰かが自分の身代りになって、どこからか誰かの麻袋を盗んでくるだろう。それが軍隊の律法《おきて》だ。犯してはいけません、敏行さん。犯してはいけませんよ。主よ。[*76] いま自分の手を汚すことを拒めば、隣人のひとりが自分の代りに罪を犯す。それでもなお、犯すなと命ずるのか。背の低い田舎育ちのままのその兵士が、コカの繁みに姿を消したとき、笹島二等兵はこころを決めた。罪は自分で引き受けるべきだ。他者に代ってもらうことはできない。いけませんよ。犯してはいけません。灌木の根元を這ってゆくとき、どろどろの粘液に何回か指さきが触れそうになったが、もうそんなことは気にならなかった。もうすでに、その灌木の林のなかは、封印の切られた場所だった。煙りの中《うち》より蝗地上に出でて、地の蝎のもてる力のごとき力を与えられ、地の草すべての青きもの又すべての樹を害うことなく、ただ額に神の印なき人をのみ害うことを命ぜられたり、されど彼らを殺すことを許されず、五月のあいだ苦しむことを許さる、その苦痛《くるしみ》は蝎に刺されたる苦痛のごとし。コカの灌木のなかにうごめく、蟻と油虫と蟹といやな匂いする粘液に身体をひたしながら、笹島二等兵は匍いつづけた。手が灌木の繁みのなかの麻袋をつかんだ。その手は蝎に刺された痛みにふるえていた。主よ、憐れみを。もし五月の苦しみの後に、神の印がふたたび額のうえに甦えるならば、そのときまた主の御《み》もとに近づくことが許されるだろう。麻袋を抱えて灌木の林を匍い出すと、笹島二等兵は凝灰岩の荒野のうえをまっすぐに走りはじめた。
汝、盗むべからず。

腹ばいになったまま、右腕をあげ、掌を前方に向けておおきく三度振った。前へ！　の合図だ。ふり返ると、タコの木の葉やコカの葉で全身を偽装した兵士たちが、昆虫のように匍匐したまま進んでくるのが見えた。ようし、みんなついてきてるな。小隊の全員が動きだしたのを見とどけると、加瀬見習士官はふたたび匍いはじめた。土のしたにこもっている地熱と、照りつける午後の陽ざしとで、もう全身は汗びっしょりだ。鉄帽のしたの額から滴り落ちる汗が、乾いた凝灰岩を濡らすが、一瞬のうちに吸いこまれてゆく。土にこすりつけている両肘の皮膚が、ざらざらした岩の破片で破れそうになるが、状況が、敵前三〇〇米、なので姿勢を高くはできない。兵士たちはみんな、匍匐したまま、窪地や岩の突起に身体をかくすようにして前進するのだが、指揮官にはそれは許されない。後方に展開している兵士たちに、両手の合図がいつでも見えるように、常に最尖端の高い場所に位置しなければならないのだ。兵隊も消耗品には違いないが、見習士官の小隊長はそれ以上の消耗品だ。部下ト苦楽ヲ倶ニシ率先躬行軍隊ノ儀表トシテ其ノ尊信ヲ受ケ剣電弾雨ノ間ニ立チ勇猛沈著部下ヲシテ仰ギテ富嶽ノ重キヲ感ゼシメザルベカラズ。まだ小隊長になって三日目の加瀬見習士官はとても富嶽ノ重キヲ感ゼシメるというわけにはゆかない。兵士たちはただ肩章のわきについている金いろの坐金[*77]の命令を聞いているだけだ。部下ト苦楽ヲ倶ニしようとしても、小隊の兵士のほとんどは鹿児島の出身で、横浜生まれで都会育ちの加瀬見習士官にはどう扱っていいのか見当もつかない。この三日間、彼はとまどうばかりだった。

はじめて聯隊の宿営地に到着したとき、まず彼はセンダンの木のあいだから響いてくる、敬礼！　というおおきな声に驚かされた。ふつうの聯隊では、営門があり、営門歩哨がいて、そのおくに衛兵所の建物があって、そこに衛兵たちがならんでいるのだが、この聯隊には営門も営兵所もなかった。標流木と呼ばれる地点のセンダンの林に張ってある天幕が兵舎で、その林の入口の土のうえにじかに坐っている兵士たちが衛兵だった。はじめて来たものは誰もそこが衛兵所とはおもわずに通りすぎようとすると、敬礼！　と驚かされるわけだ。林のなかに入ると、そこらじゅうの木の幹の、眼の高さの部分が白く削りとられ、墨でくろぐろと、チェスト、行けっ！　と書いてあった。それ以来、聯隊ではどこへ行っても、チェスト、行け！　なにをするにも、チェスト、行け！　これは鹿児島の方言で、なにくそ、やってやれ、という意味だということがあとでわかった。着任するとすぐに、林のまんなかにある急造の防空壕につれてゆかれ、まず、軍旗に申告させられた。陸軍兵科見習士官加瀬博史昭和十九年七月五日付を以テ歩兵第一四五聯隊付を命ぜられました。ここに謹んで申告致します。軍旗は紫いろの袋におさまったままなにもいわなかったが、聯隊副官がおごそかな口調で聯隊の歴史を述べた。加瀬見習士官、よく聞け。おそれおおくもこの軍旗は昭和十三年うちの聯隊が創設された折、大元帥陛下より御下賜たまわったもので、連戦連勝、不敗の象徴である。とくに今回、小笠原兵団における唯一の現役部隊、精鋭部隊として、硫黄島防衛の主力となったわが聯隊は、この軍旗のもとに一致団結、伝統ある鹿児島郷土部隊の名を辱めぬよう、将兵一同、新たなる決意を固めておる。貴官は鹿児島出身ではないが、うちの聯隊に配属された以上、九州健児、薩摩隼人のこころをこころとしてしっかりやってもらいたい。よいか。この硫黄島で、軍旗を捧持している部隊は、わが第一四五聯隊だけなんだぞ。このことを忘れんように。チェスト、行け。こりゃあ筋金入りの部隊に来ちまったぞ。加瀬見習士官、ぼやぼやするな。

前方の岩場のうえに、サイザルが蘭のような葉の尖端を垂らして密生しているのが見えた。右の手を横に延ばし、掌を下に向けて何回か伏せた。止レ！　の合図だ。実戦の場合、予測よりも速く敵が進出して、密生した樹木のなかにかくれていることも考えねばならない。あすこから機銃掃射を受けたら、小隊は全滅だ。ふり返ると、兵士たちは分隊ごとにかたまって土のうえに伏せていた。いかん。加瀬見習士官は右手を高く頭のうえにあげて輪を描いた。散レ！合図をし終るとすぐに、ひとりだけサイザルの繁みのなかへ匍いこんだ。背後でがさがさ音がするのでふり返ると、右翼分隊長の軍曹がつづいて匍ってくるのが見えた。どうした？　眼で訊くと、軍曹は黙って横に頭を振った。そうか。一人では危い、というんだな。急になにかこころに響くものを感じて、親指と小指で輪をつくった。みんなおれのことを心配してくれるんだな。郷土部隊のみんなにとっては他国者のおれのことを。軍曹もおなじように指で輪をつくって見せた。了解の合図だった。中腰になって前方を偵察していると、またがさがさとサイザルの葉が揺れて、右翼第一分隊の兵士が三人顔をだした。みんな小隊長や分隊長を単独で前進させるわけにはゆかない、という表情をしていた。兵士たちは、前へ！　の合図を待たずに進んできたのだがそれを叱る気にはならなかった。いかん、こんなことで感傷的になっちゃいかん。そうおもいながら加瀬見習士官はなにか熱いものが胸のなかにこみあげてくるのをとめることができなかった。そうだ。兵士たちはおなじ鹿児島出身の兵士の命を、こうやってかばいあい、護りあって戦ってきたのだ。みんな鹿児島に残してきた肉親を護るように救けあってきたのだ。おなじ故郷の兵士を護ることは、そのまま故郷を護ることにほかならなかった。お国のため、と兵士たちがいうとき、それは日本帝国以前の故郷であり、故郷に残してきた愛するもののためであった。チェスト、行け！　故郷のために。

　幼いころ、外人墓地のまわりや山下公園で遊んだ外国人のこどもたちは、みんな故郷を持っていた。南京町の子は広東、山の手の子はメルボルン、辨天通りの子はバンクーバー。その子たちは訊いた。ユウの故郷はどこ？　横浜さ。オオ、ノオ。横浜はいま住んでるところ、ユウの故郷はどこ？　それから長いあいだ故郷を探した。赤い靴、はあいてた、女の子、異人さんに連れられて行っちゃった、横浜の波止場から、船に乗って、異人さんのお国へ行っちゃった。その歌を唄っていると海のむこうのどこかにほんとうの故郷があるような気がした。しばらくのあいだ、故郷はパリにあった。ルネ・クレールの映画に熱中して『パリの屋根の下』『巴里祭』『ル・ミリオン』をたてつづけに見たころだった。それから故郷はヨーロッパじゅうをさまよった。あるときはコモの湖の岸辺を、あるときはアルジェリアの砂漠を、あるときは霧のル・アアウルの港町を。昭和十五年の年末、ジュリアン・デュヴィヴィエの映画『ペペ・ル・モコ』の最後の上映を見終ったときの怒りに似た昂奮《ママ》はまだこころのなかの篝火のように燃えていた。故郷のパリを追われてカスバの町に潜む犯罪者のぺぺが、パリの匂いを携えてきた美しいミレイユ・バランとの別離のとき、腹にナイフを突き刺して死ぬ最後のシーンは、加瀬見習士官たちの青春の終焉だった。その夜、黄金町の裏のやすっぽい酒場で、映画研究会の仲間とはじめて酒を飲んだ。ぺぺの死はおれたちの死とおんなじだよ。いまの日本にとっちゃ、おれたちは犯罪者なんだな。だから軍隊っていう檻のなかに入れて叩き直そうってんだ。ぺぺはカスバっていう町へ逃げこんだけど、おれたちは逃げこむさきがないんだぜ。結局、軍隊がカスバだ。そのカスバにいるうちは生かしといてやるけど、もう一度パリへ戻ろうなんておもったら、すぐ殺されるに決まってるんだ。きみ、ラストでさ、ぺぺが、ギャビイって呼んだけど、その声はギャビイにはとどかなかったろう。あれとおんなじさ。いまおれたちが、ギャビイって呼んだって誰にも聞えやしない。もうおれたちの故郷は手のとどかないところへ行っちまったんだ。ぺぺの死はおれたちの死だよ。これからどうする？　吉村公三郎の『西住戦車長伝』と、内田吐夢の『歴史』じゃなあ、映研も解散だよ。おまえ、どうする？　おりゃあ、文楽でも見るよ。日本再発見だ。おまえ、どうする？　おれはやっぱり映画をやるよ。エイゼンシュタインの『戦艦ポチョムキン』だって、ルノワールの『大いなる幻影』だって、テーマは戦争だろう？　戦争のなかからだって映画は生まれるさ。おれは映画作家の眼を持ったまま戦争に行く。それが現実ならそこから逃げだすのは卑怯だ。おかしな話さ。誰かが最後につぶやいた。おれたちは生まれた故郷の日本を裏切っているし、精神的な故郷のヨーロッパも裏切ってるんだぜ、きっと。おれたちの魂の故郷はどこにあるのか？

サイザルの繁みのむこうは海沿いのタコの木の林まで、ずうっと凝灰岩の荒地が拡っていた。わずかな岩の突起しか身体をかくすところがない。このいちめんに黄褐色の砂礫のつづく荒地のなかを、タコの木の葉で偽装した兵士が匍ってゆけば、偽装は逆効果になってかえって敵の眼を惹くだろう。どうすればいいか？　為サザルト遅疑スルトハ指揮官ノ最モ戒ムベキ所トス。加瀬見習士官は身体じゅうの偽装をはずし、前へ！　の合図をするとサイザルの繁みから跳び出した。姿勢を低くしたまま、最初に見えた岩の突起のかげまで、全速で走り、身体を伏せる。敵に発見されたとしても、機銃は横になめるから、自分に向って弾丸が飛んできたあとの数瞬間は狙われることはない。その間隙を縫って走り抜けるのだ。敵の機銃射撃を想定しながら、五回ほど岩かげに身体を伏せ、鉄帽を楯にしながら走りつづけると、加瀬見習士官はタコの木の林のなかに跳び込んだ。

演習がはじまってからずっと、兵士たちも、分隊長の下士官も、指揮をとっている小隊長の加瀬見習士官も、ひとことも口をきかない。敵ハマイクロホン等ノ索敵器ヲ使用シ、我軍ノ行動位置ヲ偵知シ砲撃ヲ加ウルコト多シ、無声ノ指揮ニ熟達スルヲ要ス。無声の指揮は予備士官学校の『あ号教育』でも習わなかった。指揮はすべて右手の合図で行うのだが、いまのように、各個ニ分散、前へ！　などという複雑な命令は、合図だけで伝えることはできない。結局は自分の行動で直接示すほかに方法はなかった。タコの木の林に跳びこんだ加瀬見習士官は、すぐにふり返って、自分の命令が徹底されたかどうか確めた。偽装をはずした兵士たちは、銃を片手に荒地のなかを走り、岩かげに姿をかくし、一瞬ののちにまた走りだして、つぎつぎに前進していた。誰も声をたてる者はなかった。その沈黙のなかで、断崖のしたに砕ける波の音だけが鳴っていた。ジイジジイジジイ鳴りつづけるその音は、古びた無声映画のフィルムの回転音に似ていた。音楽も音声もまったくない映像だけの空間、透明な画面のなかの黒い影となって、瞬間的に岩かげから走りだし、瞬間的に岩かげに消える兵士たち。突然、岩かげから走りだしたひとりの兵士が、そのままぐっと迫ってきて、眼のなかで突然クローズアップされた。それはなにものかへの信仰に憑かれた眼のなかに、そのおく深い瞳孔のなかに、苦痛と不安とを漂わせているひとりの人間の顔だった。この現実とも幻影ともつかない暗黒と光明とのなかの強烈な映像。いつかオデオン座の裏のちいさな映画館で、これとおなじクローズアップを見たことがあった。カール・ドライエルがつくった『裁かるるジャンヌ』のなかの、ファルコネッティの大写しだった。あのとき、短く刈られた髪の毛のうえに藁の王冠をかむせられたとき、彼女はおなじような苦悶の表情を見せていた。それは彼女の信ずる神に裏切られ、その権威によって死を課せられたときのジャンヌの苦しみそのものだった。敵に向って最後の突撃を決行するとき、兵士たちはどんな苦しみと不安のなかで身をふるわせるのか。お国のために。故郷のために。そう信じながら、兵士たちはさらに深いこころのどこかで、果てしない懐疑と不安とに苛まれるに違いない。おれは映画作家の眼を持ったまま戦争にゆく。最後の突撃の瞬間に兵士たちの意識に閃くものはなにか。加瀬見習士官はそこに閃くものを鮮烈な映像で表現したいという強い欲求に駆られていた。

タコの木の林のむこうは海に降りてゆく緩傾斜の岩場で、そのさきは水際まで切り立った断崖だった。硫黄島南部の砂丘地帯に上陸した敵は、おそらく高千穂峡と名付けられたその岩場から、北部の拠点に向って滲透をはかるだろう。それを阻止して師団司令部の位置する北部落一帯を守備するのが一四五聯隊の当面の任務だ。小隊の全員がタコの木の林に到着するのを待って、加瀬見習士官はふたたび匍匐前進をはじめた。高千穂峡を見おろす岩場までくると、岩と岩のあいだから海の沖が見えた。遠くの監獄岩のまわりで岩礁にぶつかる波が、ときどきおおきな飛沫をあげていたが、夕凪ぎの海にはなんの影も見えなかった。この海にいつかは敵の輸送船団が浮かび、無数の十字砲火が交錯しあうとは、とても信じられない静かな風景だった。加瀬見習士官は腹ばいになった身体を斜めにして軍刀を抜き、頭のうえに高くかざした。突撃ニ！　その軍刀を振りおろすのが合図だった。前へ！　その瞬間、無言のまま立ちあがった兵士たちは、眼のまえにいる見えない敵にむかってやたらに銃剣を突き刺していた。喚声もなければ悲鳴もない虚しい突撃だった。加瀬見習士官は憑かれたように軍刀を振り廻しながら、岩かげに潜む見えない敵を斬った。斬るたびに、どこか見知らぬ国の、見知らぬ男の顔がおおきくクローズアップされて網膜のなかに浮んだり、消えたりしていた。

……もうすぐ、夜が明ける……もうすぐ、夜が明ける……渇いた咽喉のおくでそう繰り返しながら、武井兵長は洞窟を掘りつづけていた。十字鍬の柄を握りしめて正面の土壁に叩き込むと、脆い土丹岩が足もとに崩れ落ち、その跡から眼に見えない熱気と硫黄の匂いが噴きあげて洞窟いっぱいにたちこめた。摺鉢山の麓の地表からもう五〇米以上もなかに入っているので、ふつうの土地なら寒くなるほど冷え込むはずなのに、硫黄島では反対だった。掘ってゆけばゆくほど地中にこもった熱気の温度はあがり、褌ひとつの裸になった全身から絶え間なく汗が噴き出して皮膚を流れ落ちた。高さ一・七米の洞窟のなかでは十字鍬をふりあげることができないので、横なぐりに打ち込むのだが、一度に崩れ落ちる岩の破片はほんのひと抱えほどに過ぎない。それを麻袋のさきに曳綱をつけたモッコ[*78]に載せて、兵士たちが交替で洞窟の外へ運び出すのだ。掘削機も、削岩機も、運搬車も、なんにもないので、作業はすべて兵士たちの手と足とで進めなければならない。ひと抱えづつ、ひと抱えづつ掘って、ひと抱えづつ、ひと抱えづつ麻袋のモッコで曳きずり。まるで蟻が砂を一粒づつ運び出して巣をつくっているようなもんだ。こんな調子でいつになったら洞窟陣地ができあがるんだろう？　まあ、いいさ。偉いひとの考えることは兵隊にゃわからない。兵隊は掘ってりゃ、いいのさ。掌に滲みでる汗をまわりの砂にこすりつけて、十字鍬を握った手が滑らないようにしながら、何回か切羽[*79]に打ち込んでいるうちに、武井兵長は熱気と硫黄の匂いが身体の芯のほうまでしみ込んでくるような気がした。唇を開いて何度も喘ぎながら、なんとかして硫黄の匂いを吐き出そうとするのだが、それは逆に咽喉から頭のほうに昇ってゆき、煙りのように漂いながら、眼や、耳や、脳のあたりをしびれさせた。……夜が明ける、もうすぐ、夜が明ける……そうだよ。しょうぞう。もうすぐ、夜が明けるんだよ。死ぬんじゃないよ。しょうぞう。夜明けまでもてば、おまえは救かるんだよ……すごい暴風雨で屋根のうえや壁の外側を吹き抜ける風がおれの吐く息といっしょになってヒューヒュー鳴っていた。こどもの頃に見た楡の木や櫟の木の枝がはげしい風にあおられて身をよじらせながら泣いているのが見えた。あの木の枝はおっ母あが死んだときのおれのようだな。そうじゃないな。おっ母あが死んだときばかりじゃなくておっ母あが死んだあとずうっとのおれのようだな。おっ母あ。おっ母あ。おっ母あを呼ぶと暗いところに蝋燭がひとつともってすぐ眼のまえにおっ母あの顔が見えた。おっ母あ。おっ母あ……しょうぞう。しっかりするんだよ。おまえは肺炎なんだからね。けれど、こんな暴風雨《あらし》だからね。医者《せんせい》はいらしてくれないんだよ。だから、おまえ、しっかりするんだよ。あたしがいっしょにいてあげるからね……ああ、おかみさん……眼のまえに見えるおかみさんのふたつの眼から涙が滴っておれの熱い頬を濡らした。おかみさんはおれのために泣いてくれたんだ。その涙がいまおれの顔に落ちたんだ。おれは救かるぞ。きっと救かるぞ。おっ母あのほかにもおれのために泣いてくれるひとがいるんだ。親なしっ子。親なしっ子。世のなかのひとはみんなおれをいじめるんだとばかりおもっていたのにおかみさんはおれのために泣いてくれるんだ……しょうぞう。しっかりするんだよ。もうすぐ夜が明けるからね。そうすりゃおまえは救かるんだよ……おかみさんは夜っぴて馬肉の湿布をとりかえながらおれの胸を冷やしてくれた。夜が明けるとすぐに熱がさがりはじめ暴風雨が遠のいてゆくにつれて意識がだんだん甦えってきた。時計や電燈の笠や天井の板の模様がはっきり見えるようになりおかみさんの笑っている顔が死んだときのおっ母あの顔と重なって眼に映った……しょうぞう。よかったね。おまえは救かったんだよ……おれは黙ってうなずきながらおれの生命は今日からおかみさんのものだとおもった。ほかの誰でもないおかみさんが生命を救けてくれたんだ。このひとのためにおれはいつか生命を賭けなければならない。おかみさん。おれが肺炎になったのは、関東地方に台風が襲ってきて九九人も死人が出たあの日でしたね。芦溝橋事件がおこりふたたび支那大陸で戦争がはじまったあくる年。そう昭和十三年。おれがちょうど十九歳になったばかりでしたよ。おかみさん。それからいろんなことが……

「兵長どの。交替いたします」

ふり返ると顔のながい丸山一等兵が立っていた。ああ、おれはいま硫黄島で洞窟陣地を掘っているんだな。武井兵長は十字鍬を丸山一等兵に渡し、モッコの曳綱を手にした。洞窟掘り作業は分隊全員が三班にわかれ、昼夜三交替、一班五名の編制で行われていた。洞窟のなかは狭いので、実際に切羽を崩すのは一人だけだったが、切羽から洞窟の入口までの距離が五〇米近くあるので、残りの四人が順繰りに岩の破片を運び出しても間にあわないくらいだった。切羽のそばに、鯨油に灯をともした空缶がひとつ置いてあるだけなので、洞窟のなかはまっくらだった。モッコの曳綱を肩にかけて上り勾配の坑道を歩いてゆくと、ときどき転っている土丹岩の破片に躓きそうになった。まるでこの洞窟のようにまっくらだったな。おっ母あが死んで小学校を卒業するまではまっくらでなにも見えなかった。親なしっ子。おっ母あが死んだ五つのときから育てられた叔父の家ではみんなにそう呼ばれた。夜更けて隣りの村まで使いにやらされるときの野道もまっくらで、森のてっぺんでほうほうほう鳴いている梟の声がむしょうに哀しかった。母喰鳥っていうんだったな。あの梟は。小学校を卒業すると叔父につれられて東京へ来た。上野駅が出来あがったばかりだったな。あのとき、はじめて電車に乗ったんだ。叔父さんが一年分の給金を前借りしてゆくのを見て、おれは奴隷とおなじだとおもった。アンクル・トムのように売られたんだ。あのとき、おかみさんがいなかったら、おれは絶望して逃げ出していたに違いない。あすこで躓かなかったのはおかみさんがいたからだ。そうですよ。おかみさん。くらやみの行くてのほうに薄明るく洞窟の入口が見えた。

洞窟の外に出て息を深く吸いこむと冷んやりした空気が、身体じゅうにこもっている地熱と硫黄の匂いを吹き消していった。モッコのうえの土丹岩をほうり出して空を見あげると、影絵になった摺鉢山のうえに北斗七星が光っていた。もうすぐおかみさんも眼をさましてあの星を眺めるだろう。あの星のしたにおかみさんは生きているんだ。あのとき、おかみさんがいなかったら、おれはどうなっていたかわからない。星は薄明のなかでふるえていた。しょうぞうっていう名前ね。かわいい名前だわ。自分の家に来たつもりでしっかり働くのよ。さあ、おあがり。

おなか、すいてるんでしょ？　おかみさん。あのときまで、おれは、さあ、おあがり、なんて他人にいってもらったことがなかった。さあ、おあがり。おれはくらやみのなかに射しこんでくるちいさな蝋燭の火にすがりつくようにあのカツレツを喰べた。うまいのかまずいのか、そんな味はどうでもよかった。おれはこみあげてくる涙のようなものといっしょに、生まれてはじめてカツレツというものを喰べた。生まれてはじめて。おかみさん。あのとき、おかみさんはまだ日本髪を結っていて、水芸の滝の白糸のように綺麗な顔をしていましたよ。どうして滝の白糸かって？　あくる年の正月、おかみさんがはじめて映画館につれていってくれたとき、入江たか子の『滝の白糸』を見たんですよ。おかみさん。おれはきっとおかみさんを護りますよ。この島が敵に奪われると、東京は空襲されてめちゃくちゃになるっていう話です。おかみさん。あなたはきっとおれが護ってみせますよ。空のむこうのほうで、また、星がひとつ瞬いた。武井兵長にはその星が公園の樫の木のうえの星のように見えた。

「兵長どの。交替です」

洞窟から出てきた丸山一等兵が声をかけた。

「もうすぐ、夜が明けますね」

硫黄島の夜明けは早かった。午前四時ごろには夜明けの薄明がおとずれ、五時ごろには太陽が東のほうの地平線から昇りはじめるのだ。それまでにもうひと掘りして夜明けの太陽をこの眼で見なければならない。おかみさんとの約束なんだ。武井兵長は麻袋を抱えてふたたび洞窟のなかへ入っていった。

　洞窟の大きさは規定されていた。底辺の幅八〇糎、そこから一・三米立ちあがったところで幅一・二米、そのうえの三〇糎の空間はまるく抉らねばならない。それだけの大きさがなくては、戦闘のときに兵士たちが駆け抜けることができないのだ。切羽はもう五〇糎ほど掘り進んでいるので、今度は周壁の仕上げにかからねばならない。武井兵長はタコの木の棒に目盛りをつけた定規で寸法を測りながら、円匙を横にして洞窟の周壁を削っていった。脆い土丹岩は円匙でひと削りするごとに鋭い鑿《のみ》で抉ったような痕が残った。五回か六回削っているうちにもう地熱と滲み出す汗とで、武井兵長は頭がくらくらしてきた。突然、まわりの壁が無数の皺壁に変った。熱さを耐えながら円匙でざっくり土丹岩を抉りとると、そこから歯を喰いしばるような女のうめき声が聞えてきた。また、円匙でざっくり。無数の皺壁がうごめき、収縮し、痙攣した。ああ、おれはいま女の胎内にいるんだな。また、円匙でざっくり。ああ。ああ。女ははげしく喘いだ……しょうぞう。いいんだよ。おまえはわたしを抱いてもいいんだよ。抱いておくれ。しょうぞう……また、円匙でざっくり……おかみさん。おれは命を賭けてもおかみさんを護りますよ……ああ、しょうぞう。抱いておくれ……また、円匙でざっくり……この命はおかみさんのものですよ……また、円匙でざっくり……ああ、しょうぞう……おれはいまおかみさんの胎内を掘っているんだ。ここがおれの命の故郷なんだ。誰にも渡すもんか。おれが護るんだ。

七月九日。

――夜が明けようとしていた。沖に昇りはじめた太陽の光りを受けて淡紅いろに輝く波のあいだを無数の上陸用舟艇が突進してくる。どうする？　水際にはまだひとつもベトン特火点がない。どうする？　タコツボにいる兵隊はこのままでは全滅してしまう。どうする？　水際防御陣地を放棄して兵隊を退《さ》げるか。ああ、先頭の一隻が着岸する。砂浜にのしあげてくる。どうする？　そのとき、遠くのほうでラッパが鳴り響いた。兵隊サンモ新兵サンモミナ起キロ、起キナイト大将サンニ叱ラレルウウウ。司令部衛兵中隊の起床ラッパだった。眼を開くと毛布の外へ伸ばした手の指のさきに、油虫が一匹匍いあがっていた。さあ、お国のために、ひとつ、起きるか。誰かがちいさな声でつぶやいた。みんな半袖半ズボンの防暑衣袴を着たまま、毛布一枚を掛けて板の間にころがっているだけなので、そのまま立ちあがりさえすればよかった。

コカの木の葉に顔を押しあてて、そこに溜った夜露で眼と唇を濡らすと、渇ききって棘立った神経がいくらか鎮まるような気がした。密生しているコカの木のむこうにはバナナの木の林がつづいていて、沖から吹いてくる風がおおきな葉をそよがせていた。葉のかげには、開いた掌のかたちに上向きになったバナナの実が幾つか熟れかかっていたが、誰もそれに手をだそうとはしなかった。そのひとつひとつに名札がついていて、師団長用、参謀長用、参謀部用と書いてあるのだ。いつか兵器部の兵技中尉が、誤って参謀部用の一房を採ったとき、参謀たちは厳粛な顔で、喰いものの恨みは恐ろしいぞ、と云ったそうだ。その兵技中尉はすぐに旅団司令部へ追い出されてしまった。

「こいつはまさに師団司令部の象徴ですな」

コカの葉から顔を離した本多主計中尉がすぐ隣りでつぶやいた。

「酒もない、女もない。こんなになんにもない島じゃ、せめてバナナででも優越感を示さにゃ、参謀さんの権力の象徴はほかにありませんからな」

深沢技師はもう一度コカの葉に唇を押しつけ、葉脈の窪みに溜っている水滴を吸った。おっと待ちな。こいつをもうひとつまけて、これで五十銭。さあ、どうだ。今日のお客は貧乏人ばかりかい。さあ持ってゆきな。アセチレン燈の匂いのする夜店で、何度か叩き売りのバナナを買ったことがあったな。あのバナナが第一〇九師団の象徴だとは。

硫黄島にはもうひとつしか焼け残っていないそのバナナ林のなかに、東から西へかけて五軒の民家と二つの仮設小屋と四つの天幕が離ればなれにならんでいた。民家は司令部要員の宿舎であり、仮設小屋はバナナの葉とアンペラで作られた師団長と参謀長の宿舎であり、天幕は、参謀部、副官部、兵器部、経理部、軍医部、法務部など、統帥機関の事務室であった。それが第一〇九師団の全貌だった。これが師団司令部？　はじめて天幕の副官部を見たとき、深沢技師は自分の眼を疑った。副官部といえば、作戦以外の人事、功績、統率を行う司令部の中枢機関だ。それが一張りの幕舎と五個の事務机と少佐の高級副官と曹長三名と功績係の属官一名と、それだけなのだ。師団の権威と統帥を象徴するような建物はどこにも見えなかった。あのバナナが師団司令部の象徴だという話は事実であった。ずいぶん多くの師団に配属されたが、こんなひどい司令部ははじめてだった。近衛師団司令部は古典的な赤煉瓦だったし、第四師団司令部は大阪城内にあったし、蘇州、九江の師団司令部は煉瓦造で、正面にみんな菊の御紋章を輝かせていた。幕舎じゃ菊の御紋章もつけられない。ひどい師団だ。これは一〇九師団じゃなくて、バラック師団だ。Barrackという単語そのものが急造の廠舎を意味するのだが、これじゃ富士演習場の廠舎のほうがよほど程度がいい。これがサイパン失陥後、絶対国防圏の第一線とみなされる小笠原兵団司令部の実状であった。

第一〇九師団の編制もまた急造師団の実体をよく示していた。師団編制が下令されたのが五月二十八日。栗林師団長が硫黄島に着任したのは六月八日。だが師団長は中尉の専属副官を一名伴ってきただけで、ほかに一人の兵隊も連れてこなかった。兵力はすでに三月末硫黄島に上陸していた要塞歩兵隊約四八〇〇名を混成第二旅団に改編、それを主力にする予定であった。別にほぼ同数の混成第一旅団を父島に置き、両方合せて第一〇九師団が編制された。硫黄島に上陸しているのは結局師団の半分に過ぎない。六月二十三日、師団長統帥発動。だが、そのとき、混成第二旅団長大須賀応少将はまだ父島にいたし、師団司令部そのものは東京にあって編制完結を急いでいた。七月一日、それまで隷属していた第三一軍隷下を脱し、大本営直属となった。このとき、大本営はサイパン放棄を決め、救援部隊主力であった歩兵第一四五聯隊、戦車第二六聯隊、独立速射砲五個大隊、中迫撃第三大隊、独立臼砲第二〇大隊を硫黄島に派遣、全軍を第一〇九師団を中心とした小笠原兵団と呼称することになった。そして戦車第二六聯隊は満州牡丹江から、独立臼砲第二〇大隊は朝鮮烏山府から、硫黄島へ向う途上にあった。このような状況のなかで、師団司令部要員は、一部が七月三日、全員は七月五日に到着したばかりだった。七月五日、サイパンからの訣別電が発信された日に、硫黄島の第一〇九師団司令部は、はじめて呼吸を開始したのだった。

遅い。遅過ぎる、と深沢技師はおもった。現在兵力、六五四二名。戦車、ゼロ。水際特火点、ゼロ。そして兵力の大半は予備の召集兵で、現役部隊である一四五聯隊は全員の三分の一、第一大隊が到着しているに過ぎない。これが東京都硫黄島防衛部隊の実体であった。

業務日誌。《膽一八三〇二部隊》深沢技師。

七月九日。晴。

本島「兵要地誌」ニ基キ全地域ヲ踏査スルモ、水際特火点及ビ支撐点ノ構築ニ必要トスル資材皆無ナル状況ニツキ、直チニ概略ノ設計図ヲ付シ、必要資材就中「セメント」ノ補給請求ニ関シテ、師団経理部並ニ参謀部ニ意見具申ヲナスモ、輸送船舶欠乏ノタメコレガ補給請求ハ保留トナル。後方参謀曰ク。資材ヨリモ食糧、食糧ヨリモ兵器、兵器ヨリモ兵員輸送ガ先決ナリ、ト。兵隊ハ兵器ナク、食糧ナク、陣地ナク戦闘シ得ルモノカ。モシ、水際陣地構築ノ方途ツカザル場合ハ、大本営指示ニヨル「全島要塞化」ハ果シ得ズ。ソノ場合、好ムト否トニカカワラズ師団ハ後退配備ヲトルノホカナク、水際撃滅作戦ハ放棄スルコトトナラン。現在在島兵力概数六七四二名。本日、日没後、臨時野戦兵器廠（二七名父島編成）、臨時野戦貨物廠（七三名・東北関島[*80]編成）到着。携行資材ホトンド無シ。膽一八三〇〇部隊（貨物廠）長、気合ヲイレテヤリマス、トイウ。彼ハイマダ「サイパン」失陥ヲ知ラズ。貨物廠付主計見習士官ノ話ニヨレバ、「中央公論」「改造」ノ廃刊ハ時間ノ問題、アル文芸雑誌ハ「米」「英」トイウ活字ニ「ケモノヘン」ヲツケテ「㹨」「𤢖」ト記シテイルトイウ。ワレワレハ「ケモノヘン」ト戦ッテイルノカ。

七月十日。曇。

海軍二〇四設営隊（横須賀施設部編成）ハ本島ニ進出途上、父島沖ニテ敵潜ノ雷撃ヲ受ケ、本日未明海没トノ情報アリ。損害不明。コレデ元山飛行場、北飛行場ノ完成ハマタ遅延ス。陸軍部隊ノ十字鍬ト円匙、ソレニ麻袋ノ「モッコ」ノミニテハ一年ガカリデモ完成スル見込ミナシ。「ブルドーザー」ナドノ土木建設機械到着セバナニホドカ成算アルモ、現状ニテハ処置ナシ。夜半ニイタリ雨。欣喜シテ天幕ノ一端ニ一升壜ヲ吊スモ二時間ホドニテ雨止ム。雨水ハ六合ホド溜リタルノミ。

七月十一日。晴。

後退配備ニ移ルコトヲ予想シ在島部隊宿営状況調査。小笠原兵団編制（七月一日）以前ヨリ駐留セル旧「伊支隊」ノ一部ハ、残存民家アルイハ熱地三角兵舎ニ宿営スルモ、他ハスベテ携行天幕ニヨル幕舎ニ宿営ス。民家宿営約五〇〇名。熱地三角兵舎宿営約一〇〇〇名。幕舎宿営約五〇〇〇名。目下ノ状況デハ三角兵舎構築資材ノ追送ハ望ミナシ。如何ニシテ五〇〇〇名収容ノ兵舎ヲ構築シ得ベキヤ？　コノ熱地三角兵舎ハ古代ノ「天地根元造リ」ニ「ヒント」ヲ得テ、ワレラ戦時建築規準研究委員ガ昭和十八年四月ヨリ約三個月間、市ヶ谷台上ノ大本営ニコモリ設計シタ半地下式ノモノデ、カカル離島作戦ヲ想定シ、最モ簡略ナル構造ニヨル組立兵舎トシ、建築隊、工兵隊不在ノ場合ニモ、一般兵ニヨッテ簡単ニ設営ナシ得ル利点アリ。シカシ、木材ナク、「アンペラ」ナク、屋根葺材ナシ。如何ナル方法モトリ得ズ。結論。処置ナシ。ヤムナク天幕ノ地形地物利用法ヲ印刷配布ス。夜半、空ニ満ツル星ヲ眺メル。

七月十二日。晴。

宿営地巡回中、旅団付トナリタル堀口少尉ト会ウ。突撃中隊編成準備中ナルモ、本島ニ戦車ナク、敵戦車攻撃ノ要領ヲツカメズ困ル、トノコト。同少尉ハ堀口信夫文学博士ノ養子ニシテ、常ニ文庫本ノ「万葉集」ヲ手離スコトナシ。「闇の夜の行く先知らず行く吾を何時来まさむと問いし児らはも」　コノ防人ノ歌コソ偽ラザル少尉ノ心境ナリト。同感。情報ニヨレバ、本日、中迫撃第三大隊（約四〇〇名）父島沖ニテ海没。船舶ハマスマス損耗スルノミ。日没後、輸送船二隻到着。海軍二〇四設営隊ノ一部到着。タダシ携行資材ハ海没ノタメソノ大部ヲ失イ、土木建設機械ハ来ラズ。処置ナシ。マサニ「闇の夜の行く先知らず」ノ心境ニイタル。

七月十三日。晴。

船見台ニアル海軍警備隊本部ニ赴キ設営隊ト連絡。設営隊ハ海没ノタメ約三五〇名ヲ失イ、アワセテ機械資材ノ大半ヲ喪失、予定ノ機動力ナシ。ナオ引続キ陸軍部隊ノ飛行場設営援助ヲ要請サル。大本営指示ニアル如ク、「作戦指導ノ根本ハ中部太平洋ニ於ケル要域特ニ航空基地群ヲ確保シテ我ガ航空部隊ヲシテ敵来攻部隊ヲ洋上ニ撃滅セシメ且敵ニ航空基地ヲ与エサルヲ先決条件」トスル以上、飛行場設営協力ハ至上命令ナリ。兵隊ニイワシムレバ、海軍ノ飛行場ヲ陸軍ガ守ッテイルノダ。タダシ、海軍警備隊本部ニハ「アイスクリーム」アリ、煙草モ「櫻」

「光」ナド豊富ニアリ。陸軍側ハ、師団司令部サエモ水モ満足ニハ飲メズ、煙草ノ加給モ皆無ナリ。同ジ天皇陛下ノ軍隊デアリナガラコノ懸隔ハ如何？　オモワズ反感ヲ抱ク。マタ、海軍々令部ノ判断ト称スル情報ニヨレバ、敵ハ二〜三週間以内ニ硫黄島ニ来攻、ソノ場合、敵ノ上陸ヲ許セバ持久ハ三週間程度ナラン、ト。三週間以内トイエバ、八月三日前後、コノ状況ノママデハ持久ハ一週間内外、オソラク八月十日マデニ硫黄島ハ玉砕トナラン。水際陣地皆無ノ現況デハ敵上陸ヲ許スモ許サヌモナイ。米軍ハスラスラト上陸シテ来ルデアロウ。処置ナシ。

七月十四日。晴。

天明トトモニ西海岸沖ニ輸送船二隻到着。直チニ暁部隊（船舶工兵）ノ「大発」七隻ガ出動、揚陸作業ニカカル。ワレワレハコノ機ニ乗ジテ敵機来襲ハナキヤ、トソノコトバカリ恐レテ気ガ気ナラズ。幸ニ敵機ノ機影見エズ揚陸完了。中迫撃第二大隊（五〇八名・久留米編成）、独立機関銃第二大隊（二八八名・我孫子編成）ノ全員、独立臼砲第二〇大隊（鳥山府編成）、戦車第二六聯隊（牡丹江編成）ノ一部兵員ガ上陸セリ。待望ノ増強部隊到着。シカシ、戦車二六聯ノ戦車二八輌ガ次便ニナルハ遺憾。戦車ヲ待チ焦レアリシ堀口少尉モ落胆久シキモノアラン。

新来着部隊ニ与ウル兵団長訓示。次ギノ如ク伝達セラル。「太平洋上ニ於ケル敵ノ反攻日々熾烈トナリ兵団ノ任務愈々重大ヲ加ウルノ時茲《ココ》ニ諸精鋭部隊ヲ本島ニ迎エ兵団ノ戦力頓《トミ》ニ増強セルハ洵《マコト》ニ欣幸トスル所ナリ。惟ウニ本島ハ帝国々防上絶対確保ヲ要スル要衝ニシテ万一之ヲ敵手ニ委センカ帝国各地ハ敵ノ連続空襲下ニ曝サレ国運ノ帰趨正ニ測ルベカラザルモノアリ。

将兵宜シク現戦局ノ推移ヲ直視スルト共ニ其ノ任務ノ重大ナルヲ自覚シ愈々団結ヲ鞏固ニシ士気ヲ昂揚シ特ニ必勝不敗ノ信念ヲ堅持シ敵兵来攻ニ方リテハ全力ヲ奮ッテ断乎之ヲ殲滅シ以テ其ノ重責ヲ完遂センコトヲ期スベシ」　コノウチ「国運ノ帰趨正ニ測ルベカラザルモノアリ」トイウ辞句ハ、「日本ハ八月マデニ滅亡セン」ト断言セル後方参謀ノ意見ニ基クカ？　現在兵力概数七四九二名。マタ本日島民ノホトンドハ内地ニ引揚ゲ、海軍設営隊ニ約二〇〇名、陸軍農耕班ニ約三〇名、徴用員トシテ残留スルノミ。硫黄島ニ来ル者、硫黄島ヲ去ル者、イズレモソノ運命測リ難シ。無事内地ノ港ニ帰リ着クコトヲ祈ル。夜半、空襲。巨大ナルB24ノ双翼月明ニ映エテ輝ク。コノB24ニ機ハ「サイパン」ヨリ来襲セルコト間違イナシ。「サイパン」陥チテ七日、スデニ敵ハ「アスリート」飛行場ノ整備ヲ完了、本島及ビ内地ヲ狙ウニ到レリ。処置ナシ。

七月十五日。晴。

天明ノコロ、宿舎裏ニアル柿ノ木ニ何者カ攀ジ登リツツアルヲ井田主計中尉ガ発見、誰何スル大声ニミナ起キ出テ見ルニ、防暑衣袴姿ノ少年一人、柿ノ木ニ登リ柿ノ実ヲモギトラントシアリ。「誰カ？」ト問ウニ、「コノ柿ハワシントコロノ柿ジャ」ト叫ブ。薄明ヲ透カシ見ルニ、ソノ少年ハ七月四日、ワレワレガ本島ニ上陸シタルトキ、司令部マデ道案内ヲシテクレタ少年ナリ。コノ宿舎ニ充テタル民家コソ少年ノ生家ナリトイウ。姓名ハ興梠栄喜、十六歳ノ最年少者トシテ農耕班ニ徴用残留セルモノナリ。オナジ軍属ナル故ヲモッテ自分ガ預リ、トモニ農耕班宿舎ニ赴ク。農耕班宿舎ハ北部落ト天山ノ中間地点、甘蔗畑ノ傍ニアル旧作業所ノ建物ニシテ、オヨソ六十歳ホドノ老人ヲ頭ニ約三十名ノ島民ガ集リオレリ。ソレゾレ潮灼ケセル肌ニ硫黄島ノ歴史ヲ刻ム精悍ナル表情ナリ。砂糖黍ヲカジリツツ訥々ト話ス島民ノ声ニ耳ヲ傾ク。彼ラノ最大関心事ハ昨夜内地ニ向イ出港セル輸送船第二一八丸ノ消息ニアリ。該船ニハ内地ニ送還サレル家族ラガ乗船シアレバナリ。情報入電次第連絡スルコトヲ約ス。果シテ海没ヲマヌカレ無事内地ニ到着スルヤ否ヤ、目下ノ状況ニテハナントモイエズ。タダタダ幸運アレト祈ルノミ。午後、単身、自転車ニテ北地区、東地区ヲ一巡、陣地ニ適スル天然洞窟ヲ探査ス。海岸線ニ沿イ多クノ天然洞窟散在スルモ陣地トシテ使用スルニハ相互間ノ連絡地下通路ヲ掘開スルヲ要ス。機材ナク兵力ノミニテハコレモマタ至難ノコトナリ。

七月十六日。晴。

特設第二〇機関砲隊（東京編成・六三名）、特設第二一機関砲隊（東京編成・六〇名）、噴進砲中隊（東京編成・五一名）、第一〇九師団高射砲隊（父島編成・三二五名）到着。機関砲隊ハ高射機関砲ヲ主力トスル対空戦闘部隊、噴進砲ハイワユル「ロケット」砲部隊ニシテ、イズレモ最新鋭ノ火力ヲ携行セリ。兵団長要望事項、次ノ如ク伝達サル。「一、実戦本位。二、敬礼ノ厳正。三、時間ノ厳守。四、即達即行。五、油断大敵」敵ノ上陸ヲ八月初旬ニ予想シアル本島ニ於テハアラユル点ヲ実戦ニ即シテ考エネバナラヌ。兵舎即チ陣地、陣地即チ兵舎ノ精神ナリ。洞窟アルイハ地下壕作戦トナラン。コレ実戦本位ナリ。作業中ノ敬礼ハ省略スルモ、補充兵及ビ召集将校ノ多イウチノ師団デハ軍紀ノ振作ガ特ニ必要ナリ。[*81] シカモ建制ニアラザルカキアツメ兵団ナルヲ以テ、軍紀ノ基本タル敬礼ノ厳正ヲ強調スルノ要アリ。本島ノ如ク単調ニシテ刺激ナキ離島ノ生活環境ニ於テハ、概ネ天明ヨリ日没ニ到ル間漫然ト行動スルキライアリ。特ニ戦斗時ニ於テハ時間ノ観念ヲ失ウコト多シ、厳ニ注意ヲ要ス。本島ノ如ク、宿営施設ノ完備シアラザル部隊ニテハ、上級指揮官ト下級指揮官及ビ各部隊相互間ノ連絡ニ支障ヲ生ジ易ク、緊密性ヲ欠ク憂イアリ。命令ハ直チニ伝達、直チニ実行ニ移スノ要アリ。マタ、油断スルニハアラザレドモ、敵影ヲ現実ニ見ルマデハ、硫黄島ニハ来ラズシテ、比島、台湾、マタハ沖縄ニ来襲スル公算大ナリ、トノ流言ニ惑ワサレガチナリ。必ズ硫黄島ニ来ルトノ覚悟ニ徹スル要アリ。「サイパン」＝硫黄島＝聟島＝父島ト進攻シ来ルハ必定ニシテ、ソノ時機ハ概ネ八月～九月、トイウノガ兵団長閣下ノ真意ナリ。午後標流木地区天然洞窟探査。

七月十七日。晴。

混成第一旅団工兵隊（来代工兵隊）ノ援助ニヨリ、兵団司令部地下壕拡張作業ヲ開始ス。愈々居住施設ノ全壊ヲ見越シ、司令部全員地下洞窟ニ於テモグラ暮シヲ続ケル覚悟ナリ。参謀部、副官部、兵器部、経理部ナド、従来ノ地下壕ヲ相互ニ連絡セシムルトトモニ、新タニ軍医部、法務部、命令伝達所、患者療養所ナドノ壕ヲ構築スルコトヲ決定ス。期間ハ八月五日マデ。簡単ナル測量ヲ行イ、構築位置ヲ測定ス。注意事項。地下壕ニハ必ズ二個所以上ノ出入口ヲ設ケ、ソノ間ニ適度ナル勾配ヲ付スルコト。（コレハ壕内ノ地熱温度ヲ下ゲ長時間ノ居住ヲ可能

ナラシムルタメノ必須条件）

七月十八日。晴。

未明、空襲警報。司令部全員地下壕ニ待避スルモ敵機来ラズ。壕内ニ在ルコト約三時間、イマダ壕ハ貫通シアラズ片側出入口ナリシタメ通風ナク地熱ノ熱気コモリテ耐エ難シ。汗ハ肌ヲ流レヤガテ心身モウロウトシ思考能力ヲ失ウニ到ル。是非トモ両側ニ貫通セザレバ長時間ノ戦闘ニハ耐エ得ズ。敵機ハ本島上空ニハ機影ヲ現サザルモ、何処カヲ攻撃シアルニ違イナシ。海上輸送船団カ、アルイハ父島カ？　コトニヨレバ敵ハ東京空襲ヲ実行セルヤモ知レズ。「サイパン」ヨリ東京マデハ約二六五〇粁。近頃完成ヲ伝エラルル空ノ要塞B29ハ爆弾四トンヲ搭載、航続距離五三〇〇粁、高度九千米ノ能力アリトイウ。「サイパン」失陥セル今日、敵ノ内地空襲ハ必至ナラン。地下壕ノ暗闇ノナカニアリテ東京ノ銀座・新宿・渋谷ナドノ光景ヲ想起ス。サナガラ暗黒ノナカノ幻燈画ノ如ク空虚ナリ。午後、情報入電。本日未明、父島北方海上ニテ戦車二六聯隊海没。兵器喪失。モトヨリ携行セル戦車ハ海中ニ沈没シタルニ違イナシ。戦車来ラズ。戦車ナクシテ戦ウノミ。ソノ状況ハ想像ヲ絶スルモノトナラン。夜半、独立速射砲第一一大隊（浜田編成・二六二名）到着。該大隊ハ「サイパン」逆上陸ノタメ急遽編成セラレタルモ、途上、「サイパン」失陥ノタメ小笠原兵団ニ配属替エトナリタルモノ。

七月十九日。晴。

副官部ヨリ連絡アリ。建技将校ニ転科スルヤ否ヤ、至急回答ヲ要ストノコトナリ。従来陸軍文官ナリシ土木建築技師ヲ建技将校（現役）ニ転科セシムルハ、昨十八年四月ヨリ遂次実行ニ移サレツツアリ。即チ、高等官四等（中佐待遇）以下ノ技師ヲソレゾレノ身分ニヨリ少佐以下ノ技術将校ニ任命、直接統帥下ニ置カントスル意図ノ如シ。ワレ、イマ転科ヲ希望セバ直チニ建技中尉トナリ将校教育ノタメ内地ニ派遣サレンコト必至ナリ。内地ニアリテ教育中ニ、敵本島ニ上陸セバ一命ハ安全ニシテ生キ延ビルコトヲ得ン。タダシ、建技将校（現役）ニ転科スルハ職業軍人ニナルコトニホカナラズ。建築家トシテ生キントスルワガ使命感トハ全ク異ナル道程ナリ。信念ヲ貫キ、文官技師トシテ硫黄島ニ屍ヲ曝スカ、信念ヲマゲ現役将校トシテ内地ニ赴クカ。進退ニワカニ決シ難シ。南海岸ヲ見オロス台地ニ到リタコノ木ノ下ニ坐シテ黙考。波ノ音、シキリニ決断ヲ促ス。悔イナシ。コノ島ガ敵手ニ落チレバ内地ニ帰リテモ処置ナシ。滅亡シ行ク国土ヲ眼前ニ見ルノミナラン。ソノ時到レバ富士山鳴動シ国土ハ海中ニ沈マント何某ノ云イシコトアリ。死スルマデ一念ヲ貫キ陸軍技師トシテコノ島ト運命ヲトモニセン。決断。建技将校転科ヲ拒否ス。司令部地下壕拡張作業順調ニ進捗中ナリ。

七月二十日。晴。

海軍連絡機ニヨリ三日目ゴトニ運バレ来ル新聞（七月十九日付）ニ「サイパン失陥」発表サル。「勇戦力斗敵ニ多大ノ損害ヲ与エ十六日迄ニ全員壮烈ナル戦死ヲ遂ゲタルモノト認ム」トアルモ、実際ノ失陥ハ七月七日ナリ。何故十余日ヲ経テ発表スルヤ。カクマデ敗戦ノ事実ヲ秘匿スル要アリヤ。陣地構築ノ観点ヨリ見レバ「サイパン」ハ敗レルベクシテ敗レタリ。来ラザルヲ恃マズ俟ツアルヲ恃ムト云ウガ、俟ツベキ陣地皆無ニシテ、何ヲ恃ンデ戦ウベキカ。本島ノ状況全ク同ジ。硫黄島ニ陣地皆無ナルコトヲ内地ノ地方人ハ全ク知ラズ。撃チテシ止マン、進メ一億火ノ玉ダ、ナドノ掛声バカリデハ戦争ハ遂行シ得ズ。同ジ紙面ニ、梅津美治郎大将、参謀総長ニ親補[*82]サレタル旨発表アリ。東條大将ハ首相、陸相、参謀総長ノ一人三役ノウチ、総長ヲ辞メ、「サイパン」失陥ノ責任ヲトラントスルモノノ如シ。サル二月、「トラック」島空襲ヲ受ケ戦局漸ク絶対国防圏タル内南洋ニ及ビシトキ、政治ト統帥ノ一致ヲ唱エアエテ三役ヲ兼ネタル東條大将ハ「サイパン」失陥ニ自信ヲ失イ統帥権ヲ放棄シタルカ。「サイパン」難攻不落説ヲ宣言シタル大将トシテハ已ムヲ得ザル処置ナラン。参謀将校ノ選民意識、立身出世主義、排他主義ガ、イマ東條大将ノ[*83]ウエニ集約シテ現レツツアリ。午後、大阪山ニ宿営セル一四五聯隊ヲ訪レ地下壕掘進ノ指導ヲ行ウ。一四五聯ニテ加瀬見習士官ニ会ウ。トモニ海没、漂流中ヲ救助サレシ仲間ナリ。如何ニ？ ト問ウニ、タダヤルノミ、タダシ映画ガ見タシト秘カニ云ウ。夜、独立速射砲第一〇大隊（大阪編成・三〇三名）到着。

七月二十一日。曇。

海軍ヨリ連絡。七月十日付ヲ以テ硫黄島航空部隊ハ木更津ニ新設サレタル第三航空艦隊隷下トナル。即チ、第三航空艦隊第二七航空戦隊（南方諸島海軍航空隊、硫黄島警備隊、第二〇四設営隊編入）ガ本島基地航空部隊トナル。タダシ実用機数戦闘機約一〇機内外ノミ。コレニヨリ司令部ノ郵便宛名ハ「木更津郵便局気付ウ二七膽一八三〇二部隊」ト改正。内地ニオルモノハワレワレハ房総半島沿岸防備ニ当ッテイルトオモウベシ。本日、司令部地下壕漸ク一部貫通、壕内温度約三〇度程度ニ下ル。内地ノ酷暑ノ夏季ニ同ジ。夜、歩兵第一四五聯隊第二大隊（約七二五名）到着。夜半、情報アリ。傍受電報ニヨレバ本日〇七〇〇、「グアム」島ニ、米軍上陸、目下交戦中ナリ。艦船三〇〇、機数一〇〇〇トイウ。「グアム」島ニハサキニ「サイパン」ヨリ「パラオ」視察ノ途次ニアリシ第三一軍司令官小畑英良中将ガ健在ナル筈。「サイパン」失陥後、司令官ノミニテ名目上存在ヲ保チタル三一軍モ遂ニ敵ヲ迎エタルカ。「サイパン」ト「グアム」ノ距離ハ僅カ二二〇〇粁程度、ソノ命運ハ窮マレリトイウベシ。「グアム」ノ第二九師団ニハ同期ノ青木技師ガ配属セラレアル筈。構造力学ニ秀デタル彼モ、オソラク構築資材ノ欠乏下ニアリテハ為ストコロナカラン。切歯アルノミ。敢闘ヲ祈念ス。

七月二十二日。晴。

一〇九師農耕班、正式ニ編成サル。一般ニ離島作戦ニアッテハ、衣食住ヲマカナウ師団経理勤務部、或ハ師団現地自活班ヲ置キ特ニ糧食ノ補給ニ留意スベキモノナルガ、ウチノ師団ノ如キ中途ハンパノ編制デハソノ余裕ナク、已ムヲ得ズ現地島民ノウチ農耕ヲ業トセル男子三〇名ヲ徴用、現地自活ノ一端ヲ担当セシムルモノナリ。最年長六十一歳ノ知念良満ヲ雇員（下士官待遇軍属）トシ班長ヲ命ジ、他ハスベテ傭人（兵待遇軍属）トナス。在「メレヨン」島第五〇旅団ニ於テハ、将校ハスベテ主計将校タレ、ヲ合言葉トシ、現地自活ニ全力ヲアゲツツアリ、ト聞クモ、本島ハスベテ凝灰岩ト火山砂ニシテ、水ナク、加エテ地熱ハナハダシク、到底農耕ハ不可能ナリ。現ニ食用ニ適スルハ若干ノ砂糖黍、「マルハチ」ト称スル熱帯性灌木ノ根ノミニシテ、「バナナ」ノ木ノ芯、「タコ」ノ木ノ実ナドヲスリ潰シテ食スル兵士モアリ。カツテハ野性化セル豚、鶏ナドモ若干棲息シアリシモ、数回ノ爆撃ニヨリ絶滅セルモノノ如シ。今ワレワレノ認知シ得ル生物ハ、鴬、メジロ、カツオ鳥、陸蟹、油虫、蝿、蛟、シラミ、蟻ナド数種ニ過ギズ、地熱ノタメカ蛇、トカゲハ姿ナシ。農耕班ハマズ試験的ニ砂糖黍畑付近ニ野菜ノ種ヲ蒔キシモソノ結果極メテ不安ナリ。一説アリ。敵来攻セバ持久ハ一個月ホドノミ、何ノ故ヲ以テ野菜ヲ作ルカ。マタ一説アリ。三個月ハ持久可能ナリ。ソノ間ニ救援部隊来ラン。体力ヲ貯エ持久ニ徹スルタメノ農耕ナリ。何レニ正否アリヤ。最後ニ知念老人イワク。三個月持久スルニハ野菜ナドヨリ、水コソ問題ナリ、ト。ワレ愕然トス。ナルホド至言ナリ。部隊上陸前、一二〇〇名ノ島民ガ一年間ノ飲料ヲ目途トシ貯水槽ニ貯メタル水ヲ、現在兵員一〇〇〇〇名ガ飲ミ続ケンカ、一個月余リニテ飲ミ尽スハ必定ナリ。至急調査研究ヲ要ス。

七月二十三日。晴。

一一・〇〇頃、南方海上ニ一塊ノ雨雲出現、本島メガケテ突進シ来ルヲ望見、司令部全員褌一本トナリ沐浴セント待機ス。待ツコト約一時間、雨雲ハ本島ヲ避ケテ南硫黄島上空ヲ通過ス。雨ニケブル南硫黄島ヲ眺メツツ切歯云ウコトナシ。処置ナシ。司令部地下壕工事点検ヲ終エテ日没前、北ノ鼻ヘノ小径ヲ降リ温泉浜ヘ行ク。波打際、岩礁ノ間ニ湧キ出ス温泉ガ押シ寄スル波トマジリ適度ノ湯トナリ、シラミニ刺サレタル肌ヲ洗イマコトニ快シ。スデニ入湯中ノ数名トトモニ一五分ホド浸リオルトキ、突然、沖ヨリP38二機低空ニテ来襲、温泉浜一帯ニ機銃掃射、ミナアワテテ海中ヨリ脱シ、軍衣ヲ抱エ砂浜ヲ走リ、突起シタル岩カゲニ潜ム。瞬時ノウチニ何者カ、アア、ト絶叫ス。見ルニ兵士一名、砂浜中央部ノ一地点ニ陥没、下半身スデニ砂中ニアリ。両手ヲ振リモガケドモ脱スルコト能ワザル如シ。救助ニ赴カントスレド機銃掃射間断ナク誰モ身体ヲ露出シ得ズ。処置ナシ。遂ニ兵士ハワレラノ眼前ニテ砂中ニ呑マレ全身ヲ砂ニ没シタリ。敵機去リテ後、ソノ地点ヲ見ルニ巨大ナル硫気孔アリ、直径二米ノ周囲ハ砂中ニ白熱セル硫黄ヲ沸ラセ、ソコニ陥ルモノスベテヲ一瞬ニシテ溶解セシム。実ニ巧妙ニ仕掛ケラレタル自然ノ陥穽ナリ。イワユル流砂ニ似タリ。ソノ兵士ハ貨物廠ノ小日山伍長ナリトイウ。合掌。瞑目。夜半、独立混成第一七聯隊第三大隊（広島編制）ノ一部（約二〇〇名）到着。該大隊ハ去ル七月十四日一度本島沖合マデ進出セルモ、聯隊本部未着ノタメ父島ニ引返シ、再ビ作戦命令ニヨリ本日本島ニ上陸シタルモノ。コノ船舶欠乏ノ折マコトニモッタイナシ。シカシ独混一七聯第三大隊ハ主トシテ北地区司令部付近防備ニアタルトイウ。アリガタシ。要塞歩兵改編ノ独歩大隊ト違ウ正規ノ歩兵聯隊ガ護ッテクレルコトハ、マコトニアリガタシ。

七月二十四日。曇。

情報。傍受電報。本朝〇五四五、敵上陸用舟艇数十隻「テニアン」島北西部ニ近接。「テニアン」ハ「サイパン」ノ南西六粁ノ距離ニアル。「サイパン」失陥後約二十日間、イマダ米軍ノ上陸シ来ラザルハ不思議デアリ、アルイハ攻撃ヲ受ケザルママ取リ残サルルカト思ワレシガ、イママサニ来攻ノ時ヲ迎エッツアリ。敵ノ来ラザルヲ希ウハ僥倖ト知レトノ教訓ナリ。来ラザルヲ恃マズ俟ツアルヲ恃ムノ信念ニ徹スベシ。「テニアン」ノ持久幾日カ。問題ハソレノミ。而シテ本島ノ持久、幾日マデ可能ナリヤ。午後、摺鉢山地区陣地構築状況調査。摺鉢山地区ニハ民家皆無ニシテマタ天水貯水槽皆無ナリ。水ナクシテ幾日ヲ持久シ得ルヤ。独歩三一二大隊長長田大尉、人事ヲ尽シテ天命ヲ待ツノ心境ナリ、ト。洞窟内ニテ作業中ノ武井兵長ニ邂逅ス。褌一本ノ素裸ニテ土丹岩ヲ掘削シアリ。「ダイナマイト」モ「カーリット」モナキ状況ニテハ、マコトニ無理ナ作業ナリ。武井兵長ハトモニ海没漂流中ヲ救ワレシ六人ノ仲間ノ一人ナリ。タノムゾ、ト云イシニ僅カニ微笑ヲモッテ答ウ。ソレ以上励マス言葉ハワレニモナシ。夜、独立臼砲第二〇大隊主力到着。兵器、九八式臼砲一二門携行。ハジメテ硫黄島ニ重砲上陸セリ。

七月二十五日。雨。

早朝来豪雨。司令部幕舎ニテ昨夜連絡機ノ携行セル新聞ヲ読ム。二十日付。東條内閣総辞職。「サイパン」失陥ノ責任覆イ難ク遂ニ退陣セルカ。二十一日付。組閣ノ大命、小磯国昭陸軍大将、米内光政海軍大将ノ二名ニ降下ス。遂ニ陸海軍ノ一致合同作戦成ルカ。モシ陸海合同トナラバ艦船ニヨル補給追送業務モ円滑トナラン。真ニ大本営ガ硫黄島ヲ絶対国防圏トシテ認識シ、絶対コレヲ確保セント欲スレバ、聯合艦隊ノ全艦艇ニ資材ヲ積ミ、補給優先ヲ考ウルベキナリ。ココマデ資材欠乏セバ、無カラ有ハ絶対生マレズ。コノママニテハ現状ノ僅カナル有モタチドコロニ無ト化セン。小磯、米内内閣ニハ、ソノ意味ニテ望ミヲ托スコトヲ得ル。午後、豪雨止ム。連絡機、北方ニ遠去カリ行クヲ眺メツツ、補給ノ速カナランコトヲ祈ル。一機デモ多ク、一弾デモ多ク、一トンデモ多ク（コレハ「セメント」ノコトナリ）。本日俸給受領日ナルモスベテ留守宅渡シ*84ニテ現金ハ一切支給サレズ。現金ニテ購ウベキ何物モ無ケレバナリ。

七月二十六日。晴。

水ノ問題。農耕班徴用員ヨリ得タル数字次ノ如シ。七月一日現在。戸数一九二戸。一戸当リ平均天水槽一・五個トシテ、合計二八八個。一個当リ容量平均八キロリットル（縦・横・深平均二米トシテ八立方米）トシテ、288×8＝2,304キロリッタートナル、二三〇四キロリッターヲ一人一日当リ割当量三リットルニテ除スレバ、結果ハ、2,304,000÷3＝768,000トナル、即チ延七六八、〇〇〇人分ノ水ハ確保シ得ベキナリ。守備隊兵員ヲ最終的ニ二〇、〇〇〇人ト考ウレバ、水ノ問題ヨリ見テ持久日数ハ三八・四日トナル。伝エ聞クニ本島ノ持久作戦期間ハ六十日間トイウ。現状ノママニテハ到底困難ナリ。敵上陸ノトキマデ天水槽ノ水ハ温存シオク必要アリ。而シテ不足分ノ水ハ如何ニシテ補給スルヤ？　四面海ノナカノ孤島ニ在リテ水ノ欠乏ニ責メラルルハマコトニ不可思議ナリ。海ノ水ハ飲メザルヤ？

七月二十七日。晴。

海軍側情報。大本営ハ捷号作戦ヲ決定セリトイウ。コレニヨレバ、比島、台湾、南西諸島、小笠原、本土及ビ千島ニワタル新防御線ニオケル防備ヲ強化シ、コノイズレカノ地域ニ敵来攻セバ、随時陸海軍ノ戦力ヲ結集シコレヲ撃滅スル方針ノ如シ。而シテ、敵ノ次期進攻ノ予想ハ、

「パラオ」八月、「ハルマヘラ」「小笠原」八～九月、「琉球」「比島」十月。来年ノ八月ニアラズ、今年ノ八月、即チ来月ナリ。余ストコロアト四日。大本営ハ陸海軍ノ戦力ヲ結集シ援軍ヲ送ル成算アリヤ？　聯合艦隊、果シテ来ルカ？　傍受電報ニヨレバ「グアム」島ニテハ七月二十五日第三一軍司令官小畑中将以下上陸米軍ニ対シ総攻撃ヲ実施セルモ衆寡敵セズ不成功ニ終リ、爾後北部密林地帯ニ後退シ持久作戦ニ転移セル模様ナリ。援軍赴カズ現状ノママニテ推移センカ「グアム」ノ玉砕ハ必至ナリ。本日天明ヨリ混成第一旅団工兵隊、南海岸ニテ井戸ノ掘削ヲ開始ス。

七月二十八日。晴。

日没ニイタリ井戸三個所ヲ掘リ抜ク。工兵隊ノ努力ハ多トスルモ、湧出セル水ハ塩分多ク高温ニシテ飲料水ニハ適サズ。サレド敵上陸時マデ天水槽ノ水ヲ温存スルタメ、コノ井戸水ヲ炊事用、飲料水ニ充テルノホカナシ。工兵隊ノ「トラック」ニテ各部隊ニ給水、天水槽ハスベテ封印シ甲配備ノ命令アルマデ使用ヲ禁止ス。

七月二十九日。晴。

硫黄ヶ丘所在海軍集水装置ヲ見学調査。元硫黄島産業株式会社ノ使用セル「レモン」草蒸溜設備ヲ利用セルモノナリ。即チ丘ノ頂上ニ噴キ上グル径五米ホドノ大硫気孔ヲ「コンクリート」ノ蓋ヲ以テ覆イ、約一〇〇度ノ蒸気ヲ密閉、コレニ側面ヨリ「パイプ」ヲ通シテ外部ニ導ク。長サ約五〇米ノ「パイプ」ヲ通過スル際、蒸気ハ冷却サレ、水滴トナリ、「パイプ」ノ末端ヨリ滴リ落ツ。コノ水滴ヲ貯水槽ニ集メテ飲料水トシテ使用シアリ。着想卓抜ナルモ集水量ハ一時間約五立余リ、五〇名分ノ飲料水ヲ賄ウノミ。同ジ方法ニテ貯水ヲ企ツレバイカホドカ飲料水補給ニ資スルトコロアランモ、硫気孔ヲ密閉スル「セメント」無ク、誘導スル「パイプ」無シ。処置ナシ。硫黄ヶ丘一帯ハ白濁セル硫黄ノ堆積地ニシテ、無数ノ小硫気孔ガ噴煙ヲ吐キ、サナガラ雲仙嶽ノ地獄ノ如シ。マサニ鬼気迫ルノ感アリ。八月ニ到ルマデ後三日、果シテ八月中ニ米軍ノ来攻アリヤ、否ヤ。傍受電報ニヨレバ、「グアム」島ノ戦況マタ絶望的ニシテ、スデニ守備部隊第二九師団長高品中将ハ戦死セルモノノ如シ。来攻米軍ハ二個師団半ノ兵力ト伝エラルル。コレニ対シ一個師団ノ兵力ニテハ到底勝算ナシ。本島モドウナルカ。

七月三十日。晴。

昨夜半来、下痢二〇余回、ホトンド三〇分オキニ厠ニ通ウ。疲労困憊ハナハダシク終日宿舎ノ板ノ間ニ横臥ス。イワユル「アメーバ赤痢」ニシテ飲料水ニ含有サレアル硫黄「マグネシウム」ニ侵サルルナリ。当番兵ノ運ビクレル食事モイカニシテモ咽喉ヲ通ラズ。朝食ハ高野豆腐ト「カンピョウ」ノ味噌汁。タダシ乾燥粉味噌ヲ海岸ノ井戸水ニテトイタルモノ。昼食ハ乾燥「カボチャ」、乾燥人参ノ煮付。夕食ハ再ビ高野豆腐ト「カンピョウ」ト乾燥馬鈴薯ノ汁。タダシ乾燥粉醤油ヲ井戸水ニテトイタルモノ。コノ水ヲ炊事用、飲料水ニ使用スル限リ、全島ノ将兵ハアゲテ「アメーバ」赤痢トナルオソレアリ。

七月三十一日。晴。

下痢、イマダ止ラズ。就寝中、シバシバ内地ノ夢ヲ見ル。刺身、テンプラ、「カツレツ」、海老「フライ」、冷ヤッコ、ソレニ「ビール」。フト顔ヲアゲルト「ビール」ヲ注イデクレルノハ

デアッタリ、

デアッタリスル。

八月一日。晴。

平岡軍医中尉ヨリモライシ「クレオソート」丸ノオカゲニヨリ、下痢ノ回数激減ス。中尉ニヨレバ、井戸水ヲ給水シハジメテヨリ、下痢患者激増、兵力ノ約1/3ニ達セン、ト。井戸ノ掘削ニハ成功シタレドモ、ソノ水ノタメニ戦力ヲ消耗スルハ何トモ耐エ難シ。夜半、独立速射砲第一二大隊（山口編成・約四三〇名）到着。コレヲ以テ本島ニ増加配属サレタル「サイパン」逆上陸予定部隊ナリシ兵員ノ殆ドハ上陸ヲ完了セル見込ミナリ。兵員ノ増加ハヨロコバシキコトナルガ、水補給ノ問題ヲ考ウルトキ処置ナキ現状ナリ。就寝セルママシキリニ補給方法ヲ考エ廻ラス。例エバ落下傘ニ飲料水ヲ詰メタル「ドラム」缶ヲ吊リ空中補給スルハ如何。例エバ海水ヲ遠心分離機ニ掛ケ真水ニスルハ如何。

八月二日。晴。

下痢漸ク止リタルモ気力ナク終日司令部副官部幕舎アルイハ経理部・兵器部幕舎ニ坐シイタリ。「メモ」ヲ記サントスルニ「インク」欠乏シ万年筆ハモノノ用ニ立タズ。本日ヨリハコノ業務日誌モ鉛筆ニテ記スホカナシ。モシ鉛筆欠乏セバ何ヲ用イテ記スベキヤ。米麦ナク、魚肉ナク、野菜ナク、水ナク、薬ナク、煙草ナク、酒ナク、アルハ地熱ト海鳴リノミ。

八月三日。晴。

「テニアン」島守備部隊長緒方大佐ノ訣別電傍受。光輝アル軍旗ト歴史アル陛下ノ聯隊ト共ニ玉砕セントス。コレニ対スル大本営ヨリノ返電ハ遂ニ傍受スルニイタラズ。アルイハ全ク返電ナク「テニアン」島守備部隊ハ見殺シトナリタルカ。「テニアン」ハ七月二十四日敵上陸以来ワズカニ十一日間持久セルノミ。「グアム」島ハ依然持久シアルモコレモ時日ノ問題トナルハ必定ナリ。コノ硫黄島ニ敵上陸セバ果シテ何日間持久シ得ルヤ。敵潜水艦ノ張リ廻ラセル網ノ目ヲ脱シテ到着セル兵員ハ補充兵多ク、兵器ハ老朽化セルモノ多シ、ワズカニ新兵器ト称シ得ルハ噴進砲ナルモ、コレノ実体ハ木製ノ樋ニ自走弾ヲ装置セル簡単ナルモノニシテソノ数二個小隊七〇門ニ過ギズ。午後ヨリ日没マデ自転車ヲ駆ッテ島内ヲ一巡ス。各部隊宿営施設及防空壕ハ概ネ構築ヲ完了セルモ、西波止場―第二飛行場南西端―南部落ヲ通ズル縦深陣地、即チ火山灰砂丘地帯ヲ見オロス台地上ノ抵抗陣地構築ハ未ダ五分ドマリノ進行状況ナリ。「サイパン」ニ六月、「テニヤン」「グアム」ニ七月来攻セル敵ハ八月ニハ必ズ本島ニ来攻スベシ。遅クモ八月半バマデニ抵抗陣地ヲ完整セシムルヲ要ス。

八月四日。晴。

遂ニ「テニヤン」島救援ノ発令ナシ。ハルカニ南方洋上ニ訪レツツアル天明ヲ望ミ歩兵第五〇聯隊ノ英霊ニ黙禱ス。英霊ニ謝スルノ黙禱カ、アラズ。戦勝[*85]ヲ祈念シテノ黙禱カ、アラズ。モハヤ天佑神助ヲ恃ムトキニアラズ。タダタダ英霊ノ怨念ノ鎮マランコトヲ祈ルノミ。「サイパン」「テニヤン」ノ魂　イマ何処ヲサマヨイオレルヤ。午後、船見台ニ立チテ第一飛行場ヲ望ムニ、オビタダシイ数ノ飛行機ノ残骸中ニワズカ可動機数機ヲ見ルノミ。掩体掩壕ヲ構築スル資材兵力皆無ノ現状ニテハ敵上陸時マデコノ可動機ヲ温存スルハ困難ナラン。飛行機ナク、艦ナク、戦車ナク、イカニシテ防御作戦ヲ展開スルカ。考ウレバ考ウルホド状況ハ絶望的ナリ。

八月五日。晴。

海軍設営隊ハ第一（千鳥）飛行場補修ヲ了リ、第二（元山）、第三（北）飛行場ノ拡張工事ニカカリタリ。飛行機来ラザルニ何ノタメノ滑走路ナリヤ、ト問ウニ、海軍側曰ク、敵来攻時ニハ三個所ノ飛行場ニ戦闘機、攻撃機充満セント。マタ機密兵器、目下大量ニ製作中ナリト。コノ兵器トハ特殊潜航艇及ビ小型魚雷艇ニ類スルモノノ如ク、快速必中ノ水上兵器ナリト。概ネ海軍側ハ給養モ良ク、煙草、酒、甘味品ナドノ加給品モ多ク、士気旺盛ナリ。シカシ、コレヲ逆ニ考ウレバ本島ハ孤立無援ニテハ戦闘ヲ継続シ難シトイウコトナリ。果シテ飛行機ト機密兵器ノ救援部隊来ルヤ。コレハソノ時ニナッテミナケレバワカラズ。

八月六日。曇。

昨夜半、司令部将校集合カカル。情報、敵潜水艦数隻、西海岸ニ接近、一部ハ浮上、本島ヲ偵察シアルモノノ如シ。敵偵察部隊上陸ノオソレアリ、厳ニ警戒ヲ要ス。直チニ参謀将校ハ水際警備部隊へ走ル。折シモ空襲警報、師団長以下司令部将校ハスグ天幕ヲ出テ地下壕ニ赴ク。月明ナキ暗夜ニシテ地下壕ノ入口ハ容易ニ判別シ難シ。某将校一瞬懐中電灯ヲ照射ス。間髪ヲイレズ声アリ。タレカ！　官姓名！　師団長閣下ノ声ナリ。某将校即答シ得ズ。再ビ師団長閣下ノ声アリ。カカル状況下ニ於テ電灯ヲ照射スルハ利敵行為ナリ。官姓名ヲ申告セヨ。某将校進退ニ窮シ官姓名ヲ申告ス。師団兵器部員堀田中尉ナリ。地下壕ニ入ルニ深夜ニモカカワラズ地熱烈シク全身ヨリ汗噴キ出デ肌ヲ流ル。愈々敵来攻ノ時来ルカ。潜水艦ニヨル上陸地点偵察、引続キ爆撃機大群空襲、艦砲射撃、輸送船接近、上陸用舟艇ニヨル進攻ハ敵ノ常道作戦ナリ。対空看視哨ノ声微カニ壕外ヨリトドク。爆音近ヅク……爆音本島上空……爆音遠去カル……直チニ壕外ニ走リ出デ南方ノ空ヲ見ルニB24数機、機首ヲ南へ向ケテ飛ビ去ル。ソノ黒影蝙蝠ノ如シ。蝙蝠即チ吸血鬼ナリ。西海岸、南海岸ニ爆発音シキリニ起ル。敵ハ時限爆弾ヲ使用シアルモノノ如シ。シカシ、B24ノ如キ大型機ハ航空母艦ヨリ発進スルコトハ絶対ニナシ。オソラク「サイパン」ノ「アスリート」飛行場ヨリ飛来セルモノナラン。従ッテ本島付近海面ニハ目下ノトコロ敵機動部隊ハオラザルモノト認メテモヨカラン。敵機動部隊接近シ、本島上陸ノ意図アレバP51ナドノ艦上小型機ノ来襲アルハズナリ。接近セル潜水艦ハ如何ナル目的ニテ浮上セルヤ。ソノ後ノ情報ニヨルモ敵偵察部隊潜入ノ形跡ナシ。極秘情報ニヨレバ、中部太平洋海域ノ離島ニ於テハ敵潜水艦及ビ小型舟艇ニヨル「スパイ」ノ潜入、現地島民ノ拉致工作ガシキリニ行ワレテイルトノコトナリ。警戒セザルベカラズ。本日、日没ニイタルモ状況変化ナシ。敵ノ来攻スル公算ハ遠去カリタリ。喜ブベキカ、悲シムベキカ。ドウセ来攻スルナラ早ク来テクレ、トイウ気持チナリ。

八月七日。晴。

大本営ヨリ内報。明八日、作戦部長真田穣一郎少将来島視察セラルル予定。終日、ソノ打合セ報告ノタメノ資料調製。

八月七日現在ノ状況、次ノ通リ。

兵力（陸軍ノミ。軍属ヲ含ム）　一一、二九四名。

糧秣。　五〇日分。

貯水糧。　四〇日分。

セメント必要量。　三万トン。

（水際ベトン特火点構築用。一七、〇〇〇トン。複廓陣地[87]構築用。一三、〇〇〇トン）

坑道作業量。　一日ニツキ　二五〇米。

（五人一組、一昼夜ニ一米掘進。作業兵員五〇〇〇名四交替）

シノプシス

■人物。

堀口春生。陸軍少尉。35歳。国学院出身。国文学・日本歴史専攻。堀口信夫博士の養子。妻子なし。5月に召集。

＊半月間あ号教育を受けただけで、サイパン島補充要員にされる。

＊硫黄島上陸後は、旅団司令部付。8月以降、突撃中隊（現地で臨時編制中隊）小隊長。南海岸第一線配備。

＊古代史（戦争中はタブーであった）の謎を解くことをライフワークとしている。[＊88] 硫黄島作戦を通じて、軍と国の擬制にふれ、現代史の真実の姿をとらえようとする。現代史の謎の実体をモノローグの形で、養父の博士に訴える。その声はもちろん、博士にはとどかない。

加瀬博史。兵科見習士官。日大芸術学部映画科卒。妻子なし。父母弟妹あり。学徒出陣二期前の17年10月入営。

＊予備士官学校で、水際戦闘教育を受け、[*89] 備部隊補充要員となる。
＊上陸後は、一四五聯隊第一大隊付小隊長。南海岸、標流木で苦戦。
＊映画監督志望のため、映画的イメージ[*90]が多い。
＊自分は世界史のなかに生きていると思っているが、なかなか信じられない。作戦をつうじて、死の意味を問いつづける。[*91]

深沢壮一。陸軍技師。27歳。高工建築学科卒。妻子なし。既に5年間陸軍に在職。中支那戦線の経験あり。中尉相当官。
＊突然、転属命令を受け、サイパン守備軍司令部付下命。
＊削岩機、セメントを携行するが、海没にあいすべて失う。
＊上陸後は師団司令部付。参謀たちにいじめられながら、水の問題処理にあたる。文官という立場から、参謀たちのいえない弱点を中央部に報告する。常に、軍人と文官、戦闘員と非戦闘員のギャップになやんでいる。
＊美枝という従妹を愛しているが、いつ死ぬかわからないので、ついに肉体関係を結べない。そのかわり、娼婦の弥生の肉を求めつづける。
＊作戦をつうじて、自己のさまざまなギャップが、人間と文明のギャップの象徴であることを知る。現代文明への死者の批判。

笹島敏行。二等兵。20歳。初年兵。神学校在学中。3月入営。父母のみ。
＊鎌倉在住。父は外交官。父母ともにキリスト教徒。中学の夏休み、支那戦線の残虐な話をきいて洗礼を受ける。
＊内地では、中隊のヤッカイ者視されて、備兵団に転属下命。
＊上陸後は、独歩311大隊、西地区（第二線配備）
＊恩賜の酒を棄てたのを准尉に見つかり、天皇か、キリストかと迫られる。汝殺すなかれ。使命の危機が何度かある。
＊作戦中、うまく生き延びる。自殺できないのでなやむ。神の発見を経験する。

武井正三。兵長。25歳。孤児。米屋の番頭。昭和16年現役入営。（山西省、バンコックに転戦）妻子なし。6月召集。
＊出征前夜、母のように慕う米屋のオカミサンと情交。このひとのために生きようと決意、毎朝、夜明けを拝む約束をする。
＊上陸後は、独歩312大隊。摺鉢山地区配備。毎日、穴掘りばかりだが、夜明けに幻のオカミサンと逢うことを生きがいにしている。
＊戦争と庶民。個人と組織。などの問題を無意識的にかかえている。

＊作戦中、なんとかして生き残ろうとして、他者を犠牲にする。庶民の執念。

小田島良衛。軍曹。30歳。昭和10年兵。(二・二六事件に参加) 岩手県の農民。妻子あり。5月召集。2回目。北支戦線の経験あり。

＊召集後すぐ、備（サイパン）兵団要員となる。輸送船上で、支那の戦争とは違うことを痛感。

＊上陸後は、独立歩兵三〇九大隊分隊長。南海岸第一線配備。

＊絶対死ぬとは思っていない。農民のふてぶてしさがある。多少、兵隊をいじめるが、もののわかった分隊長。

＊酒も性もない硫黄島生活は耐えられない。作戦中、死と性をつうじて人間性にめざめてゆく。

興梠栄喜。硫黄島生れ。16歳。陸軍農耕班として徴用。常に東京（内地・本土）にあこがれている。

＊深沢技師と出会い、その部下となる。

＊幼なじみの恋人ユウが内地へ引揚げているので、それが悲しい。別れの前夜の、ただ一回だけのセックス。

＊国家、文明、戦争、日本。あらゆるものがわからない。野性的な少年。
＊作戦中、どうしてこんなことになったのか、執拗に深沢技師に訊く。人間を疑ったまま死んでゆく。

■構成。
第一部。擬銃と擬雷。
部隊出港から、硫黄島上陸まで。（6月30日〜7月4日）
＊6月30日。備兵団補充要員は、三隻の輸送船に乗って横浜出港。
兵士たちには、行先きはわからない。

深沢技師だけは、行先きがサイパンだと思っている。サイパンには6月15日、米軍が上陸。激戦展開中。
＊堀口中尉[*92]と、小田島軍曹は輸送船のなかで、サイパン逆上陸の話をきく。加瀬見士、武井兵長、笹島二等兵は知らない。
＊7月3日。夜明け、硫黄島南方海面で、海没。そのとき、一つの筏に、堀口中尉、深沢技師、加瀬見士、小田島軍曹、武井兵長、笹島二等兵の六人が集る。偶然の運命である。
＊六人は漁船に救助される。漁船は硫黄島へ。

＊硫黄島、西海岸で、興梠少年が近づく漁船を見ている。六人は上陸する。7月4日、朝の4時である。

第二部。

硫黄島上陸から、米軍上陸まで。（7月4日〜2月13日）

＊上陸するとすぐに、空襲。六人は少年の先導で、洞窟陣地へ。

＊洞窟には参謀がいる。この島に上陸したものは一歩も外へ出さん。

＊少年の先導で、一〇九師団司令部へ。途中艦砲射撃を受ける。

＊師団司令部。タコの木と、バナナの木の林のなかの幕舎。司令部とは名ばかり、ひどいところである。バナナの実には、みんな、師団長、参謀長という名札がついている。

＊深沢技師は、6月8日[*93]、天山の頂きに立って、島の全景を見る。ほかの5人が配属になった部隊の位置が見える。6月7日[*94]、サイパンは陥ちた。

＊堀口少尉は旅団司令部にいる。そこには年老いた少佐が5人、仕事もなくぼんやりしている。年老いた大隊長ではダメだというので、交代の若い大尉たちが来たのだが、老少佐たちは帰してくれない。一度上陸したものは一歩も外へ出さん。やがて、堀口少尉は突撃隊編制を命じられる。8月までに編制せよ。9月には敵が来るぞ。少尉は自信がない。硫黄島には戦車26聯隊の海没で、訓練用の戦車が一台もないのだ。

＊小田島軍曹は、南海岸の第一線陣地をつくっている。先任の軍曹の話。はじめは、水際陣地、今度は後方陣地、偉い人が変るたびに方針が変る。兵隊はそのたびにつくり直し。やりきれん。

＊武井兵長は、スリバチ山の陣地を掘っている。すごい地熱。汗が噴き出てとまらない。昼夜兼行である。

＊加瀬見士は小隊訓練。対上陸戦闘。空挺部隊戦闘。

＊笹島二等兵は恩賜の酒をこぼして、准尉に呼ばれる。天皇か、キリストか。汝、欺くなかれ。

＊深沢技師は、陣地構築は工兵隊がやっているのですることがない。ある日、島を廻っているとき、一四五聯隊長池田大佐に呼びとめられ、水をなんとかしろといわれる。無から有をつくるのが技師だ。不可能を可能にせよ。それから、興梠少年を使って、水にとりくむ。

＊8月8日。聖旨伝達。天皇制の問題。

＊8月15日。火薬庫、爆発。徴用島民にスパイの容疑。深沢技師、証人として憲兵のまえに立つ。島民の感謝の宴。ニライカナイ（沖縄の儀式）。おどろいたことには、八十歳のノロが洞窟にいる。ノロが死ぬ。日本は敗けるという予言。

＊8月〜11月。無電その他による状況説明。緊迫感。この間、艦砲数回。

＊12月10日。艦砲。加瀬見士は負傷した部下を内地へ送るため、軍医の許可をとって、飛行場へ連れてゆくが、連絡機は待たずに飛び立ってしまう。不信感。

その飛行機で、深沢技師は大本営へ連絡に飛ぶ。

内地
深沢技師は東京に三日いる。大本営、連絡。水の問題。
従妹の美枝に逢う。このまま病気になれば、島へ帰任せずにすむ。それはできない。
何故か？

＊12月15日。深沢技師、硫黄島に戻ってくる。空から見た硫黄島。

＊12月24日。クリスマス・イブ。笹島二等兵は罰を受けて、父島との海上勤務。最も危険な任務である。

海上
船の上。機銃掃射。
父島。ピイ（娼婦）がいる。
帰途。船の上から見ると、硫黄島は艦砲射撃を受けている。北硫黄島退避。

＊12月末まで。全守備隊、決戦訓練。

第三部。

米軍上陸から全滅まで。（2月14日～3月27日まで）

＊2月14日。索敵機、敵機動部隊発見。上陸の公算大なり。

＊2月15日。甲配備。

＊2月16日。米軍上陸。

戦闘（別紙）

摺鉢山。脱出か、玉砕か、降伏か？
二段岩。屏風山の戦闘。
㊄部落の戦闘。味方の屍体にかくれて戦う。
ほとんどの部隊、全滅。
司令部包囲さる。

＊3月25日。兵団総攻撃。兵団長戦死。
＊3月26日。総攻撃に生き残った六人は、北の鼻の洞窟から、筏で脱出しようとする。
＊3月27日。未明、海上に出た筏は、米軍に発見され、射撃を受けて、六名全員戦死。

エピソード（草稿、手帳より）

堀口春生

先生との対話。もうすべてが遅いのではないでしょうか？　先生。国学のこと。

堀口中尉！　神機とはなんぞや？

熟田津《にきたづ》に船乗せむと月待てば潮もかなひぬ今はこぎ出でな　伝額田王　西征

これこそ、神機を予兆する歌であります。

解散。敬礼。

渦のなかに沈んでゆく歴史の謎。死者の書。

渦のなかの先生の顔。〈死者の書〉

民族の運命。そのシンボル。

浮き上った。重油の海。眼が見えぬ。

日の出の海。太陽。光っているもの。

竹の筏。

堀口中尉は玉名山、旅団司令部の幕舎のなかで、戦訓綴を読んでいた。

島嶼守備要領。

照葉木、タマナの木の森。硫黄島で森といえるのはここだけである。ときどき鶯が鳴いた。

故郷、能登半島一の宮の気多神社の静寂な森を思い出す。

旅団司令部へ、天皇のおことばが伝達されたのは、夕食前の日没に近かった。この島では時刻は役に立たない。天明が起床、作業始め、日没が、作業やめ、就寝である。

天皇のおことば。「兵団長以下……」敵侵攻撃摧……は慣用文。悪文である。

「万葉集」を思いだす。もっと人間であった天皇。

昭和三年、はじめて先生の研究会に出る。天皇家について。天子さまと先生は云う。

スメミマの語意。

スメラミコトは民族の神であった。それがいつか、国家の神になった。

国学院大学講師となる。神道養成部の作文作歌を担当。

軍人勅諭
疑われざる天皇

昭和十三年、先生の古代研究。事実上の発禁となる。
どういう抵抗ができたか？

国文学―民族の運命―先生―父
万葉集の道統―天皇。
先生の道統―

中盒一杯の恩賜の酒。苦い味がした。
救援中止の電報

7／3①民族の道統―学問の喪失
　先生！　これが終りですか？
7／4②回生の意味。―生き抜く決意。

7／8③肉攻班―戦訓の意味。
8／8④天皇の二重像
　右翼―なんのために死ぬのか？
9／2⑤突撃中隊編制。
　無声の指揮。死のイメジ。
12／8⑥戦争の意味。

この決死ともいうべき若い兵士たち。歴史の謎を打ち明けるべきか、どうか？

キャタピラ、履帯の下の生命。死を超えよ！
切り結ぶ太刀の下こそ地獄なり、身を捨ててこそ浮ぶ瀬もあれ……

堀口中尉―神道による埋葬

歴史のなかに生き残れない。
生き残らなければ歴史の謎は解けない

加瀬博史
対潜監視。全力をあげて生きる＝ toute la vie ＝先生のことば
夜明け前の海。島影は見えない。
芸術家に祖国はない。いつも深淵があるばかりだ。しぼるような死と滴るような死。
渦のなかの深淵。オブスキュアな神曲。神曲の映画化。地獄の映画化。死の明証とはなにか？　いま、それがつかまえられる。

海の底。渦巻き。
車輪の下。世界史的意義。
死。愛。愛するもの。ほんものは？
竹の筏。

眠るな！　亡命感覚。眠りのなか小さな島に流れつく

死の意味―人間と物量。
屈辱の意味

あと一年間、自己を主題とした映画を自己自身でつくること。どうして、あと一年間なのか？　はなれ、遠ざかって行く漂流者たち。

嬬婦岩の孤独な影。海に流した酒＝マラルメ。よいどれ船＝ランボオ。海辺の墓地＝ヴァレリー＝風立ちぬ、いざ生きめやも。

陥没した硫気孔　兵士の手を引っぱるが、力つきて埋ってゆく兵（略）命令の責任。死者への責任。

監獄岩が見えた。薄明のなかに、巨大な海獣のように見える。そのまわりで波が砕ける。いま射ってくるか？　今度は射ってくるか？　みんな軽機と小銃を構えて待っている。まだ、見たことのない敵がいるかも知れない。

監獄岩には敵はいない。上陸できないか？　大発がオシャカになっちまうぜ！

敵という意識

伊丹万作＝国士無双＝日本の軍隊

伊丹万作監督、伊勢野重任脚本、伊勢野は伝説中の人物。

伊勢伊勢守のにせものをつくる。本ものがにせものに負ける。いつの世でも、勝ったものが正しいのだ。


祖国とは？


世界の運命。

人間と物量。

人間の手が人間を滅す。[*95]

加瀬見習士官は、光部落の野戦病院から、両足切断の兵長を担送して、千鳥飛行場に向っている。（略）あと三〇〇米のところで、飛行機は飛び立ってしまう……

羽島兵長は死ぬ。飯盒の蓋で小指の骨を焼く。

7／3①世界史の渦。車輪。

　母の手。もうひとりの手。

7／4②芸術―美―祖国。

7／8③戦争の意味。陣地がない。
　連隊長。死生観。
8／8④天皇―観兵式
　童貞であること。純粋。
9／2⑤対空看視―降下部隊
　死のイメジ。
12／8⑥隣りのタコツボで死ぬ兵士
　卑怯ではなかったか？

空挺部隊の戦闘法。
降りてくる死―ロバート・テーラー―ヘンリイ・フォンダ
死の覚悟
外人墓地――風立ちぬ、いざ生きめやも……
夜の思想。犠牲者ではなく、必死の生きかたとして死ぬこと。
横浜港での、叔母との別れ。内火艇。

深沢壮一

参謀は戦争のことしか考えない。きみは人間のことを考えろ。戦う場所＝生きる場所になるようにしかならない。死ぬときはひとり。馬がいななく。てまりのことを思い出す。えくぼのことを思い出す。最初の女。最後の女。二年間の戦場生活。愛の結晶作用＝自壊作用。

死ぬときになにを考えるだろうか？

削岩機の運命は自己の運命。（略）削岩機を失ったら、無用の存在。上空の星＝無用の存在？

運命。＝空との対話＝海との対話
サイパン島の最後。そのヴィジョン。勇壮、凄絶なものではない。
戦争を捨てて戦争に行く＝現代人の使命。文明と国家。
創造と破壊。コルビュジエ＝機能する空間＝有効面積＝

7／3①削岩機海没。文明と人間。
①′司令部の状況。

7／8②島の状況。文明と人間。
水の問題。（よみがえり）。使命感。
8／8③天皇
9／2④艦砲。文明と人間。死のイメジ。
スパイ問題。ニライカナイ。
12／8⑤水の問題。文明と人間。
A薬。B薬。
⑦内《ママ》地。

木更津から両国まで。両国、秋葉原、大井町、戸越公園。

（略）

電車の音。街の灯。モンペの女。ゲートルの男。灯火管制。

六時ごろ、戸越公園の自宅に着く。酒が三合だけあった。母、父、妹。

七時ごろ、妹の同級生が来る。私たちはこんなに働いているのに何故サイパンは陥ちたのでしょう。川添という医者の娘、国友という船員の娘。サインをしてください。話せないことばかり。何故話してはいけないのか？

とうふ。鰊。牛肉、五十匁。味噌汁。

典型的な右翼的生産者としての父親。満州には忠霊塔がある。二〇三高地。十万の英霊、二十億の国帑。抗日到底のポスター。[*96]
妹は学徒動員　川崎日本製鋼　ヤットコ＝ステテコ
建物疎開

水際陣地構築。まだはじまったばかり。
自分ではなにもつくれない不安。思想と肉体との分裂。
戦闘員と非戦闘員。その分裂。
戦闘がはじまったら、なにをすればいいのか？

笹島敏行
教会の部屋にかかっていた絵。教会の最後。ものみびとよ[*97]……

キリスト再臨信仰。現世諸国の滅亡。

波と、波のあいだに、浮かぶもの。ワッツの『希望』の幻。絃の切れた竪琴をひく盲目の少女の幻。はじめて、それを見たのは昨日の朝であった。そのとき、後続の僚船が魚雷を受けて沈没した。サイダーのように泡立つ海のなかに船体が沈むと、まるでその代りのように幻が浮んだ。


海の底。渦巻き。

黙示録。

原罪。


自己への圧迫と重ね合せになる、牧師への弾圧のイメージ…

菅谷牧師（59歳）と、笹島との対話。＝聖書論。

現世諸国の滅亡論。滅びの魂。

再び、馬がいななく。滅びの予感。時よ、過ぎ去れ……


大阪山の宿営地で、笹島二等兵は堀川准尉の幕舎に呼ばれた。

おまえは、夕食時にどういう行為をしたか？

恩賜の酒を飲んだか？

あ！　誰かに見られたのだ！

夕食のとき、飯盒、蓋、中盒、の三つがならんでいた。飯、カニ缶、乾燥カンピョウと凍り豆腐の汁。それから酒。これの盛りつけ。犯罪者の眼。看視者の眼。

笹島。ヤソでも酒は飲むんかい？　恩賜の酒だ。飲まんわけにはいかんじゃろ？

大重上等兵のイヤ味に反発して、幕舎の外へ、ひそかに恩賜の酒を棄てる。

なぜ、恩賜の酒を棄てたのか？　皇恩のかたじけなさを思わぬか？　この酒が、この島まで
来るには、何人かの人間が生命をかけている。それを考えたことがないのか？

天皇とキリストとどちらが偉いか？　キリスト教団の方針。

おまえにとって、どっちが大切なのか？

7／3①黙示録のイメジ
7／4②回生—神の意志。
7／8③汝、殺すなかれ。
存在しない、神。*98
8／8④天皇と神
9／2⑤犠牲のイメジ。
父島—海上勤務。
燃える火。

笹島二等兵はタコツボの前を凝視する。その暗黒のなかに、名付けられぬ神がいる。第七の封印。おまえが罰を受けるのがさきか、罪を犯すのがさきか？　罪をごまかすのがさきか？

危機は何度もあった。神の影像との対話。

昭和七年二月二十二日、一年生の三学期。江下、北川、作江の爆弾三勇士。自殺か？　犠牲か？　運命か？　日本の兵士はバンザイの形をして戦死している。

昭和八年三月、国連脱退。松岡の演説。日本は十字架に臨まんとしている。ナザレのイエスの運命である。キリストの名をかたる日本。

昭和十二年十二月二十三日、南京陥落。提灯行列に行こうとして、母に止められる。神の子が神の子を裁くことはいけない。

昭和十三年、夏休みに、二年生の同級生に誘われて、秘密の写真を見る。交接の写真にまじって、南京虐殺の写真。

いま、おまえは人間が殺せるか？

眉間に傷のある影像……銃弾の痕。

武井正三

完全軍装。赤布を巻いているので、すごく暑い。滴る汗と不安に苛まれて、頭がくらくらする。もし、このまま死んでしまっても、あのひとだけは私の存在をおぼえていてくれるだろう。

人間は他人の記憶のなかに生きている。

おれたちの命は、いま、三段階に分れて狙われている。魚雷。鱶。敵前上陸。あねさん。[*99] 兄貴の形身の夜光時計はしっかり握っている。この時計がある限り、三人はいっしょだ。あの午前五時の空を思い出す。

後朝の別れ。兄の妻、兄の形身。絶対に死なない。執念。

武井兵長は、換気筒のかげで最初の衝撃を感じた。すぐにみりみりみりという音がして船体は二つに割れた。危く、穴に落ちるところを吹き飛ばされた。気がつくと竹筒をかたく握りしめて、抱きしめて、暗黒の渦のなかにいた。馬がぐるぐる廻っている。地獄図絵がぐるぐる廻っている。おっかさん。あねさん。女がぐるぐる廻っている。時計はだいじょうぶかな？ 兄の敬三の声。あねさんの声。しょうぞう！ しょうぞう！ ここにつかまるんだよ。この腕に……腕の付根には肩があった。乳房があった。手を伸ばすと腕があった。それは一本の青竹だった。青竹のさきには人間がいた。その人間は青竹を抱きしめる力を失って、自分から青竹を離れていった。

渦巻き。

オカミサン！　どうするんだ？

生きなきゃならぬ！

七日間持久すれば援軍が来る。内地から来る。守備交替。濁った頭のなかで思いだす。ねえさんとの夜。初夜。肺炎の夜。生命を救ってくれる姫神。倒れかかる。（略）洞窟の外へ出る。星空の夜景。海鳴りの音。

兄貴にすまない。しょうぞう…しょうぞう…うちのひとはもう死んだんだよ、許してくれるよ、
円匙で掘りつづける。胎内願望。基幹通路が貫通する。冷い風が吹き込んでくる。鯨油ランプの灯がゆらめく。

天皇とは恐怖の同義語である。不開の厠。内地部隊。

天皇がオカミサンを護ってくれるか？　否。天皇の裏切り。

オカミサン。孤児の運命。

日本の国の世話にはならない
個人意識。愛と性。
自分以外を頼らない。
救援が来るか？　来ないか？
人間の運命——運命論。

この壕はみんなの生き延びる壕だ。ほかの場所では絶対に生き延びられんぞ！
ほかのことは考えまい。考えても仕方がない。とにかく、一日でも長く生き延びるために、
壕を深く掘ることである。

7／3①庶民にとっての戦争。2銭切手。
　徴兵、懲役、一字の違い。
　オカミサンがおれを待ってる。
7／4②回生—生き抜くんだ！　愛。
7／8③壕掘り。性的イメージ。
8／8④天皇。

誰が、あのひとの防空壕を掘るだろうか？　田畑と武井だけが独身。

初年兵は30歳～34歳。武井は25歳。

この島が陥ちれば、内地のひとびとも死ぬ。あのひとを護ること＝この島を護ること。

……夢を見る。義姉といっしょに眠っている。義兄が来て、ここは危いよ、という。義姉が立ちあがる。白い着物。義兄は眉間を射抜かれている。兄さん、戦死したんじゃないの？　そうさ。だから、おまえたちは此処にいたんじゃいけないんだ。

姉の幻に導かれながら、壕の北側に移る。そのとき、夜半、艦砲射撃がはじまる。

＊＊壕がつぶされたぞ！

11月1日、Ｂ29、東京に一機。姉さんは大丈夫か？　兄さんは許してくれた。

武井兵長の判断＝「ゲリラ」という言葉がある以上、玉砕命令は出ない。あくまでも持久、援軍を待つ。

帰路。宿営地、幕舎付近にて空を見ながら対話。

必ず生きて帰る！……勝つなどと思うな。

おれの云うとおりにすれば必ず生き残れる…

死んでたまるか？
あねさん。
夢を見る。——艦砲——交通壕へ出ていった。となりのタコツボに直撃。吹き飛ぶ兵士
——呼び声
霊魂の実在を信ずる。

小田島良衛
女の白い顔が妻のサノ[*100]の顔に見える。応召の前夜。全裸のサノ。おら、ほんとにうっつい[*101]け？　こどもたち。
応召の朝。巫女が来る。おまえは死なない。オシラサマがおまえといっしょに出征する。
女が床に倒れている。浴衣の肩がはだけている。船室のなかで声がしている。落ちつけ、本船はすぐには沈まない。退船命令が出たら、救命ボートに乗せてやる。軍を信じろ！　軍曹は女を見おろしている。軍が信じられるか？

こんな戦争はないのう…オヤカタ日の丸……昭12＝張家口＝家鴨・豚・女＝強盗・強姦・放火・殺人＝敵のおらん戦争
天皇は正義なり、正義は力なり＝2・26＝栗原中尉、安藤大尉、野中大尉、
　磯部[*102]遺書の天皇

壕の入口に置いてある乾麺麭の木箱から、また一袋、つまみ出してくる。そのとき、弾着。砂煙りのなかに、敵艦が見える。

突然、おまきの感触を思い出す。あのあったかいもの。熱いもの。

生きたい！


小田島軍曹は半農半猟だから射撃がうまい。故郷の岩手の山。初夏にはカッコウの声、河鹿の声がしていた。田植の忙しい五月に召集がきた。

長男の文衛が一歳半、二年経ったら帰るからと云って、妻のサノと別れた。田も畑も川を越えた遠いところにしかない。二年経ったら戦争は終るだろう。敗けるにしても勝つにしても。

支那事変のとき、勝ったとはどういうことか？　支那の農民はひどい目にあった。その分だけ、勝った日本の農民はよかったか？

狙撃訓練。暗夜に霜の降りるごとく……獣の眼と耳にさとられぬように……狩猟の精神……闘いの精神……魂と魂の争い……どうして狙撃兵になったか？

二・二六事件。首相官邸に於て友軍と対峙。

憲兵の取調べ。軍と天皇と、いずれを奉ずるか？

満州。非常呼集、安藤大尉、中橋中尉処刑。青年将校は生きている？　われわれは殺されるのだ。

九月八日。陽高攻撃。まだまだ死にかたが足りない。第二大隊長多田少佐。

昭和十三年の除隊が一年延びる。みんな死ぬまで、除隊はないんだ。…除隊はないんだ。死ぬまで。

7／3①人生の最も貴重なもの。性。

白い裸身のイメジ。

7／4②回生。サイパンは陥ちない。

おれはツイてる。救援が来る。

7／8③朝令暮改。
8／8④天皇―酒と女―
2・26事件。
9／2⑤対海看視。飛機なし。
これで勝てるか？　死のイメジ。
12／8⑥揚陸使役。物欲。
姑娘。悪。

水際陣地にハリツケ。犠牲部隊。北支の少年兵のイメージ。
物がない＝不安＝内地にはあるが、ここにはない。欠如の世界。女房もない。

自分が存在しなくなる。交通壕のなかから眺める敵艦。

興梠栄喜

硫黄島、西海岸の揚陸場の砂浜に坐って、少年がひとり北の沖を見ている。揚陸場といっても岩壁があるわけでも、突堤があるわけでも、桟橋があるわけでもない。戦争がはじまる前は、二月に一回、内地からやってくる芝園丸と、一月に一回、母島からやってくる郵便船が来るだけだった。ユウと二人。この砂浜で、船が着くのを待った。電燈もない。十二月八日の開戦は島に三台しかないラジオで知った。小学校を卒業した年である。美し女童《きよらめらび》。内地へ行きたいのう！　行きたくない。

少年は、昭和三年、この島に生まれた。

小学校で、富士火山脈に属することを知る。日本の国体。万世一系。敗けることはない。

ユウ。ヒデ！　きっと戻ってくっからな。待っとってな。

敵が攻めてきたら、わたしを護ってね、この島を護ってね、

「空襲」漁船が水際に着くと、すぐに叫ぶ声がした。

六人の兵士は波打際に飛びおりる。波のなかを歩いて砂浜にとりつく。未明の砂の冷い感触。命令はいらなかった。兵士たちは砂の上に伏せる。機銃掃射。

第一波は去る。深沢技師は眼のまえで頭をもたげた兵士に気付く。「おい！　防空壕はどこだ？」「記念碑台の下の洞窟だ！」「おれたちは、たったいま、上陸したばかりだ。連れてってくれ！」少年はうなずく。「中尉どの！　この男が、防空壕へ案内してくれます」

少年が立ちあがる。裸足である。少年は走りだす。六人の兵士はその後に続く。砂が足にか

らむ。

砂浜を振り返る。漁船が燃えている。火薬が誘爆。空に飛ぶ火の翼。人影。

夜はだんだん明けてゆく。防空壕は、波打際から二〇〇米ほどの天然洞窟である。

「いま、入ってきたのは何処の部隊か？」「はい、備部隊補充要員であります」「何名か？」

「堀口中尉以下六名であります」「将校集合！」

「自分は百九師団の後方、築城参謀吉田少佐である。備とは通信連絡、交通とも途絶しておる。サイパンには赴任できない。この島も七月一日までは備部隊であったが、午前零時を以て膽兵団となった。諸官は、ただいまより即刻、膽に転属する。」

「この島に上陸したものは一兵といえども、外には出さん。

「貴官は文官だな。専門はなにか？」

「陸軍技師であります。備の築城部に赴任する予定でした。

「よし。貴官の仕事はこの硫黄島にも、処置しきれんほどある。いいところへ来てくれた。まあ、茶を飲んでくれ。茶は最大の御馳走だ！

道案内に島民を一人つけてやる。ちいさな島だから、案内はいらないようなものだが、空襲下だから迷うと困るだろう。その島民はさっき砂浜にいた少年である。

深沢技師と話をする。

少年は十六歳、名は知念栄喜[*103]――なぜ、今朝、海岸におったのか？　昨夜、みんな内地に疎開した。疎開船は無事だったでしょうか？


艦砲射撃を終って、南へ引きあげて行く、巡洋艦と駆逐艦を、興梠栄喜が眺めている。なにが起りつつあるのか、彼にはよくわからない。

空襲にも、艦砲にも、友軍の砲台は射撃しない。

深沢技師に聞いたことがある。日本は神国ですか？

この硫黄島が神によって創られたとすれば、それは神の国だ。それと同じ意味だ。

7月1日。魂迎えの祭りをやったとき、ノロが、この北の鼻の岩の上で云った。

この島の燃えるとき、島人もいなくなる。

そして7月4日、森も、家も、燃えはじめた。学校も、神社も、製糖工場も燃えた。

北部落にあった最後の一軒家、それが栄喜の生家だったが、その家も燃えた。

洞窟へ行く、祖母がいる。


艦砲を終って西南へ去ってゆく米艦隊。

西北の崖に立ってそれを見送る島民たち。北の鼻の岩頭。

島民たちは無言のまま、渚へ降りる。
渚の洞窟のなかには、ドラム缶でつくった筏がある。
幻のノロの声。
――島は燃えてるぞい！
ユウ！　おまえは戻ってくるかい？

その他（誰に属するか不明なエピソードと、物語そのものに関する断片）
死――回生――死――その繰り返し
神話的円環の物語
硫黄島―機械（文明）―人間（生命）[*104]
黒いうねりと夜光虫の間に投げ出されているもの。その影は口々に叫んでいた。
――おかあさん！　生命の母を呼ぶ。
――天皇陛下！　呪いの声。
――神よ、地獄から解き放せ。[*105]

抗戦か？　降伏か？
脱走。だが船がない。
総出撃。一度死ぬ。回生。
数人の仲間に逢う。生きよう！

戦闘経過（草稿より）

一九四五年三月四日
大本営へ報告。

三月五日
二段岩は、硫黄島北部台地の最高点であり、大阪山は北海岸、西海岸を望む第二の地点である。両地点が陥ちた三月二日以後、三月三日、四日の両日は標流木、北部落、玉名山、東山の複郭陣地に対し攻撃の焦点を定めた。

米軍は全軍の部隊交代、編成のため、一時前進を中止した。兵団命令。

転進する一四五R。*106 池田R隊長、胸部貫通重創。

加瀬見士。……加瀬見習士官！池田大佐との会話。

笹島二等兵……転進の道。

三月六日
朝五時。照明弾が消える。雨の中の暗闇。東山危し。

三月七日

東山陥つ。堀口中尉。
天山に米軍侵入。司令部臨時中隊編制
三月八日
旅団総攻撃。玉砕命令か？　兵団長命令か？
三月九日
小田島軍曹。中第一線＝武蔵野隊
武井兵長。右第一線＝安荘隊
三月一〇日
堀口中尉。海軍少尉がまぎれ込んでくる。敵の捕虜。二世の兵士。
総攻撃。
司令部、包囲さる。五〇～二〇〇米
三月一一日
小田島、武井、斬込みに出される。
三月一三日
兵団司令部。天山よりの伝令。天山が陥ちると、司令部は東側高地より直射にさらされる。
兵団護衛臨時中隊編成。重要書類、通貨、註記、認識票、階級章を焼く。大本営発信所長栄司少尉以下十数名戦死す。深沢技師は陣地の状況を考える。北部落周辺一・五キロ四方に圧迫される（熾烈なる砲爆）。あと何日、持久できるか？　九〇〇名。
小田島、武井、工兵隊壕から斬り込みに出される。10日の友軍反撃が行われなかったことが原因である。斬り込みの状況。一度、洞窟を出たら、もう帰れない。将校のいないところへ行こう？　北地区へ。
三月一四日
一四五R、軍旗奉焼。兵団長命令。救援なし。加瀬見士、現実に「死」を考える。笹島二等兵との対話。
三月一五日
現陣地は守りきれない。脱出決定。夜半、金剛岩に向う。霧雨のなかを出発。照明弾。海が見える。陣地なし。将校斥候となり、海岸線を踏査。堀口中尉。海岸線に追いつめられる。
三月一六日
訣別電報。
夜。再び戦車隊壕へ。戦車隊壕は焼かれている。壕内の屍体。壕の外のタコツボの中で眠る（先生）*107。敵の陣地掃討を目撃する。日没、再び北地区をめざして出発。西中佐戦死。東海岸の崖の上を歩く。
三月一七日
朝。東海岸より、海軍司令部、その他が司令部壕へ到着。その直後、拡声機の声がする。降伏勧告である。敵戦車、二〇〇米に接近。昼ごろ、北の鼻占領さる。

偽司令部を置く。傷兵約一〇〇名。

古田参謀。深沢技師に密命を打ち明ける。

来代工兵隊壕へ脱出。

三月一八日
旧司令部爆破。北飛行場越えに兵団へ。堀口中尉。

農耕班、自然洞窟。農耕班、残存人員は十名足らず。

島民たちの質問。日本は敗けたのか？　いや、救援部隊との連絡のため、北硫黄島に脱出するのだ。スピーカーの声。

三月一九日
脱出準備。ドラム缶筏づくり。

来代工兵壕のなか。笹島二等兵は加瀬見士の小隊に配属され、負傷兵の世話をしている。スピーカーの声。夜、空が赤く焼けている。

スピーカーの声。堀口中尉は金剛岩近くの洞窟のなかで、その声を聞く。降伏はできないかも知れない。だが、部隊解散は可能だ。なんとかして、兵団司令部に発令してもらう。捕虜の問題。

小田島、武井。壕から壕へ。拡声器の声

三月二二日

小田島軍曹、武井兵長、東海岸の洞窟で、降伏勧告のスピーカーを聞く。武井兵長は姉さんの妊娠が心配である。軍曹、天皇否定。人間は運命に勝てない。北地区へ脱出。

三月二三日

加瀬見士。スピーカーの声。池田聯隊長どの！「生」の呼び声に惹かれる。生と死のバランス。

三月二四日

硫黄島の戦いは終りました。　深沢技師＝吉田参謀＝解散すべし。

三月二六日

午前三時。兵団長出撃。負傷兵に対して、笹島一等兵が責任を持つ。加瀬見士はその笹島の姿に感動する。自殺はいけません。従軍牧師がいる筈です。探してきてください。

午前四時。堀口中尉がやっと来代壕へたどりつく。兵団長閣下はおられるか？　出撃されました。まだ間に合う。匍匐しているが、立ちあがって走り出す。兵団解散の命令をもらうまでは……マグネシュウム線[*108]に触れる。光り。機銃掃射。

午前五時。小田島、武井。標流木付近。小田島は敵か味方かよくわからない銃弾に射たれて死ぬ。武井は眼をやられて来代壕へ連れてこられる。

午前五時一五分。総反撃。

午前五時四五分。加瀬は天幕に斬り込み、従軍牧師を探す。射たれて死ぬ。

三月二七日

夜。島民たちの洞窟へ。

註

＊1　魚雷攻撃により艦が沈没すること。
＊2　木魚の音か。
＊3　「大我」と記された後、「大美」に修正され、最後に「大義」と書かれている。
＊4　「こう暑くるしくては自分の息さえ吐けやしない」が消された跡。
＊5　「兵士は闇のなかに太平洋の地図を描き知」「昨日までは父島上陸という兵隊情報がく」が消された跡。
＊6　将校は立身出世のために、下士官は道楽気分で戦争に参加しているのに、下っ端の兵だけが国家に命を捧げている様子を揶揄している。
＊7　対潜水艦。
＊8　敵の動静を見張る場所。またその哨兵。
＊9　軍隊で、戦闘・訓練等に用いた帽子。
＊10　「微かに」「ゆらゆら」「揺れながら、」と修正され、最後に現行の文章が書かれている。
＊11　中国語で、若い女性。
＊12　中国産のモロコシ。
＊13　間引く。
＊14　黄・黒・赤・青の四色からなる旗で、日本海海戦にあたり、東郷平八郎大将の座上する旗艦「三笠」に掲げられた。信文は「皇国ノ興廃此ノ一戦ニ在リ各員一層奮励努力セヨ」であった。太平洋戦争中の日本海軍では、大規模な海戦のときは、Z旗を旗艦に掲揚することが慣例化された。
＊15　一つの旗。
＊16　センチ。
＊17　女性器。
＊18　慰安婦。
＊19　性器を見ること。
＊20　中国山西省北部の都市。
＊21　「美しくなって」が消された跡。

＊22　陸軍船舶司令部。
＊23　日本の南洋委任統治領を統括した役所。
＊24　マヌスの誤りか。
＊25　日本名アラレ。
＊26　シャベル。
＊27　立方メートル。
＊28　大型発動機艇の略で、角型をした上陸用舟艇。
＊29　「頭のなかで」が消された跡。
＊30　「青春」が消された跡。
＊31　「がつぶやい」が消された跡。
＊32　「近衛第二師団から転属してきた」が消された跡。
＊33　「神代史の新しい研究」の誤りか。
＊34　少しのあいだ。
＊35　天皇の玉座。
＊36　おり。とき。
＊37　弓の先。
＊38　辛酉の年（西暦紀元前六六〇年にあたる）春一月一日。
＊39　三の誤りか。
＊40　一二月四日。
＊41　「被告」が消された跡。
＊42　「走りながら失速しているよう」が消された跡。
＊43　「抽象」が消された跡。
＊44　「白い布で覆われた寝」が消された跡。
＊45　発光弾を吊り下げたパラシュート弾。
＊46　「恐怖を感じてはいなかった」が消された跡。
＊47　「それは左」が消された跡。
＊48　「に美」が消された跡。
＊49　映画で、標準速度以下の速度で撮影すること。これを標準速度で映写すると、画面の動きが実際より早くなる。
＊50　徴兵制の優遇制度。一定の要件を充たした志願者は、在営期間を三年から一年に短縮することができた。
＊51　米軍を仮想敵とした軍事教育。
＊52　内燃機関の一種。漁船等に用いる。

＊53 和船の中央付近の、客が座る場所。
＊54 腹が立つ。
＊55 棘のある資材による障害物。
＊56 敵弾を防ぐ覆い。
＊57 散兵（適当な距離をとって散開した兵士）の戦闘を有効にするために設けた壕。
＊58 コンクリート。
＊59 守勢的に使用される陣地。
＊60 コンクリートで構築され、内に重火器等を備えた陣地。トーチカ。
＊61 「収」の後の一字は、原稿だと空白になっている。ここでは仮に、「斂」の字をあてた。
＊62 センチ。
＊63 キロ。
＊64 仕様がない。
＊65 鼠径リンパ肉芽腫のこと。梅毒・淋病・軟性下疳に次ぐ第四番目の性病の意。
＊66 男性器。
＊67 リットル。
＊68 食糧を盗むこと。
＊69 祝祭日。
＊70 ポケット。
＊71 物資や人員を攻撃から護るための施設。
＊72 戦車等が壊れ、動けなくなること。
＊73 人に先立ってみずから物事を実行すること。
＊74 分かれ目。
＊75 「七月八日・七月九日」の原稿四五枚目は「幻」の一字で終わっており、四六枚目は「処の森ぞ」から始まっている。やや唐突なので、あいだに失われた稿があるものと想像される。
＊76 「お母」が消された跡。
＊77 幹部候補生が着用する徽章のこと。
＊78 藁筵や藁縄を網状に編んだ運搬用具。
＊79 坑内作業の現場。
＊80 関東の誤りか。
＊81 勢いを奮い起こすこと。
＊82 天皇が特定の官職を親任すること。
＊83 「全戦線ヲ崩」が消された跡。
＊84 給料を自分でなく、留守宅の家族が受け取

ること。

*85 「救国」が消された跡。

*86 「地下壕ニ入リ約十五分地熱ニ苦シミイタルニ、爆」が消された跡。

*87 最後の拠点。

*88 この文章に、赤い線が引かれている。

*89 同右。

*90 同右。

*91 同右。

*92 「シノプシス」と草稿では、堀口の階級が「中尉」とされている箇所がある。

*93 7月の誤りか。

*94 同右。

*95 この三行を含む断片に、×印が付されている。

*96 東京に一時帰還したときの描写。

*97 「是故《このゆえ》に我儕《われら》かく許多《おおく》の見證人《ものみびと》に雲の如く圍《かこま》れたれば諸《すべて》の重負《おもきもの》と紮《まとえ》る罪を除き耐忍びて我儕の前に置れたる馳場《はせば》を趨《はし》り」（「希伯來《ヘブライ》書第十二章一節」）

*98 「存在しない」と「神」のあいだに、何かを書き加えようとした痕跡がある。

*99 草稿では、武井の思い人は「おかみさん」でなく「あねさん（義姉）」になっている。戦死した兄・敬三（本篇には登場せず）への情愛と罪悪感をテーマにした断片が、いくつか遺されている。

*100 草稿では、小田島の妻の名が「サノ」「おまき」になっている箇所がある。また、息子がもう一人いることを示す断片もあった。

*101 きれい。

*102 磯部浅一一等主計。二・二六事件の首謀者の一人として、一九三七年に処刑された。

*103 草稿では、興梠の名字が「知念」となっている箇所がある。また、兄の存在を示す断片もあった。

*104 この三行は、手帳の最初の頁に記されていた。書かれざる物語の、根幹を示すものかもしれない。

*105 この断片全体に、×印が付されている。

＊106　聯隊。

＊107　「（先生）」の文字は、「タコツボ」の横に書き足されている。先生のことを思って眠りについたのか、自分を護るタコツボを先生に見立てたのか、不明である。

＊108　米軍による罠の一つ。ピアノ線にふれると、マグネシウムが発火する。その光を狙って一斉射撃するのである。

略年譜

一九二二年（大正一一年）

二月一三日、東京府南多摩郡八王子市（現・東京都八王子市）に生まれる。本名、太田忠《おおたただし》。父・庄治《しょうじ》、母・兼《かね》の長男。

一九二六年（大正一五年） 4歳

弟・清治《せいじ》誕生（自伝等には清治の名が記されているが、遺族によれば、木原は弟を「徳《のぼる》」と呼んでいた。過去帳にも「太田徳《のぼる》 東京大空襲にて 忠の弟」とあった。清治は幼名で、後に改名したのかもしれない）。

一九二八年（昭和三年） 6歳

荏原郡立宮前尋常小学校（現・品川区立宮前小学校）に入学。

一九三〇年（昭和五年） 8歳

五月、妹・米子《よねこ》誕生。

一九三四年（昭和九年） 12歳

東京府立実科工業学校（現・東京都立墨田工業高等学校）建築本科に入学。このころ、『若草』（鮎川信夫、森川義信らが投稿していた文芸雑誌）を知る。『萩原朔太郎詩集』『西条八十詩集』『珊瑚集』『月下の一群』等の影響を受け、抒情詩を書く。

一九三五年（昭和一〇年） 13歳

改造社版『世界文学全集』、改造社版『現代日本文学全集』、玉川学園版『玉川児童大百科・芸術篇』の大半を読む。また、北園克衛や山中散生の詩にふれる。

一九三七年（昭和一二年） 15歳

一月、『VOU』に加入。

一九三八年（昭和一三年） 16歳

夏、陸軍の現場演習を受ける。学校卒業後、近衛師団司令部付になり、翌年三月まで野戦建築の講習を受ける。

一九三九年（昭和一四年） 17歳

四月、中支那派遣軍司令部に転属。建築技師

として、自動車廠・干草工場・城外陣地等の建造に携わる。戦友の追悼詩を幾度か書く。九月一日、第二次世界大戦始まる。

一九四〇年（昭和一五年）　18歳

二月、喀血し内地の病院に移送。七月、退院。近衛師団に戻る。一一月、師団動員班勤務。

一九四一年（昭和一六年）　19歳

三月、陸軍兵器学校勤務。五月、戦記集『我らは如何に闘ったか』（三省堂）に「野戦建築誌」を収録。七月、戦記『戦争の中の建設』（第一書房）を刊行。『散文詩集　星の肖像』に纏められる諸篇を、『VOU』を改題した『新技術』に連載（一一月〜翌年九月）。一二月八日、太平洋戦争始まる。大本営付被命。戦時設計規格、戦時構造規格、設計委員を命じられる。

一九四四年（昭和一九年）　22歳

五月、備部隊司令部に転属。『散文詩集　星の肖像』の原稿を、北園克衛に預ける。サイパンに向かう途中、乗っていた輸送船が轟沈され、数百名の兵士が死亡。七月一日、硫黄島に上陸。

一九四五年（昭和二〇年）　23歳

二月、病のため内地帰還となり、陸軍病院に入院。三月、硫黄島守備隊玉砕。五月、退院。同月二四日、弟・清治、東京大空襲で死亡。八月一五日、終戦。

一九四七年（昭和二二年）　25歳

一一月、宮川保子《みやがわやすこ》と結婚。この年から約二〇年間、『詩学』編集。

一九四九年（昭和二四年）　27歳

二月、長女啓子《けいこ》誕生。

一九五一年（昭和二六年）　29歳

八月、『荒地詩集 1951』（早川書房）に詩篇「期待」「幻影」「幻影の時代　I」「幻影の時代　II」を収録。

一九五二年（昭和二七年）　30歳

六月、『荒地詩集 1952』（この年から荒地出版社刊行）に詩篇「無名戦士」を収録。

一九五三年（昭和二八年）　31歳

一月、『荒地詩集 1953』に詩篇「彼方」「犠牲」、エッセイ「現代詩の主題」を収録。七月、『詩と詩論　第一集』（荒地出版社）に詩劇「島へ」を収録。

一九五四年（昭和二九年）　32歳

二月、『荒地詩集 1954』に詩劇「海の梟」を収録。七月、『詩と詩論　第二集』（荒地出版社）に詩篇「場所」を収録。同月、次女ひかり誕生。一一月、『散文詩集　星の肖像』（昭森社）刊行。

一九五五年（昭和三〇年）　33歳

四月、『荒地詩集 1955』に詩篇「声」「檻」「音楽I」「音楽II」「時と河のながれ」を収録。

一九五六年（昭和三一年）　34歳

四月、『荒地詩集 1956』に詩篇「予感」「鎮魂歌」「最後の戦闘機」「遠い国」を収録。九月、『木原孝一詩集』（荒地出版社）刊行。一一月、『一〇〇人の詩人』（思潮社）刊行。

一九五七年（昭和三二年）　35歳

三月～九月、『詩の教室』I～V（飯塚書店、共著）刊行。四月、『荒地詩選』（荒地出版社）に詩篇「幻影の時代　I」「幻影の時代　II」「無名戦士」「場所」「時と河のながれ」を収録。一〇月、『荒地詩集 1957』に詩篇「遠い国」「影のなかの男」「コンクリイトの男」「密使」を収録。この年、放送詩劇「いちばん高い場所」が芸術祭賞受賞。

一九五八年（昭和三三年）　36歳

七月、『ある時ある場所』（飯塚書店）刊行。一二月、『荒地詩集 1958』に詩篇「ちいさな船」「ちいさな橋」「呼ぶもの」「戦いの終り」「秋の夜の譚詩曲」を収録。荒地詩集はこの号で終刊。

一九五九年（昭和三四年）　37歳

三月、『アンソロジー抒情詩』刊行（飯塚書店、編者として）。同月、橋本忍『私は貝になりたい』（現代社）に、長篇詩「貝の歌　戦いへの挽歌」を収録。七月、『日本愛唱詩集』

（飯塚書店、編者として）刊行。

一九六〇年（昭和三五年）　38歳
六月、『学校の詩　初級・中級編』（飯塚書店、共著）刊行。七月、『学校の詩　上級編』（飯塚書店、共著）刊行。一二月、同人詩誌『架橋』創刊。

一九六五年（昭和四〇年）　43歳
七月、父・庄治死去。この年、音楽詩劇「御者パエトーン」（作曲・諸井誠）が、第一七回イタリア賞ラジオ・モノラル音楽部門最優秀賞受賞。

一九六九年（昭和四四年）　47歳
四月、『現代詩文庫　47　木原孝一』（思潮社）刊行。

一九七四年（昭和四九年）　52歳
七月、母・兼死去。一〇月、『人間の詩学　詩の発見と創造』（飯塚書店）刊行。

一九七五年（昭和五〇年）　53歳
五月、『民族の詩学　詩の原点と展開』（飯塚書店）刊行。一二月、『日本の詩の流れ』（ほるぷ出版）、『日本の詩　島崎藤村』（同、編者として）刊行。

一九七六年（昭和五一年）　54歳
一〇月、『現代の詩学　詩の主題と意味』（飯塚書店）刊行。

一九七七年（昭和五二年）　55歳
五月、『現代詩入門』（飯塚書店）刊行。

一九七八年（昭和五三年）　56歳
二月、『現代詩創作講座』（飯塚書店）刊行。六月、検査入院。七月、透析のため入院。一〇月、『映画のなかの青春像』（英潮社）刊行。

一九七九年（昭和五四年）
九月七日、腎不全のため死去。享年五七歳。法名、得近院忠亮信士。蓮福山法隆寺、太田家墓地に納骨。

一九八〇年（昭和五五年）
七月、『架橋』が「木原孝一追悼号」をもって終刊。一一月、『愛の洋画劇場』（英潮社）刊行。

一九八二年（昭和五七年）
七月、『木原孝一全詩集』（永田書房）刊行。

後記

「見知らぬ約束」「犠牲と幻影」の底本は、『散文詩集　星の肖像』（昭森社）、『木原孝一詩集』（荒地出版社）、『ある時ある場所』（飯塚書店）である。明らかな誤字脱字は、各種刊本を参考に訂正した。

「世界が燃え落ちる夕陽」は拾遺詩篇である。このうち数篇は、『現代詩文庫　47　木原孝一』（思潮社）、『木原孝一全詩集』（永田書房）にも収録されている。詩集未収録作には、初出を付した。

「無名戦士（硫黄島）」は、ついに未完に終わった畢生の大作である。その原稿と執筆ノートは、ご遺族の手によって大切に保管されていた。内訳はつぎのとおりである。

「第一部　擬銃と擬雷」一二八枚
「七月八日・七月九日」九二枚

「業務日誌。《膽一八三〇二部隊》深沢技師。」三六枚
「シノプシス」一七枚（半分に切られた用紙に書かれている）
草稿一〇四枚（一マスに二字ずつ書かれている）
手帳二冊（構想の断片が書きつけられている）

他に「第三章」と題された二七枚が存在するらしいが、見つからなかった。本書には、「第一部　擬銃と擬雷」～「シノプシス」の全部と、草稿・手帳の一部を収録した。

原稿には「《仮題》無名戦士」と記されていたが、生前の詩人から「硫黄島」という題名を聞かされた人もいる。最終的な意思が不明なため、併記するかたちにした。

略年譜は、自伝「世界非生界」「戦後詩物語」「混沌のなかから」等を参考に執筆した。これも、ご遺族の情報が大変役立った。

旧字旧仮名で書かれた作品については、一部を除き現代表記にあらためた。生前最後の詩集となった『現代詩文庫　47　木原孝一』が、古い作も含めて現代表記に統一されていること、新しい世代の読者に、詩人の全貌をやさしく手渡すこと――この二点を考慮した結果である。

詩人が信じ、愛した家族――「愛するものわずか三人」（「死者の来る場所」）――のご協力なくして、本書が完成することはなかった。記して感謝する。

木原孝一論

死の領域に立って、生者を撃つことはたやすい。生の領域から、死者に別れを告げることも、また。木原孝一はどちらの道も選ばなかった。生と死、光と影、現実と幻影のあいだに佇む彼は、一人の「無名戦士」である。その姿に私たちは「もう一つ別の世界」（アルチュセール「出会いの唯物論の地下水脈」市田良彦・福田和美訳）、「もう一つ別の詩」の可能性を見るのである。「無名戦士」は『木原孝一詩集』の一篇であり、ついに未完に終わったライフ・ワークの仮題でもある。* 硫黄島への鎮魂歌となるべきその書物は、病のため中断され、遺されたのは「二千枚の予定の十分の一の分量」（『木原孝一全詩集』平井照敏による編集後記）にすぎなかった。この小説は木原の詩的核心を、その詩以上に明らかにしているように思える。

＊　本稿では、前者を「無名戦士」、後者を『無名戦士』と表記する。

汝、殺すなかれ。汝、姦淫するなかれ。汝、その隣人《となり》に対して虚妄《いつわり》の証據《あかし》をたつるなかれ——そこまで誦《そら》んじたとき、空のうえが突然明るくなった。見上げると落下傘にささえられた吊光弾がマグネシュウムのようにまぶしい光りを降りそそいでいる。

この光景を前に、笹島二等兵はなおも「出埃及記」を誦んじつづける。「民みな雷《いかづち》と電《いなびかり》と喇叭の音と山の煙《けぶ》れるとを見たり」……現実と神話は混濁する。日本軍の壊滅的情況が、彼には聖書の記述と重なって見える。

不意にどこかへ時間が失われてしまって、一瞬、すべての存在が動きを止めてしまったように、船のうえのものはみんな恐怖に凍りついていた。

吊光弾の光は、時間以前、存在以前の原初的輝きにまで高められる。『無名戦士』は、六人の兵士を主人公として展開される予定だった。六人はみな、それぞれの幻影を抱えている。キリスト教、恐山の巫女、神道……彼らの瞳には幻影が焼きついているため、戦争もまた、そのしるしのように見えるのだ。

死は一つの物語となり、兵士はそこへ歩んでゆく。ところがそのとき、現実の死は逃げ去るのである。日本軍を乗せた輸送船は、魚雷によって轟沈される。笹島は死を覚悟するが、その場面を引用しよう。

主よ。あわれみを。彼は水のなかで十字を切ろうとして右手を動かした。急に身体が軽くなった。ああ、浮きあがる。浮きあがる。そのまま彼の身体はまっすぐに上昇していった。両手が水面にとどいたとき、笹島二等兵は海のうえに浮んでいるものをかたく握りしめた……

十字を切り、「主」のもとに赴こうとした瞬間、笹島は生へと浮上する。死を神話化してしまった彼は、現実の死と邂逅することができないのだ。死を理念化し、死者たちに思いを馳せるほど、ますます死は遠ざかってゆく。

この不可思議な傾向は、木原の戦争体験から生じたものだ。彼は一九四四年に建築技師として硫黄島に配属されるが、翌年、病のため内地に帰還している。米軍の上陸作戦が始まったのは、その直後だった。

戦後木原は、戦争と戦争のもたらした切断を主題とするようになる。彼は「死」を免れた。だがそれによって、「死」を書くことができた。

木原の詩は、生の光と死の影の織りなすアラベスクである。望んだのではない生と、拒まれた死のあいだで焼け跡を彷徨ったとき、彼の詩法は宿命的に確立された。

つづいて、代表作「最後の戦闘機」を見てみよう（三三五頁参照）。

異様なまでに深い情念によって、「女の子」と「ちいさなひとつの戦闘機」は結びつけられる。表層だけを見れば、この詩はほとんど狂気の沙汰であろう。自動車事故の犠牲になった少女と、「絶望的な戦線」に立ち向かって散った兵士は、無関係ではないか。いったい作者は何を言いたいのか。「大東亜戦争肯定論」だろうか。戦争のヒロイズム化だろうか。

そうではない。木原の実存は、生の・光の・現在の領域——すなわち戦後にはない。また、死の・影の・過去の領域——すなわち戦争にもない。二つの領域の綾なす場所に、彼は佇んでいる。

木原が精神を賭けているのは「最後の戦闘機」であり、血を滴らせる少女である。生と死のあいだにしか、現在と過去のあいだにしか、彼の居場所はないのだ。

彼の詩的原郷は、「重爆撃機の編隊」ではないし、それに立ち向かう日本軍でもない。最後の戦闘機——その「目標なき　永遠のたたかい」のなかにしか、彼の帰ってゆくところはない。もし木原が復古論者であるならば、つぎの一節は決して書かれなかっただろう。

そのときから
われわれの空には　虹もかからず
日も昇らない

戦争にみずからの実存を投影していた作家たちは、終戦の日にある異様な心理体験をしている。それは、世界が滅びないことへの違和感である。

太陽の光は少しもかわらず、透明に強く田と畑の面と木々とを照し、白い雲は静かに浮び、家々からは炊煙がのぼっている。それなのに、戦は敗れたのだ。何の異変も自然におこらないのが信ぜられない。（伊東静雄「日記」）

私はどうと倒れたように片手を畳につき、庭の斜面を見ていた。なだれ下った夏菊の懸崖が焔の色で燃えている。その背後の山が無言のどよめきを上げ、今にも崩れかかって来そうな西日の底で、幾つもの火の丸が狂めき返っている。（略）私は柱に背を凭せかけ膝を組んで庭を見つづけた。敗けた。――いや、見なければ分らない。しかし、何処を見るのだ。この村はむかしの古戦場の跡でそれだけだ。（横光利一「夜の靴」）

彼らが受けた衝撃の質を理解するために、当時の知識人の世界観を知らねばならない。西田幾多郎は、「世界新秩序の原理」でつぎのように書いている。

各国家民族が各自の個性的な歴史的生命に生きると共に、それぞれの世界史的使命を以て一つの世界的世界に結合するのである。これは人間の歴史的発展の終極の理念であり、而もこれが今日の世界大戦によって要求せられる世界新秩序の原理でなければならない。

「大東亜戦争」は最後の戦争であり、これをもって「人間の歴史的発展」は終わりを告げる。そして「世界新秩序の原理」のもと、「東亜共栄圏」が構成される――このように信じた人にとって、敗戦は「終わり」の終わりであり、戦後とは「終焉」以後に他ならなかった。「敗けた。――いや、見なければ分らない」……「私」は、戦争という「終わり」が終わったことを信じられない。「終わり」以後の時代を生きてゆくことを、受け入れられない。「しかし、何処を見るのだ。この村はむかしの古戦場の跡でそれだけだ」……何処を見ても世界はそのままで、しかし決定的に変わってしまっている。「私」の意識は現実に引き戻されつつある。次の日には、こう記される。

柱時計を捲く音、ぱしゃッと水音がする。見ると、池へ垂れ下っている菊の弁を、四五疋の鯉が口をよせ、跳ねあがって喰っている。茎のひょろ長い白い干瓢の花がゆれている。私はこの花が好きだ。眼はいつもここで停ると心は休まる。敗戦の憂きめをぢっと、このか細い花茎だけが支えてくれているようだ。

戦後＝終焉以後という未知の領域に入ってゆくのに、「池」「菊」「鯉」「白い干瓢の花」という自然がキーワードになる。「終わり」は何処か「始まり」に似てくる。

「私」は「終わり」のなかで、白い花を見つめる。「終わり」は奇妙な優しさに似て、人々を包んでいる。日本人は「終わり」以前に戻ることも、「終わり」以後に足を踏み出すこともない。「終わり」のなかで、終わった「私」が、終わった花に支えられている。その頭上には、終わった青空が広がっているだろう。このとき、日本は確かに死んだのである。

「最後の戦闘機」の解読に戻ろう。「虹もかからず／日も昇らない」異貌の青空――それは、「終わり」の終わりを受け入れない、と告げている。伊東の青空も、横光の青空も、一瞬真っ暗になった後は、しだいに青みを帯びていっただろう。だが木原の青空は、焼きついたように凝固している。そこから言葉が降ってくる。

そこは「世界の何処にもない」（「鎮魂歌」）場所であり、「まだ開かない薔薇」（「無名戦士」）のように、美の可能性が横溢した領域である。それは不在である。だがそのゆえに、死者や「まだ　うまれない生命」（「彼方」三）*を迎え入れる場となる。そこは「星の滴りも届きえぬところ」（「彼方」四）であり、「「時」の手も探りえぬところ」（同）である。

＊　木原は、おなじタイトルの詩を多く書いている。本稿では便宜上、本書の掲載順にしたがって番号を振った。

木原は死へと転落することも、生を朗らかに謳歌することもない。まだ不在である彼方を、言葉によって現出させることが、彼の詩の目的であった。

それは無意味な営為にも見える。我が国の詩史は、大岡信・谷川俊太郎らの登場によって、「感受性の祝祭」の時代に突入した。「生」の領域を「感受」して、「祝祭」を演じること――これが現代詩の条件になった。彼らは、木原の青空に唾を吐きかけているかのようだ。銘記しよう。いまのままだと木原は、荒地派の詩学は、侮辱されたままだ。だが私たちが青空を、空の高さを実体化させることができれば、唾は彼らの顔に落ちるだろう。

ランシエールは、つぎのように書いている。

> 生存の場を、それに内在しつつ、世界、すなわち人間の滞在する場として聖別するものを、精神と呼ぶことができよう。生存の諸相のあいだの諸関係がおりなすシステムはこうした聖別を可能にするものだが、そうしたシステムを神秘と呼ぶことができよう。詩の使命が最も高い精神的使命であるのは、それが、人間の滞在を聖別する諸相のシステムを設定するものだからである。（『マラルメ　セイレーンの政治学』坂巻康司・森本淳生訳、傍点原著）

詩にとって重要なことは、「詩が語りかけるべき人とそうでない人とを選別」（同）することである。詩が提出する、一つの生存の様態――それに耐えうる人間を探すことが、この選別の意味である。

谷川を初めとする「第三期の詩人たち」に、私たちが卑小性を感じるのはなぜか？　彼らは、戦後という「終わり」に詩的感性の基礎をすえた、最初の世代である。その前の世代——鮎川信夫や吉本隆明、そして木原孝一がもっていた「終わり」への拒絶、そして異数の世界への渇望を、「第三期の詩人たち」は唾棄した。この世界だけが本当の世界であり、この私だけが本当の私なのだ。だから、「何ひとつ書く事はない」。

何ひとつ書く事はない
私の肉体は陽にさらされている
私の妻は美しい
私の子供たちは健康だ

本当の事を云おうか
詩人のふりはしてるが
私は詩人ではない

私は造られそしてここに放置されている
岩の間にほら太陽があんなに落ちて

海はかえって昏い

この白昼の静寂のほかに
君に告げたい事はない
たとえ君がその国で血を流していようと
ああこの不変の眩しさ！

（谷川俊太郎「鳥羽1」）

この世界が真の世界であるという確信は、世界の外には何もないという認識に繋がる。じつはそれは、虚無への道である。

〈全体〉と無のあいだにどんな違いがあるというのか。〈全体〉のそとにはなにも実在しないのだから……

（「出会いの唯物論の地下水脈」）

「詩人のふりはしてるが／私は詩人ではない」というのは、まことに正しい自己認識である。詩人は言葉によって人間を聖別し、新たな段階に引き上げる。それは民族の生成である。詩は民族の原基をなすものであり、その自覚を促すものでもある。だが同時に、新たな世界観を創出し、それに耐えうる人間を見つけ出す。そのとき新しい民族によって、異数の世界が発見されるのである。

「第三期の詩人たち」が、この使命を担うことはなかった。彼らが戦後を疑い、新たな時代を希求することはなかった。荒地派の詩人たちが、「もう一つ別の世界」を現出させるために格闘していたとき、谷川は感受性の祝祭に興じていた。そんな彼が「詩人ではない」のは、本人に言われるまでもなく明白である。

谷川の世界は、実在性で充満している。不在への憧れはそこにない。「陽にさらされる肉体」「岩の間に太陽が落ちて海はかえって暗く見える」という事実性だけが、読者にあたえられる。

たとえ君がその国で血を流していようと
ああこの不変の眩しさ！

私たちが抒情の新領土を目指して血を流していようと、民族の創出のために苦悶しようと、この世界の「眩しさ」は変わらない。それはそうだ。そして、それだけのことだ。谷川の言葉の回路が、「生」としか繋がっていないことを、私たちは了解する。

わたしには見えないのでしょうか
「死」がわたしをみたす日まで「時」が空の高さに達する日まで

（「無名戦士」）

「死」は、「時」は、存在を抹消されていった。代わりに「現在」だけが残った。その「眩しさ」が言葉の全域に広がってゆく過程こそ、現代詩史だった。ところで死を忘れた生は、一つの病にすぎない。

殺す
コレラ菌が殺す
ダンプカーが殺す電車が殺す
仕事が殺す女が殺す金が殺す
親が殺す子が殺す
殺す

（谷川俊太郎「殺す」）

生は生でしかなく、死は死でしかない——この病める意識は、現代のもっとも若い詩人たちにも遺伝している。最果タヒは、「第三期の詩人たち」の感性を極端化した詩人であるが、その無惨な作品を見てみよう。

しぬことをやめたら、ぼくらになにがのこるのか。だからしぬの？　いつかしぬの、月は満月、金星がもうすぐくる、火星、木星、土星、よぞらからもぎとって、透明の中にたくわえ、ぼくは透明、じぶんのなまえをしらない、どこのだれかもしらない、なんにもなーい「わーい」

（「ミッドナイト夜」）

死を失った生は肯定性をなくし、生を失った死は否定性をなくした。無惨な死からも、美しい死からも、私たちは遠くにいる。私たちは、人間でない何かへの頽落の道を歩んでいるかのようだ。私たちの使命は、生の回復だろうか。死の再発見だろうか。――そんなことに興味はない。

いまこそ私たちは、生と死の境界に言葉を探した、木原の営為を見直さねばならない。その前段階として、彼の死生観を解明してゆこう。「影のなかの男」を見てみよう（七一頁参照）。「なかよしの女の子」が喀血して死ぬが、「わたし」は葬式への参列を拒まれる。「わたし」はやむなく路上に佇む。

血のいろの降る雪のなかでその子を見送った

その帰り道、「わたし」は不思議な男に出会う。男はあるときは慈善家であり、あるときは芸術の理解者であり、またあるときは戦争の讃美者である。彼は「なんでも知っていた」。「わたし」は彼に憧れ、「彼のようになろうと」考えるが、しだいに違和感を抱き始める。ついに「わたし」は尋ねる。

「いったい誰ですか　あなたは」
あるときには天使　あるときには悪魔
「そしてほんとうの名は死神さ」
わたしは彼の眼のなかに
きらきら光る星のようなものを見たが黙っていた
　その男ははじめて微笑した
　そしていまでもわたしの左側に立っている

木原は終生、この「死神」を影のように引きずっていた。そして、影と対話しつづけた。彼は多声的な構造の詩を多く書いている。「最後の戦闘機」は「女の子」と「戦闘機」の映像が交錯するし、「鎮魂歌」では「弟」と「日本」の悲劇が交互に語られる。また「無名戦士」は、「男の声」「若い男の声」「詠唱」「老いたる男の声」「精霊の声」「女の声」の六つの「声」が織りなす作である。

それはあたかも、実体とその影が言葉を交わしつつ、ときに立ち位置を逆転しているかのようだ。
「影のなかの男」は、詩人と死の関係性を克明に告げている。戦争が始まり、「わたし」も前線で闘うが、危機が訪れることはなかった。「死神」は告げる。

「心配するな　おまえにはおれがついている」

「わたし」は死ぬことができない。にもかかわらず、死神＝死の象徴は影のようについてくる。そして、自分がいるから安心しろ、と言う。
「死」は逃げ水のように去りつづける。玉となって砕けるヴィジョンは砕け、瓦となって全うすることを強いられる。そのとき死は彼岸化され、永久化される。

片足のないひとりの兵士が
世界の　最もくらい海を漂っている
どこへゆくのか　誰も知らない
その腕にかかえた銃は
ライフルだか　三八式歩兵銃だか
ここからは見えない

じっと見ていると
兵士は星明りのほうへ顔を向けて
低い声で
遠い国の子守唄をうたいながらゆらゆらゆらと流れ去った
（「遠い国」三）

死んだ兵士は、いまや米兵でも日本兵でもない。そうした記号から解放され、原初の海を漂っている。彼が誰なのか、「ここ（此岸）からは見えない」。彼は子守唄を歌っているようである。だが、彼が何処に行くのか「誰も知らない」。

『木原孝一詩集』は二一篇を収めるが、そのうち三篇が「遠い国」、七篇が「彼方」という題名である。「彼方」にあるべき「遠い国」――それは「水と空とのあいだにほろびるもの」であり、「風と波とのさかいにうまれるもの」（「彼方」五）である。

すべてのものは未知の鏡のまえでうまれ
すべてのものは未知の鏡のまえで死ぬ
（「彼方」四）

人はすべて、世界という鏡の前で「人間」になる。この巨大な「鏡」がなかったら、私たちは「あわれな裸の二本足の動物」（シェイクスピア『リア王』小田島雄志訳）にすぎない。私たちは鏡の前で「衣装」を着込む。人間以前の何かから「成長」する。これは万人の運命である。だが木原は問う。「われわれはどこからきたのか？」「われわれはどこにいるのか？」「われわれはどこへゆくのか？」（「彼方」四）と。そしてふたたび、「未知の鏡」の前に帰ってくる。

その鏡はいったい何なのか、誰から手渡されたのか、知る者はいない。しかし「すべてのもの」がそこに始まり、そこで終わることは、みなが知っている。そして「「時」の秒針がまわっている」（「彼方」一）のを、虚ろな瞳で眺めている。

木原は「鏡」の破砕を願う。その向こうに、「遠い国」が現出する日を待ち望む。

暗い鏡のなかにおまえは見るだろう
世界のすべての港の　火薬と砲車にむかって行く影の歩みを
（「無名戦士」）

世界中の火薬と砲車を求める「影」、子守唄を歌う「兵士」、水平線の向こうに墜落した「戦闘機」、轢死した「女の子」……これらはみな、未知なる暗い鏡を粉砕した「彼方」に生きるべき人々である。「生」と「死」を統御する「鏡」の、向こうにあるべき新領土――これこそ、木原が満身創痍になってなお求めつづけた、詩の故郷であった。

世界に、世界史に反するその領域を、何と呼べばいいだろうか？　ひとまず私たちは、「世界詩」*の呼称を採用しよう。世界を織りなす光と影――その原点である「鏡」を壊したとき、そこから「反世界」が流れ出す。この世界ではない「世界」に、この私ではない「私」が帰ってゆく――そして世界史は世界詩に変貌する。

＊「「世界史《ヴェルトゲシヒテ》」を「世界詩《ヴェルトゲディヒト》」に転調したのがロマン主義であったとしたら、その形相はまた「世界抒情《ヴェルトリリーク》」であった。ものみな抒情し、その抒情の深奥から或る根源者の「声」をひびかせる」（野口武彦「抒情と煽情のあわい　日本浪曼派と三島由紀夫」）

マストのうえの方でオオボエのように汽笛が鳴った。僕はふと振り返った。するとあのようにオオボエに似た汽笛の音は水平線のむこうからまた僕のほうへ響いて来るのだった。そうして僕は淡い霧に閉された水平線のうえにたったひとつ橙色の信号燈が明滅しているのを見た。なぜかそれは見知らぬ家族達のように異様な慕わしさを僕にあたえずにはおかなかった。

（「灯」）

汽笛の音に、「僕」は注意を引かれる。その反響に耳を澄ますうち、「橙色の信号燈」の存在に気づく。その光に、「見知らぬ家族」のような「異様な慕わしさ」を感じる。

汽笛は「こちら側」の声である。それが反響し、「あちら側」の声として帰ってくる。その響きのなかに、「見知らぬ家族」と出会うためのヒントがある。

「見知らぬ家族」は、「見知らぬ私」を迎え入れるだろう。そのとき世界は、「見知らぬ世界」になっているだろう。戦中に書かれたこの詩に、「世界詩」の片鱗はすでにあらわれている。ところで「史」の「詩」への転換は、一つの危機であり、頽廃ではないのか。世界史が世界詩に転位するとき、一切は許されてしまう。一切は美であり、死も殺人も芸術である。私たちはすでに、日本浪曼派という前例を知っている。そこに倫理はなかった――というより、倫理すらも「聖戦」という物語の一部に織り込まれたのだ。

木原は、日本浪曼派の「物語」を蘇らせようとしているのだろうか？　敗戦で死んだ一つの精神を、言葉で再現しようとしているのだろうか？　だとしたら、この世界詩も葬り去られるべきなのか？

そうではない。保田與重郎の文学は、「私たちは死なねばならぬ！」という声を内蔵していた（橋川文三『日本浪曼派批判序説』）。だが木原の詩に登場する兵は、少女は、すでに死の領域にいる。影のように佇む彼らは、ときに生に向かって手を差し伸べる。そのとき、鏡を隔てた対話が始まる。

生と死の境界で、実存は試練にさらされる。生を証明するものは何もない。彼は生の領域に背を向け、歴史に居場所をなくした存在だから。死を証明するものは何もない。彼は死の領域に拒まれ、立ち尽くしているから。

第三の領域を、木原は言葉で創出するしかなかった。死者が降り立ち、生者が向かってゆく鏡の彼方――そこにすべてを賭けるしかなかった。

興味深いエピソードがある。ある席上で、木原は「ボディがない」と批判され、それが「こたえた」という。死の影の下に生を撃つ者や、生の光の下に死を嘲る者にとって、彼は「ボディがない」ように見えたであろう。木原の実存は、生でも死でもないところにあるのだから、批判者が掴むのはいつも不在だけだ。

ところで木原は、どうやって世界詩の光景を見たのだろうか？ この根源的景色をうつすレンズを、何処で拾ったのか？

戦場だろうか。焼け跡だろうか。言葉のなかに死者の声を蘇らせる営為をとおして、「死」のあちら側を幻視したのだろうか。

「荒地」は、死者の代行という使命を負って出発した。だが、死者とは誰か。なぜそれは、詩の根源となりうるのか。「いつまでも若い」（ゼーガース）からか。生の汚れから無垢な存在だからか。

死者は、もう迷うことはない。一切の桎梏から解き放たれ、永劫の停止のなかを生きている。その姿は、詩人に使命感とヒントをあたえる。文明への意志を、ここではない何処かへの渇望を目覚めさせる。そのとき死者は、一つの倫理である。だが、美ではない。死の倫理だけで、抒情を創出することはできない。そこには、エロスという契機が加担しなければならない。

木原は、荒地派は、どのように死とエロスを結合したのか？ 鮎川信夫に「あなたの死を超えて」という、二つの日付が付された詩がある。「一九五〇年一月三日」の章では、実存の苦悩、亡くなった姉との神秘的な交感、その「この世ならぬ冷たい喜び」が歌われる。

「落ちてゆくわたしの身体を支えてくれるのは／淋しい飛行の夢だけだ」……その夢のなかで、「わたし」は「死者の国の／いちばん美しい使いである姉さん」に出会う。詩人は告げる、「姉さん！／あなたとわたしは／始めも終りもない夢のなかを駆けめぐる／二つの亡霊になってしまおう」。

「一九五二年四月」の章で、「わたし」は「生きものの緑の意志」のように、「生」に吸い寄せられてゆく。「生きることを諦めるには／母なる海と太陽の光りが強すぎます」……「死」の幻影を抹消する光のなかで、海を見つめる弟を、「姉さん」は遠くから静かに見守っている——


鮎川の親友・森川義信は、最初「M」として言葉のなかに蘇り、ついで「亡姉」になる。亡霊は、亡霊のままエロスを帯びてゆく。近親相姦の夢をとおして「死」と合一した鮎川は、それがイニシエーションの儀式であったかのように、「生」の風に吹かれるのである。

ここには死と、死から出立する生が、見事に描き出されている。別離と再生のドラマとして、いまを生きる私たちにも深い暗示をあたえる名作である。

さて鮎川は、「二つの亡霊になって」しまうことを、最終的に拒絶した。戦慄的な夢から、覚めることを望んだ。「小さな丘の斜面」で、姉に別れを告げた。しかし木原は、別れを望まないのである。

蜂の死のなかに　罰をみたせ
蟻の死のなかに　愛をみたせ
魚の死のなかに　願望を！
鉛の死のなかに　安息を！
（「無名戦士」）

死から生へと飛び立つのではない。「死」のなかに「罰」を、「愛」を注ぎ込む。それは「悼みの水」であり、「まだ開かない薔薇」の花びらである。

あなたは「死」のほかに何も残さなかった
爪も　髪も　言葉も
残されたものには日日が罪であり　その日日が愛です
（同）

残された者は、「罪」であり「愛」である日々を生きる。そのことで、みずからを「死」で充たそうとする。詩人は、死に歩み寄っているのではない。「生」を「死」で充たすとき、「死」

もまた「生」で充たされる。そのとき人間は輪郭を失い、「ひとつの破片」になる。

この破片にみちた広場では
生きもののもひとつの破片にすぎない
（「場所」）

この始原的な場所で、木原は一から「人間」を組み立てなおそうとする。そこは「ちいさなひとつの惑星」であり、「はげしく叫」ぶ空間であり、「まだ　できあがらない部屋」である。木原は死んだ弟や、かつて愛した少女とともに、「飛行の夢」を見つづけることを願う。そのために「始めも終りもない夢」を、始まりでも終わりでもない異数の領域として、自立させようとする。

その夜
わたしはその場所を探した

そして、死ぬまで探しつづけただろう。この純一さ——死とエロスへの情熱は、いったい何処から来るのか。彼の原風景は何処にあるのか。

銃を抱きながら　向きあって倒れた二人の兵士に
手を握りあい　眼かくしもなく焼き殺された二人の姉妹に
わたしはまだ別れを告げることができない
　焼けただれた丘に立って
　しずかに
　遠い国をみつめている母と子にむかっても
（「遠い国」二）

少女の死という主題は、木原の詩に幾度もあらわれる。これには、ある実体験が反映されている。

一九四五年五月二四日、東京大空襲のさなか、弟・清治が行方不明になってしまう。「焼け残った自転車」にまたがり、木原は弟を探し回る。そのとき、荏原町駅の近くで幼い姉妹の遺骸を目撃する。

火にあぶられて死んだのであろう、全裸にされたその死体には焦げたあとも、傷あともなく、生命に充ち溢れた張りつめた皮膚をしていて、皮膚全体が火照ったような色をしていた。おそらく、そのまま縮尺したら可愛いお人形と見まちがえるに違いない。そして、その幼い姉と妹の死体は、しっかりとかたく手を握りあっているのだ。（「混沌のなかから」）

不気味なまでにエロティックな死体。この戦慄的なヴィジョンは、木原の美意識を決定づけたと言っていい。少女はこれ以降、現実世界から木原の脳内へと、生きる場所を変えた。そこで彼女は、美と真理の体現者として再臨する。

あの最後の東京大空襲の明けがた
鉄道線路のそばに裸で焼け死んでいたその女の子の
瞼を閉じてやると　血の音がした
あの子なら　どんなクイズにも答えられるだろう
（「ゴオルデン・アワァ」）

じつは戦中にも、「少女」の原型と思われる形象はあった。「白い花」である。

仄暗い茂みのなかに白い夕顔の花が嘘のように咲いていていた。
（「蝉殻」）

僕は道に迷った少年のようになぜか何時までも泣きやまなかった。道端には名も知れぬ白い花がにじむように咲いていていた。
（「鐘」）

沈丁花の淡い匂いを感じながら僕はしだいに息苦しくなるのをじっとたえていなければならなかった。

（「沈丁花」）

これらはいずれも、『星の肖像』に収められた散文詩の末尾である。「白い花」は、美しい青春の情景に、ふと落とされた一滴の闇のようだ。それは青年に懐かしさと、切なさと、息苦しさをあたえる。それは「母」である。

木原の初期の詩には、「白い花」が「始まり」のように淡く咲いている。やがてノヴァーリスの物語のように、花は少女の顔をもち、愛と慰安の象徴となる。

私たちが芸術を求めるのは、現実の圧迫から、「死」から、逃れるためであることが多い。だが木原において、死と美は分かちがたく結びついている。死は美であった。したがって美は死であった。言葉は美と死から逃れられない。

木原は、美と死の交叉点を詩的領域として定立する道を選んだ。「鎮魂歌」を見てみよう（三一頁参照）。

弟の思い出と、日本の歴史が交錯する。弟は死に、日本は滅び、純真な瞳だけが歴史を見つめている。そして詩人は告げる、「おまえのほうからはよく見えるだろう／こちらからは　何も見えない」と。

元号の記された章に弟の思い出が、西暦の記された章に日本の敗北が語られる。木原は「世界史」（西暦）に対し、「世界詩」を立てようとした。だが世界の理に反するその空間は、「日本史」に基盤を置いていた。ここに、彼の詩的宿命が暗示されている。

木原は確かに世界詩を生み出した。だがそこは、死者の国だった。滅び去った者、滅びゆく者しか、そこに立ち入ることはできない。

影によってのみ織りなされる建築――光をあたえないことによって、木原は原体験を裏切らなかったのである。原体験とは戦争である。――

いまや私たちは、一つの認識に近づきつつある。それは、木原の詩は終始一貫して戦争詩であったということ――しかもそれは、戦争讃美詩とはまったく次元が違うということである。

戦争讃美詩とは、政府の命令や自己の意志により、「生」の領域を拡充するために書かれたプロパガンダ詩のことである。そこでは戦争の猛々しさ、正しさが歌われるばかりで、「死」は美化されるか、排除される。『辻詩集』『詩集　大東亜』等がそれである。

一方戦争詩は、戦意高揚のためには書かれない。主題となるのは現実の戦争でなく、「人間性そのもの」（磯田光一「戦争論の前提――異説ベトナム論」）としての戦争である。鮎川信夫「兵士の歌」、吉本隆明「二月革命」、そして木原孝一の諸篇がそれである。

もちろん現実の事件が素材となることもあるが、それは言葉のなかで、「地上の政治思想のレベルをこえ」（同）たものへと新生している。

一九一四年　夏　人間は精霊であった
一九××年　夏　精霊はなお人間にある　と　あなた！
神の子であるあなた
その蝋色の額に灼きつけられた破滅の星を
その鳶色の眼に刻まれた血の薔薇をごらん？
（「幻影の時代　Ⅰ」）

戦争讃美詩が、世界への一つの答えであるのに対し、戦争詩は一つの問いである。北川透は、木原が「戦争下において、戦争詩を幾篇も書いている」事実を捨象している、と批判した（『荒地論――戦後詩の生成と変容』）。だが「戦争」に向けられた詩人のまなざしは、じつは戦中から異質である。

いま
われら千年の祈りをこめて
舟は
火の海をこえて行く

あ

われら一本の矢となろう
神を持たぬかれらの背を
つらぬく白羽根の矢となろう
（「火の海」）

敵は矢に貫かれるだろう。だが、貫いた矢の方はどうなるのか。血にまみれた「白羽根の矢」は、死をもたらすものというより、死そのものではないか。

「火の海」を戦争讃美詩にするためには、「弓」を歌わねばならなかった。「弓」の視点から、敵を射抜く「矢」を讃えねばならなかった。そうすれば、この詩は「大東亜戦争」に見事に貢献したことだろう。

しかし、詩人がみずからを「矢」に擬するとき、事情は一変する。「われら」の「生」と、「神を持たぬ彼ら」の「死」は一体化する。そして、生と死のあいだを一本の矢が貫いてゆく。

「火の海」は『辻詩集』に寄稿されたものだ。他の詩人たちが、どのような作品を寄せていたか見てみよう。

——戦ごっこしていたんだ　アメリカをやっつけていたんだ　真面目に答えた
皆笑った　そして晴やかになった
（田中冬二「日本の一家」）

その美しさをおもうのだ
その強さを思うのだ

（浅井十三郎「その美しき涙をたたえよう」）

おおらかに毅然と銃後をかためて
辻々に　新たなる千人針を縫い　強要もせぬ
街角の　敬虔な挙手に対して建艦運動の助成をする

（東潤「道はすでに決っている」）

ほとんどの詩が「晴やか」な顔で、この世界の「美しさ」「強さ」を讃えている。彼らが迷うことはない。「道はすでに決っている」からだ。

木原の「千年の祈り」は、この世界に捧げられていない。矢は、世界から彼岸へと向かってゆく——その烈しい意志を言葉にすることが、詩の目的である。此岸でも彼岸でもなく、そのあいだを彷徨うものに惹かれる性質は、戦中にもあらわれていたのだ。

この「矢」は、いったい何処へ向かっていったのだろうか？　つづいて、木原の戦後最初の作品を見てみよう。

砂丘では
月見草の上に星が落ちた

笛よ
狐火よ
懸崖の向うに
見知らぬ約束が忘れられる
海盤車よ
水の沙漠よ
影像が
指をひらく

（「雅歌」）

モダニズムの影響と、雅語の残滓が感じられるこの詩のなかで、一つ重要なキーワードが提出されている。忘れられた「見知らぬ約束」――それは、「見知らぬ家族」と交わした約束である。この世界に存在しない彼らの言葉は、すぐに忘れられてしまう。だが木原は、次々とイメージを繰り出すなかで、ついに「影像」の指を開かせる。そこから砂のように、「見知らぬ

約束」が、その言葉が、零れ落ちることだろう。ここに、戦後詩人木原孝一の出発点は、確か

に記されたのである。

「ああああ
生命のあるものは消えてしまった
みんな消えてしまった」

「ううううう
内部のものは消えてしまった
みんな消えてしまった」（「声」）

消え去った「生命のあるもの」「内部のもの」を、取り戻すこと——それは戦中への回帰ではない。戦後への安住でもない。「まだ血のあたたかいふたつの手」（「彼方」六）が差し伸べられるのは、「全世界の地平線」（「遠い場所」）に向かってである。

この反世界的歩みは、いかなる帰結を詩人にもたらしたか？　ここからは、木原の生活領域にも目を向けつつ、論を進めてゆこう。

木原は「たぐい稀れな編集者」（小田久郎「木原孝一の「彼方」へ」）として、雑誌『詩学』の全

盛期を支えた。「戦後の商業詩誌の原型は「詩学」が作った」（同『戦後詩壇私史』）と言われるが、木原はそこでどのような役割を果たしたのだろうか。長谷川龍生の証言を引用しよう。

日本の戦後詩を切りひらいていく詩人の中にあって、木原孝一は大きな仕事と共に、目くばりの利いた細《こまか》い新人発掘の作業を精力的に行なった。直接、間接を問わず、彼は雑誌「詩学」の誌上をはじめとして、多くの詩人たちを世に送り出した。（「木原孝一とのこと」）

詩への無償の愛は、しかし、彼の人生を狂わせることにもなった。ある日、木原のもとに一本の電話がかかってくる。

詩は虚業であっちゃいかんですね。詩を虚業から実業にしようというのが、私の目的です。（木原孝一「虚物・俗物・実物―稲川敬高の死―」）

電話の主は、そうがなり立てた。詩の「実業」化のために、かつて財閥に働きかけさえした木原は、心を動かされる。彼は、この名古屋在住の詩人に会いにいった――結論だけ言うと、これは詐欺であった。「家財を詐取」（「木原孝一の「彼方」へ」）されるに至ったこの事件について、小田久郎はつぎのように振り返っている。

詩人を理念化してゆく過程で、僅か一回だけ俗事の道に踏みあやまったとしか考えられない。世事にたけた人物にとって、理念を追う詩人を口車にのせることぐらい、赤子の手をひねるほど造作ないことだったのではなかったか。 （同）

この慨嘆は、ショーペンハウアーの一節と何と見事に響きあっていることか。

詩人は人間というものを深く徹底的に知りうるが、人間たちについてはきわめて拙劣にしか知りえない。彼はだまされやすいので、狡猾な人に思うぞんぶんもてあそばれるのである。（『意志と表象としての世界　第三巻』斎藤忍随・笹谷満・山崎庸佑・加藤尚武・茅野良男訳、傍点原著）

不幸は重なる。「そのような思いがけない不始末なことに遭遇してから、彼の健康は不治の方向を辿っていくようになった」（「木原孝一とのこと」）。晩年の木原と会談した長谷川龍生が、その病状を尋ねると、こんな答えが返ってきたという。

「死ぬしかないんだ、死ねば、すべてから解放される……」 （同）

世界に叛いた木原は、背後から斬りつけられてしまったのだ。かつて憧れ、恋人のように語りかけさえした「死」が、詩人の命を刈り取りつつあった。

死者の来る場所なのだ　ここは
発見も創造も一瞬のうちに滅ぼすのだ　天使も
悪魔も　ここでは羽搏くことができない
（略）
人間のかたちをした石の柱や洞窟が幾つもあるのに　ぼくは
知っている死者に逢ったことは一度もない
（「死者の来る場所」）

言葉のなかに蘇生させた死者たちは、いまや「人間のかたちをした石」に見える。いかなる営為も「一瞬のうちに滅ぼす」この場所に、木原は辿りついてしまった。そこには悲しみも、憧れもない。それは、生の対極としての死ではない。生も、境界も、言葉も、死そのものさえも呑み込んでしまう、究極の虚無である。

夕暮れになると地下室のバアへおりてゆく

そこからは
ビルとビルとに引き裂かれた空が見えない
（「遠い場所」）

空と空のあいだに「言葉」を架けようとした木原は、生活に敗北し、空の見えない「地下室」でジンを飲み干す。「ゆっくりとこわれてゆく」（「みな殺しの歌」）体を引きずって、彷徨う詩人。彼にはもう時間が残されていなかった。

鳥は墜《お》ちる　いつかは墜《お》ちる
なにものの救いも待たずに空を墜ちる
墜ちる瞬間に
どんなかたちの永遠が見えるのだろう？
（「距離」一）

かつて木原は、飛翔そのものを言葉にした。生と死を貫いてゆく矢――それを詩として自立させせた。だがいまや、失墜する鳥が「死」と出会う。生と死は邂逅し、「永遠」となる。境界に佇んでいた「詩」は、何処へ行ったのだろうか？　生の惨苦に追いつめられた詩人は、死と同一化することで「永遠」を得たのだろうか？　かつての詩は、言葉の原郷は、捨て去られたのだろうか？

そうではない。木原は詩的出発点に、すでにこう記していた。

すべてが終るまでゆくんだ。このままで。どうにもならなくなるまで。
どうにもならなくなるまで。（「歯」）

そして、その時が来たのだった。生にも死にも扨き、第三の領域を希求しつづけた木原は、「永遠」という臨界点に辿りついた。それは成就のようにも、挫折のようにも見える。彼の人生――

それは昨日もそして明日もない沙漠の生活に似ていた。そのなかで僕のさまざまな仮面は音もなく剥ぎとられていった。と同時にそれは僕の人間を復活させていた。しかし何時か僕の翼は。貴重な翼は折れていたのだった。（「仮面」）

「沙漠」という苛酷な「生」の前に、詩人は「仮面」を外す。そして彼は「人間」として復活した。これは喜ばしい事態のように思える。だが、彼はあることに気づいている。「翼」が折れてしまったこと――すなわち「仮面」にも、一片の真実が宿されていたということに。
その真実を、「物語」と呼んでもいいだろう。木原において「物語」とその美が、死と地続きであることは、すでに確認してきた。
木原にはまだ、「生」の翼が残っている。だがそれも、無惨に奪われてしまう。

僕は酷熱の沙漠のなかへ僕の片方の翼を捨てて来た。僕にはしかしもう一つの翼が残っていた。（略）突然空から煉瓦が落ちて来た。あるいはそれも燃える不運の星だったかも知れない。たったひとつ残っていた僕の翼はそれが鋪道に落ちると同時に巧妙にへし折られてしまった。
（「煉瓦」）

「燃える不運の星」は、戦争と解してよいだろう。死も生も奪われた詩人は、ある誓いを立てる。

それ以来僕は沙漠へ捨てて来た翼に再び邂逅するその日のために。おそらくは僕の火花のような生涯をさえ賭けようとしていた。
（同）

そしてついに、木原は翼を見出した。失われた死を、奪われた生をその手に取り戻したのだ。生と死のあいだに言葉を創出する営為は、生と死の邂逅をもって終わる。残された「永遠」を、私たちは木原の到達点と見なすだろうか。そこから、新たな歩みを出発させるだろうか。

本稿の終わりに、一つの情景を記しておこう。

沙漠に血痕が、足跡とともに何処までもつづいている。怪我人が、救いを求めて歩きつづけたのだろうか？　痕跡は、不意にとだえる。そこに遺骸が転がっているはずだ――だが見当たらない。いったいどうしたことか？　私たちは空を見上げる。

血のいろの雪が降っていた。それは詩人が残した、数多の問いである。

詩は生でも死でもない領域を創出しうるか？　詩は民族を新生させうるか？　詩は人間を、人間以上のものへ導くことができるか？　――私たちは立ち尽くすだろう。木原の使命を理解した私たちだけが、この景色に耐えうるだろう。

そして降る雪の一つ一つに、告げねばならない――私たちが「翼」を見出す方途は、絶たれていると。「永遠」へ羽ばたいてゆくことは、もはや叶わないと。沙漠に染みついた血痕の、その先に私たちは進んでゆくであろうと。

きはら　こういち

1922年、東京生まれ。本名、太田忠。14歳で『VOU』に加入。大戦中は建築技師として活動。22歳の時、処女詩集の原稿を北園克衛に託し、硫黄島に上陸。病のため、1945年2月内地に帰還。直後、米軍が上陸作戦を開始し、硫黄島守備隊は玉砕した。1947年から約20年間、雑誌『詩学』の編集に従事。鮎川信夫、田村隆一らとともに詩誌『荒地』に参加。放送詩劇『いちばん高い場所』で芸術祭賞受賞。音楽詩劇『御者パエトーン』でイタリア賞受賞。詩集『星の肖像』『木原孝一詩集』『ある時ある場所』、評論集『人間の詩学』『民族の詩学』『現代の詩学』等。1979年没。

やました　こうぶん

1988年、岩手県生まれ。詩集『僕が妊婦だったなら』(土曜美術社出版販売)。評論集『夢と戦争』(未知谷)。現在、日本大学大学院芸術学研究科博士後期課程在籍。

血《ち》のいろの降《ふ》る雪《ゆき》

木原孝一アンソロジー

2017年5月10日印刷
2017年5月25日発行

著者　木原孝一
編者　山下洪文
発行者　飯島徹
発行所　未知谷
東京都千代田区猿楽町2丁目5-9　〒101-0064
Tel. 03-5281-3751 / Fax. 03-5281-3752
［振替］　00130-4-653627
組版　柏木薫
印刷所　ディグ
製本所　難波製本

Publisher Michitani Co. Ltd., Tokyo
Printed in Japan
ISBN978-4-89642-524-6　C0095